余生很长 何必慌张

宋犀堃 主编

百花洲文艺出版社

图书在版编目（CIP）数据

余生很长　何必慌张／宋犀堃主编. —南昌：百花洲文艺出版社，2018.12

ISBN 978－7－5500－3122－7

Ⅰ. ①余… Ⅱ. ①宋… Ⅲ. ①心理压力 – 调节（心理学）– 通俗读物 Ⅳ. ①B842.6 – 49

中国版本图书馆 CIP 数据核字（2018）第 260634 号

余生很长　何必慌张

宋犀堃　主编

出 版 人	姚雪雪
出 品 人	杨建峰
责任编辑	刘　云　黄文尹
美术编辑	松　雪
制　　作	王　进
出版发行	百花洲文艺出版社
社　　址	南昌市红谷滩世贸路 898 号博能中心 A 座 20 楼
邮　　编	330038
经　　销	全国新华书店
印　　刷	三河市众誉天成印务有限公司
开　　本	880mm×1270mm　1/32　印张 8
版　　次	2018 年 12 月第 1 版第 1 次印刷
字　　数	196 千字
书　　号	ISBN 978－7－5500－3122－7
定　　价	29.80 元

赣版权登字 05－2018－494

邮购联系　0791－86895108

网　　址　http://www.bhzwy.com

图书若有印装错误，影响阅读，可向承印厂联系调换。

前　言

每个时代都有自己的青春，不同时代的人各有各的困惑。几乎每一个人在年轻时都曾感到自己是不快乐的。 正因为能感到不快乐，所以人生的经历才更丰富。

再美好的东西也有失去的时候；再深刻的记忆也有淡忘的一天；再爱的人也有远走的可能；再美的梦也有苏醒的时刻。世间的事，因为在意，所以痛苦。 总有些事情，简单不起来，只是因为太在乎。 而真正伤害到我们的，只有自己。

认为自己的不幸都是别人造成的，那便会更不幸。 会痛的不是爱，放下那个让你痛的人吧！ 经过这样的修炼，你会找回更多的自己。

一个人不管有没有人爱，都要做一个可爱的人。 如果赢得了独立的人格和充实的内心，任凭岁月荏苒也夺不去你自信的美。

各人有各人理想的乐园，有自己所乐于安享的世界，有朝自己乐于追求的方向去努力的权利。 不必抱怨环境，也无须艳羡别人，关键是要懂得做最好的自己。

任何事情的发生都不会完全没有意义，事情的意义往往存在于人们看待它的高度，或时间的流转带来的角度的变化。

青春不是年华，而是心境，请过好每一天。 生活总是给了你绝望之后，又给你希望，苦尽甘来就是这个意思。 其实生活中所有的一切都是在经历生命的成长，你现在承受的一切，将来都会以更好的方式回馈你，在逆境中长大，会早些看清生活最真实的面目。 人生最大的悲剧，并不是在路上迷失或死去，而是从不曾看清沿路风光。 不要急，我们真的还很年轻，我们只需要耐心地，一点一点提升和修炼自己，从容迎接更美好的到来。 人生没有失败，你只是暂时没有成功。

余生真的很长，我们又何必慌张？

2018 年 8 月

目 录

第一章

走吧，走吧，人总要学着自己长大

被遗弃、被选择的乔布斯

作为全球最成功的商人之一，乔布斯拥有一个"被遗弃，被选择"的成长经历。他被亲生父母遗弃，这件事对他造成了很大的伤害，从而形成了他独立的性格。

乔布斯很早就知道了自己是被领养的事实。他的养父母在这件事情上很坦率。乔布斯回忆道："当六七岁的时候，我坐在自家屋前的草地上，向住在街对面的女孩讲述这件事情。"

"这是不是说明你的亲生父母不要你了？"女孩问。

"天哪，我当时就像被闪电击中了一样。"乔布斯跑回家，大声哭喊。

他的养父母当时很严肃，直直地看着乔布斯的眼睛说："不是这样的，你要理解这件事情。我们是专门挑的你。"他们放慢语速不断重复这句话，他们强调了这句话里的每一个字。

"被遗弃，被选择"，这是很特别的说法。这些话影响了乔布斯对自己的看法。乔布斯最亲密的朋友德尔·约克姆说："一出生就被遗弃这个事实给乔布斯留下了几道伤疤。他想完全掌控自己制造的每一样东西的那种强烈欲望，就来源于他的性格以及刚出生就被抛弃这件事。"

乔布斯的生母乔安妮·席贝尔来自威斯康星乡村的一个德裔家庭。她的父亲移民美国后辗转来到了格林贝的郊区，他拥有一家水貂饲养场，还成功涉足了其他一些生意。 他很严厉，尤其是在对待女儿的恋爱问题上，他强烈反对女儿和初恋对象的交往，因为那个人不是天主教徒。 所以，当在威斯康星大学读研究生的乔安妮爱上了一个来自叙利亚的穆斯林助教——阿卜杜勒法塔赫·钱德里时，他威胁要与她断绝关系。

乔布斯的生父钱德里来自一个显赫的叙利亚家庭，是家里9个孩子中年纪最小的。 他的父亲拥有多家炼油厂和其他多种产业，在大马士革和霍姆斯也有大量财产，还一度控制了那一地区的小麦价格。 钱德里家族十分重视教育，几代以来，家庭成员都被送到伊斯坦布尔或者巴黎索邦大学就读。 阿卜杜勒法塔赫·钱德里就曾被送到一所耶稣会寄宿学校，尽管他是个穆斯林。 他在位于贝鲁特的美国大学拿到了学士学位，然后来到了威斯康星大学，在政治学系攻读硕士并担任助教。

1954年的夏天，乔安妮和钱德里一起去了叙利亚。 他们在霍姆斯待了两个月，回到威斯康星后，乔安妮发现自己怀孕了。 当时他们才23岁，所以决定不结婚。

乔安妮的父亲当时病危，他威胁她说，如果她跟钱德里结婚，他就跟她断绝父女关系。 在他们那个小小的天主教社区，堕胎也绝不是一件容易的事情。

1955年初，乔安妮来到旧金山，被一名好心的医生收留，这位医生为未婚的准妈妈们提供庇护，帮她们接生，然后安排秘密的收养。 乔安妮立下了一条规定：领养她孩子的人必须是大学毕业生。

医生将这个孩子安排给了一个律师家庭。 1955年2月24日这一天，乔安妮生下了一个男孩，而那对夫妇希望领养的是女孩，所以他们选择退出。

乔布斯因此没能成为律师的儿子，而是成了一个高中退学生的儿子，这个人对机械有着极高的热情，还有一个身为记账员的谦逊的妻子。

乔布斯的养父保罗·莱因霍尔德·乔布斯在威斯康星州日耳曼敦的一家奶牛场长大。尽管父亲是个酒鬼，有时候还会虐待他，但在保罗粗犷的外表下还是有着一颗温柔宁静的心。高中退学后，他穿梭于中西部地区，做着机械师的工作，直到19岁那年加入海岸警卫队——虽然他并不会游泳。他被安排在美国海军的梅格斯号运兵船上，战争中的大多数时间他都在为巴顿将军向意大利运输部队。他作为一名机械师和锅炉工的天赋为他赢得了不少奖励，但他不安分的性格偶尔也会惹上一点儿小麻烦，所以军衔从来没有高过一等兵。

乔布斯的养母克拉拉出生在新泽西州，这里也是她的父母逃离土耳其控制下的亚美尼亚之后落脚的地方。在她童年时，全家搬到了旧金山。她有一个很少对外提及的秘密：她曾经结过婚，但她的丈夫在战争中身亡了。所以当她第一次和保罗约会时，心中已经准备好迎接崭新的生活了。

如同许多经历过战争的人一样，他们已经经历了太多的刺激，所以当战争结束之后，他们渴望安定下来，生儿育女，过平静的生活。他们没有多少钱，所以搬到威斯康星州与保罗的父母一起居住了几年，然后又去了印第安纳州，在那里，保罗找到了一份工作——在国际收割机公司做机械师。他喜欢修理汽车，业余时间他靠买下旧车，修好后再卖出去赚钱。最终，他辞去了工作，成了一名全职的二手车商人。

克拉拉深爱着旧金山。1952年，她终于说服丈夫，全家搬回了旧金山。他们在那里买下了一套公寓，保罗在一家信贷公司找到了一份"回收人"的工作——撬开不能偿还贷款的车主的车锁，将车拖回，重新处置。 有时候他也会买下这样的车，修好后出售，靠赚到的钱过着小康生活。

他们想要孩子，但克拉拉经历过一次宫外孕而丧失了生育能力。 1955 年，在结婚 9 年后，他们开始寻求领养一个孩子。

但是，乔安妮关于孩子的养父母必须是大学毕业生的要求并没有改变。 当她发现这对夫妇甚至连高中都没有念完时，她拒绝在领养文件上签字。 僵局持续了数周，即便乔布斯已经在养父母家安定下来了。 最终，乔安妮放宽了要求：乔布斯夫妇必须承诺——在一份保证书上签字——设立专款，送这个孩子上大学。

乔安妮迟迟不愿在领养文件上签字还有一个原因：她的父亲快死了，而她计划在父亲死后与钱德里结婚。 她还怀有一丝希望——一旦他们结婚，她就可以把儿子要回来。 因为有时候想到儿子的事她会很伤心，她准备日后向家人和盘托出，但最终这一愿望没能实现。

保罗和克拉拉给孩子取名为史蒂文·保罗·乔布斯。

当乔布斯 23 岁时——这正是他的生父抛弃他时的年纪——乔布斯有了自己的孩子并抛弃了她。 最后他还是承担了作为一个父亲的责任。 孩子的母亲克里斯安·布伦南说：被领养一事让乔布斯"满是伤痕"，这也解释了他后来的行为。 "他曾经被遗弃过，但后来他也遗弃了别人。"克里斯安如是说。

20 世纪 80 年代与乔布斯一起在苹果公司密切合作过的安迪·赫茨菲尔德，是少数几个与乔布斯和布伦南两者都保持紧密联系的人。 "史蒂夫身上的关键问题是，为什么他有时候会失控般变得残酷无情并伤害别人，"他说，"那还要追溯到他一出生便被遗弃这件事上。真正的潜在问题是，乔布斯的生活中，永远有'被遗弃'这样一个主题。"

乔布斯否认了这点。"有些人认为，因为我被父母抛弃过，所以我非常努力地工作以求出人头地，这样我父母就会后悔当初的决定，还有一些类似的言论，都太荒谬了，"他坚称，"知道自己是被领养的也许让我感觉更加独立，但我从未感觉自己被抛弃过。我一直都觉得自己很特别。我的父母让我觉得自己很特别。"

每当有人称保罗和克拉拉为乔布斯的"养父母"或者暗示他们不是他的"亲生父母"时，他就会异常愤怒。"他们百分之一千是我的父母。"他说。另一方面，当谈及他的亲生父母时，他显得很草率："他们就是我的精子库和卵子库，这话并不过分，因为这就是事实，他们扮演的就是精子库的角色，仅此而已。"

虽然乔布斯有一个被遗弃的人生经历，但是他的养父母无微不至地爱着他。乔布斯从养父母身上得到的爱，不比亲生父母少。乔布斯也从养父身上学到了很多，这也成为他日后成功的关键一环。

没有孤独不可能有真正的幸福

当索菲亚·罗兰还是一个孩子的时候，恐惧是她生活中的常客，因为她是一个未婚女人的私生女，惧怕别的孩子在学校里嘲笑她；还特别惧怕大轰炸机出现在上空向下扔致命的炸弹。

索菲亚·罗兰要不是早上 8 点钟第一个到校，就是在 8 点 15 分跟在最后一个女生后面溜进教室，她的痛苦经历使她懂得这是避免别人注意的好办法。只有避免引人注意，才能躲开同学的窃窃私语和嘲笑奚落。她非常腼腆，害怕见人，毫无能力对付这种残酷的境遇。

索菲亚·罗兰所在教区学校里的修女，对她所受到的排斥熟视无睹、毫不关心。修女们拘谨、刻板而冷酷。实际上，索菲亚·罗兰怕她们怕得要死。她每天早晨都害怕上学，她感到私生女的污名已写在她的额上。

她说："我不知道我是天生孤僻而离群，还是因为同学们那样对待我所造成的后果，直到今天我还是非常腼腆，总是想找些理由不去参加我被邀请出席的宴会。"

在她还只有 10 岁的时候，就有了当电影演员的梦，而且非常执着。她说："虽然在一个 10 岁孩子的梦想和实现这个梦想之间存在着漫长的距离，但奇怪的是，我信心十足。我固然从未对人谈起过这件事，但在内心深处，我深信我来到人世就是为了当电影演员。"

她还说："我强烈地感到我投身人世就是为了从事表演，为了表达自己，为了发泄我内心的感情，也许是为了想摆脱默默无闻的状态。我并不醉心于获得成功和名望，也不对伴随成功而来的皮大衣、珠宝、名贵的汽车和住房感兴趣。后来当我成名之后，当我有了这一切所谓的报酬之后，人们总会认为，像我这样出身的人，这就是我追求的目标。但是我可以向你保证，当我沉醉在电影院时，这些东西根本不在我的心上。"

人都有自己的两极，自信与自卑，坚强与软弱，悲伤与快乐等，只是，这两极有的拉得很大，有的拉得较小。我们很多人不愿意过这种两极的生活，或者不愿意把两极拉得很大，因为两极一旦拉开，无论在心灵上还是生活里，都会受到非同寻常的煎熬。

　　但无论生活还是心理，两极就是张力，拉得越开，张力越大。这张力带给我们的肯定是非同一般的深刻。自然，把这深刻化作力量，还需要把这两极结合起来，使其平衡，才能有所成就。也就是说，进入两极最容易认识事情，但把事情做好，却要找到两极的结合点。也可以说，索菲亚就深得其要领。

　　索菲亚·罗兰说："翻了一下我的笔记本，使我惊讶的是，在我写下的东西里，关于孤独的主题比其他任何主题都多。没有孤独不可能有真正的幸福，我虔诚地相信这句话。在我的生活中，我需要孤独就像需要吃喝和笑声一样。听起来可能夸大其词，但孤独是我灵魂的过滤器。孤独给我营养，使我恢复青春活力。我独处时感到怡然自得。我在笔记本里写道：'你如何不使自己感到寂寞？''先生，我本人就是寂寞。'"

　　她还说："我在独处时经常看书并有身临其境之感，我在独处时经常毫无掩饰地正视自己和自己的感情。我探索新的思想，反躬自省有无不当之处。孤独就像一间镶满了镜子的房间，使我如实地看到自己。我有一次读到这样一句话：'一个人的安宁与满足并不存在于身外，而是存在于内心。'孤独是我内心安宁与满足的保护神。"

我自己便是幸福

"在教学过程中，我和姐姐到过旧金山最富有的人家。 对那些有钱人家的孩子，我毫不羡慕，反而怜悯他们。 他们的生活狭隘而且愚蠢，使我万分惊讶。 同这些百万富翁的孩子们一比，在使生活过得有价值的每一件事情上，我显然要比他们富有一千倍。"邓肯在自传中写道。

邓肯读二年级的时候，开学的第一天，老师布置学生们写一篇作文，介绍各自的家庭，写完就念给她们听。 当她听到一个又一个"幸福、美满"的家庭情况以后，下面站起来的是她这个班上最小、最穷的学生——依莎多拉·邓肯。 只见她念道：我五岁的时候住在23号街上一所小房子里。 由于付不起房租，就不能再住下去，只好搬到17号街。 不久，由于缺钱，房东不让我们住下去，又搬到22号街。 在那里也不允许我们安然住下去，于是又搬到10号街……

没完没了的搬家把老师惹恼了，她拍案而起，骂邓肯是捣蛋鬼，故意用恶作剧耍弄老师。

这可是担待不起的罪名。 邓肯被送到了校长面前。

校长冷冰冰地说道："叫她母亲来领人。"

邓肯的母亲来了。 这位秉承着爱尔兰血统的天主教徒，有着极其坚强的毅力、博大的爱心和对目标的执着追求，她把这些品质无一遗漏，且"变本加厉"地遗传给了她的小女儿。 而现在，当她读着女儿的这篇作文时，忍不住失声痛哭。她告诉校长和老师："我发誓，这些都是实实在在的真话。我们就是这样流浪的。"

依莎多拉·邓肯还从未看见过父亲。父母离异时，她尚睡在摇篮中。

有一次，她问姨母："我为什么没有父亲？"得到的回答是："你曾经有过，但他后来变成了恶魔，他毁了你母亲的一生。"

一天，一位头戴大礼帽的高个子绅士来到了邓肯一家住的寓所，他在大门口见到了正在玩耍的邓肯，便把她抱在怀里，不停地吻着："你就是我的翘鼻子公主呵？知道吗，我是你爸爸。"

邓肯一听，高兴得不得了，连忙跑进屋去，告诉母亲："爸爸回来了！爸爸回来了！"

母亲霍然站起，脸色惨白，全身发抖。她像生怕被别人抓住一样扑进隔壁房间，门"砰"的一声反锁上了，里面歇斯底里的叫喊透墙而出，更增添了一份郁闷和沉重："叫他走开，叫他走开！"

邓肯从高兴到诧异到惊恐，瞬间经历了巨大的感情落差，但她马上冷静下来，走到前厅，很有礼貌地对那个自称"爸爸"的人说："很抱歉，家里人不太舒服，请您改天再来。"

改天，爸爸真的来了，还来过好几回，但他再没要求见其他人，只是带着邓肯一起出去玩，买冰激凌和点心填饱她饿空的肚子。邓肯渐渐了解到，爸爸是一个诗人，他非常漂亮，又有钱。让他变成"恶魔"的是加利福尼亚州的女诗人艾娜·库尔勃利丝，她在一所公共图书馆当管理员。 爸爸带邓肯去过那里，虽然她试图冷傲一些，但还是无法对库尔勃利丝产生敌意。

小邓肯在女诗人面前有着一种矛盾的心理——她也像父亲一样，不能抗拒她的美丽与热情。 对于这个父亲一生钟情的对象，她没有经过母亲的允许，就在心底默默地接受了。 这一刻，她觉得母亲十分可怜。

"我得加倍地孝顺她，给她感情上足够的补偿。"邓肯天真地想。

爸爸好久没来了。 邓肯很牵挂，她去询问库尔勃利丝。库尔勃利丝说："他破产了，不知道去了哪里，我也在到处找他呢。 你爸爸这人就是太倔，谁也拗不过他。"邓肯后来再也没有见过父亲。

圣诞节到了，学校召开盛大的联欢会。 老师指着礼品桌上的糖果和蛋糕，大声问："孩子们，瞧，圣诞老人给你们带什么来了？"

邓肯立即站出来，严肃地回答："你们错了，根本就没有圣诞老人。"

老师生气了，厉声说："糖果只发给相信圣诞老人存在的小孩儿。"

邓肯转身，面向全班同学，激动地说："我们不能相信谎言。 我妈妈告诉我，她太穷，当不了圣诞老人。 只有那些有钱的妈妈，才能装扮圣诞老人，送礼物哄她们的孩子。 而我妈妈一个子儿都没有，除了四个孩子。"

这是邓肯生平第一次"著名"的演讲。 班上立刻喧哗起来，孩子们都嚷着"不要糖果""不要假圣诞老人"，秩序大乱。

老师恶狠狠地揪住邓肯，使劲把她往下按，强迫她跪在地板上。

邓肯咬紧牙，将全身的力量灌注到两腿，死不屈膝。老师气急败坏，竟然自作主张，吊销了邓肯的学籍。

邓肯昂着头走出了校门，她一点也不后悔，她说的是真话。何况，她早就讨厌课堂里的冷板凳了。

回到家，邓肯一五一十地向母亲汇报。母亲拉着她的手说："孩子，你说得对，没有圣诞老人，也没有上帝。只有你自己的灵魂和精神才能帮助你。"

贫困和屈辱，已使得这位虔诚的天主教徒成了一名彻底的无神论者。她的宗教情感慢慢地转化成另一种能量——与命运抗争，教子女成人。

从公立学校出来，邓肯反而受到了真正的教育。每天晚上，母亲给她的四个子女弹贝多芬、舒曼、莫扎特、肖邦的曲子，或者朗诵莎士比亚、雪莱、拜伦、济慈的作品。白天，邓肯一个人悄悄地去库尔勃利丝的图书馆，贪婪地攻读荷马、狄更斯、萨克雷的全部著作。最让她不忍释卷的是惠特曼的诗，那充满激情的句子深深地打动了她，她一不小心就忘乎所以地在座位上念出声来：

    我轻松愉快地走上大路，我健康，我自由，整个世界展开在我面前，漫长的黄土道路可引我到想去的地方。

    从此我不再希求幸福，我自己便是幸福，从此我不再啜泣，不再踟蹰，也不要求什么，消除了家中的嗔怨，放下书本，停止苛酷的非难，我强壮而满足地走在大路上。

地球，有它就够了，我不要求星星们更和我接近，我知道它们所在的地位很适宜，我知道它们能够满足属于它们的一切⋯⋯

邓肯试着写了一部小说，还自己编了一份报纸，新闻、社论及文学作品，均出自于她一人之手。这些东西，她只给库尔勃利丝看过，并从她那里得到了意想不到的夸奖："孩子，你会比我和你爸爸都了不起。"

海滩是依莎多拉·邓肯常去的地方。她凝望着起伏的海浪，或迂回，或直接，或急厉，或舒缓，偶尔有长尾巴鱼腾挪蹿越，使神秘的潮汐洋溢了生命的气息。从这里，邓肯悟到了关于运动、舞蹈的最初的观念。

邓肯的手臂、躯体在阳光的召唤和涛声的指引下，开始了舞动。她仿佛阳光中的一缕，金色的翅膀拍打着云朵；她仿佛大海中的一滴，融入宇宙的旋律。所有的梦想都顺从自然的旨意。

美是天使，自然是上帝。

邓肯迫不及待地召集了街坊上的六七个孩子，最小的还不会走路。

邓肯要他们坐在地板上，教他们挥动手臂。

母亲问道："你这是干吗？"

"这是我办的舞蹈学校。"邓肯认真地说。

母亲怔了一会儿，似乎被打动了，就坐在钢琴前，为他们弹奏乐曲。

这个"学校"竟然每年都能办两到三次，孩子们的家长都力所能及地付些"学费"。 依莎多拉·邓肯感到很自豪，她能为母亲分忧解难了。

10岁那年，邓肯的"学校"渐有规模，还蛮像那么回事。为了吸引更多的"学生"，邓肯灵机一动，把头发梳拢，在头顶上绕个盘髻，自称16岁。 这一招果然见效，博得了旧金山许多有钱人的信任，他们愿意将子女送到这位"16岁"姑娘的面前。 邓肯自知独个儿难挑大梁，就把住在姥姥家的姐姐伊丽莎白请来，共掌教鞭。

学校的开支愈来愈大，而学费却少得可怜。 她们没有理由拒收那些穷人家的孩子，由于她们是对舞蹈的热爱而不是对金钱的追求。 这就增加了母亲的负担，她除了为学校伴奏外，还得抓紧时间做些编织活儿，去换钱。 有一回，商店硬是不肯收购她编织的东西，母亲急得大哭。

邓肯安慰母亲说："天无绝人之路。"她从母亲手里接过篮子，把织好的帽子戴在头上，把连指手套也戴着，自己做"活广告"，挨家挨户去兜售叫卖。 几乎所有的人家都相信和喜爱这个美丽的女孩。 邓肯带回家的钱比以前商店给的钱要多上几倍。

从这次事件后，邓肯又成了家里的"外交大使"，她被公认为最有勇气。 她能够不花一分钱，弄点小花招，诱使肉铺老板赊些羊肉片，还让面包师"乐于继续为您服务"。 邓肯虽然过早地体验到了世态的炎凉，但也锻铸了她惊人的意志力。

穷人的孩子早当家

他出身贫苦、身材瘦小，学历不高，却依靠自己的勤勉与智慧，白手起家，开创了一个拥有一兆四千亿台币的庞大的商业帝国。

从不名一文的农家子弟到首屈一指的亿万富豪，从不识"塑料"二字的"门外汉"到赫赫有名的"塑料博士""世界塑胶大王"。 王永庆，一个仅有小学文凭的寒门子弟，以其"筚路蓝缕，以启山林"的奋斗精神带领着台塑实业，在台湾产业领域推动合理化管理，使其从一家濒临倒闭的小公司，一跃成为现今世界上最大的"塑胶王国"，成为台湾企业的卓越典范。

1917 年 1 月 8 日，王永庆出生在台湾台北县新店直潭的一户贫苦的茶农家里。 他的祖籍是著名的茶乡福建安溪。 清朝末年，清政府闭关锁国、腐败无能，国力江河日下，人民生活困苦不堪。 福建沿海一带的农民、小生产者眼看着生活无以为继，只得背井离乡，漂洋过海到台湾寻找生路。 王永庆的曾祖父便是其中的一员。

后来，王家人便定居在直潭，世代以种茶为生，每天日出而作、日落而息，在这片土地上辛勤耕耘着。

由于茶树生长周期的原因，茶农们一年大约只有半年的时间（春季到秋季）有一些微薄的收入，其余时间就只能赋闲在家，靠打零工维持生计，因此，日子过得十分清苦。 王永庆很小的时候就跟着母亲出外捡煤块、木柴，以便能换取一点零钱，贴补家用。

　　但是，还是免不了忍饥挨饿。有时实在饿极了，就只好偷偷地摘路边的石榴吃。家里偶尔"改善生活"，能分到一小碗甘薯粥，在王永庆看来就像是过年一样。王永庆七岁那年，父母实在不忍心让他失学，就拿出多年来省吃俭用攒下来的积蓄，把他送进乡里的学校去念书。那时候，学校离家有十公里的路程，王永庆每天必须天不亮就起床，先去挑几趟水，把家中的大水缸灌满，然后步行上学。

　　别人家的孩子都穿着漂亮的新衣服，而王永庆却连一套像样的衣服都没有。他的裤子是用面粉袋改做的，上面还印着"中美合作"的字样；用来阻挡烈日风雨的草帽早已破了好几个洞，可还是舍不得扔掉；没有书包，母亲便把两块破布拼接起来给他装书本；仅有的鞋子磨破了，他就干脆赤着双脚在泥泞的山路上奔走！

　　每天放学后，王永庆还要扛着一袋 50 斤重的饲料回家喂猪。50 斤的重量，对于一个不满十岁的孩子来说，实在是有些不堪重负。王永庆几乎每走几百米的距离就换一下肩膀，等到他回到家时，已经筋疲力尽，双肩红肿，大汗淋漓了。王永庆 9 岁那年，家中的顶梁柱——父亲王长庚积劳成疾，卧病在床，全家人的生活重担都落到了母亲瘦弱的肩上。王永庆看到母亲日夜不停地操劳，总想多帮母亲做点事，挑水、担柴、洗衣、做饭、养鸡、养鹅只要是他力所能及的，都尽量多做。除此以外，王永庆还找了一份帮人放牛的工作，一个月赚 5 角钱，一来可以交学费，二来也能够贴补家用。

　　就这样，他勉强读到小学毕业，便被迫告别了学校，到茶园做了一名小杂工。 值得庆幸的是，王永庆有一位睿智开明的祖父，在祖父的教导和影响下，王永庆学会了很多做人、做事的道理。 其实，王家初到台湾时曾经有过一段算得上小康的日子，祖父王添泉因此成为直潭为数不多的读书人，中过秀才的他，还曾在当地开了间私塾，颇受人尊敬。

尽管私塾先生的身份给这个家庭增添了不少书香气息，却对改善家庭经济没有多大帮助。 随着新式教育的兴起和普及，王家私塾再也无力支撑，最终关闭。 从此，只能靠种茶作为唯一营生的王家人，日子过得越来越清苦。 王永庆并不是那种安于现状的人，他总是思考着如何去改变自己的命运，如何去开创一片新天地，他暗自为自己定下了人生的目标。 但是这一切的前提就是要走出直潭，到外面的大千世界去闯荡一番。 可是，当王永庆把这个想法告诉父母和家人时，除了祖父王添泉，没有人支持他的想法。

一天，王添泉把全家人聚集到一起，对他们说："种茶人为了让茶树发育良好，常常要一根根地清除掉茶树周围的杂草，可是我们这里常年多雨，土壤经过长时间的冲刷，加上没有植被的保护，导致了土壤的大量流失，这片茶山迟早会变成废山。 所以，我们要是一辈子、一代代都靠种茶为生，永远都不会有出路的。 长庚辛苦了一辈子，也没能让你们过上好日子，倒是把自己折腾了一身病。 阿庆是读过书的人，我也不希望他一辈子困在这里，走上一代人的老路，还是让他到外边的世界闯一闯吧，说不定能闯荡出一些名堂来！"

祖父的这番话深深地敲击着王永庆的内心，也更坚定了他出外闯荡的决心。 这一年，刚满15岁的王永庆，怀揣着家人东拼西凑来的一点盘缠，独自踏上了谋生的道路。

努力成为生活的强者

迈克尔·杰克逊1993年接受美国电视脱口秀天后欧普拉专访时，曾首度公开坦承自己是受虐儿，在父亲的暴力教育下成长。迈克尔·杰克逊不止一次公开谈论自己充满阴影的童年生活，还曾在《与迈克尔·杰克逊一同生活》的纪录片中自曝，从小家人就常嘲笑他的长相，让他对自己的外表有很强烈的自卑感。

迈克尔·杰克逊出生于印第安纳州一个黑人家庭。黑人小男孩生活在黑人区，这注定是个没有希望的地方，但是他却造就了世界流行乐坛前无古人的辉煌。

当地社会秩序非常乱，许多黑帮势力为了帮派之争经常发生火拼。为了防止孩子们进入黑势力，父亲乔对他们实行严格的管理。也许是这种管理过于严格，孩子们从小都对乔很畏惧。乔以自己的方式、自己的思维管教这些孩子，他要的是这些孩子以后出成绩，不在社会上因为贫困而受人白眼和奚落。但是他也许忽略了自己的管教方式，以至于迈克尔·杰克逊很长一段时间不能从这种阴影中走出来。

乔经常对孩子们拳脚相加，没有人敢反抗。无论什么时候，只要其中一个儿子难得地举起拳头进行自卫，乔才会露出笑容。迈克尔的哥哥说，进行自卫给父亲提供了一个借口可以把他们痛打一顿。

有一次迈克尔·杰克逊没能幸免，乔抓住他的衬衫领口把他举起来。 迈克尔·杰克逊大胆地对视父亲的眼睛。 "这次又想跑，嗯，小子？"迈克尔·杰克逊咧着嘴笑，他死死抓住父亲的皮带扣，但乔只是把他放在地上，叫他站着别动，一旁的孩子们连大气都不敢出。

这时乔进了卧室，把左轮手枪拿出来。 迈克尔·杰克逊站在那儿吓呆了。 乔把手枪对准他，慢慢扣动扳机。 手枪并没上子弹，但大家还是吓得面如死灰，迈克尔·杰克逊把尿都吓出来了。

乔不仅在身体上，而且在心理上也对孩子们实行残暴统治。 他会戴上万圣节的面具，然后从黑暗中跳出，把孩子们吓得目瞪口呆，甚至号啕大哭。 迈克尔·杰克逊和马龙挤在床铺里，生怕父亲挥舞着刀子从壁橱中冒出来或突然出现在窗前，孩子们越是歇斯底里地大叫，乔便越高兴，笑得在地板上打滚。

给孩子们伤害更深的是他对儿女们感情上的折磨。 在不用皮带抽人时，乔则非常喜欢痛骂儿女们。 迈克尔·杰克逊后来告诉朋友们：在父亲的斥责下，孩子们都缺乏自信，感到自己一无是处，似乎没做对过一件事。

后来乔发现孩子们都有音乐特长，想着让杰克逊兄弟组成一个乐队，因此对孩子们进行了严格的培训，并且制定了严格的纪律。 他们每天至少练习3到4个小时。 迈克尔·杰克逊白天要上学，晚上放学回家就要进入录音棚，排练到深夜，第二天还要继续上学。

每次去录音室的路上都会看到一个游乐场，看到里面的孩子无忧无虑地玩，迈克尔·杰克逊很想去，可是每次乔都告诉他：不能去。 等他再次路过录音室的时候，会在车里偷偷地哭。

那是杰克逊童年时伤心的时刻，这对任何一位童星来说都是一样的。 伊丽莎白·泰勒对杰克逊说她也有过同样的感受："要是你在很小的时候就得工作，你会觉得这世界是那么的不公平。"

后来迈克尔·杰克逊回忆说："虽然很疲惫，但是我会尽力成为生活的强者。"

迈克尔·杰克逊极具歌舞天赋。 虽然他年龄最小，但是他加入乐队不久就脱颖而出。 5 岁就俨然一个小歌手的样子。 看到别人的新舞姿，他立马就学会了。

后来杰克逊兄弟开始在乔的带领下四处演出。

每次演出，乔都在挑毛病，对他们的一个小错误，乔也会怒不可遏地用暴力进行惩罚。 迈克尔·杰克逊对他的朋友说："父亲好像很严厉，他从来都没有说过一句'迈克尔，你做得好，爸爸为你骄傲'。 我从来都没有得到过父亲的一个拥抱，父亲只会说你这还不够好，那也不够好。"

有时候，迈克尔·杰克逊忍无可忍。 姐姐记得，9 岁时迈克尔·杰克逊已经开始迫不及待地开始反抗了，可想而知，冲突接踵而至。 排练中迈克尔·杰克逊不时违背父亲意愿，而乔则愤怒地挥动鞭子。 "我很想反抗，"迈克尔·杰克逊说，"因此我挨的鞭子比哥哥们挨的总数还多。 父亲想杀了我，把我撕碎我也要反抗。"

比体罚更伤人的是专门针对迈克尔·杰克逊的辱骂。 观众们已经对这个长着秀兰·邓波儿式的酒窝，能跳詹姆士·布朗舞步，仅 1 米高的"小发动机"感到惊奇。 但乔仍时常挖苦迈克尔·杰克逊，说他丑陋、愚蠢、笨手笨脚。 父亲打他时，他常有办法挣脱，但他无法避免乔的恶语伤害。

不仅杰克逊兄弟害怕乔，"我们都怕乔下班回来，"曾为迈克尔·杰克逊儿时玩伴的约翰·扬说，"我们当时在他家玩，他们家的某个小孩这时就会大叫'爸回来了'——然后大家都怕得赶忙从后窗溜走。"

有一次，乔因为有事突然回家，结果在一张床下找到了迈克尔·杰克逊和约翰·扬。他把两人拖出来，掏出一把小折刀抵住扬的喉咙。扬说："我当时大约6岁，我那颗小心脏都快跳出来了！"接着乔咆哮起来："如果我再抓住你在这儿玩就割开你的喉咙！"

据扬回忆，乔好几次都是这样恐吓邻居和自己的孩子——这确实有效！他不想让孩子到处乱逛，他要他们搞音乐。

且不说迈克尔·杰克逊及其兄弟姐妹为此付出了多大的精神代价，但乔的做法确实收到了预期的效果，杰克逊兄弟乐队已经成了当地的首席乐队。

后来杰克逊五兄弟经常给芝加哥的一些明星伴唱。就是在这个时候迈克尔·杰克逊一面吸取丰富的音乐知识，一面幻想着有一天自己也能到舞台的中央。

作为9岁的孩童，迈克尔·杰克逊已经成就斐然，旁人却开始暗暗嘲笑这个"侏儒"，说杰克逊兄弟是假装的小孩。每次听到这种评价，乔和那几兄弟都得意地大笑，而在成人世界中时常感到失落的迈克尔·杰克逊却失声哭泣，他无法忍受别人的取笑。

1972年，杰克逊兄弟已经签约魔堂，并且在美国赢得了一定的声誉。

迈克尔·杰克逊的姐姐说他小时候是一个开朗外向的小

孩，他青春期的时候身体发生了很大的变化，包括五官、身高等。发生在一般人身上不会引起情绪上的变化，可是迈克尔·杰克逊是公众人物，这段时间的变化给他带来了烦恼。

首先比较突出的是他的鼻子。乔给他取了个绰号，"嘿，大鼻子，"父亲带着残忍的喜悦叫他，"你从哪儿遗传了个大鼻子，嗯？"哥哥们也跟着念："大鼻子来了！"忍受多年之后，他们现在借机报复迈克尔·杰克逊对他们的冷嘲热讽。迈克尔·杰克逊却没有兄弟姐妹们那样有耐性，每一次受了羞辱就会跑到一边去，眼里满是泪水。

15岁时，迈克尔·杰克逊患了严重的痤疮，脸上留下了许多粉刺，他几乎垮掉了。他母亲称这是上帝的惩罚，因为他曾给杰曼取过绰号"坑坑洼洼的马路"。皮肤问题同样也给迈克尔·杰克逊带来极大的创伤。他到贝弗利山上的高级皮肤专家那儿治疗，但都没用。

两年多以后，即17岁时，他终于度过了这一年龄，但这时的迈克尔·杰克逊几乎成了隐士，成天待在屋里，眼睛盯着地上，从不直视别人。平生第一次，他拒绝照相并躲着歌迷。他对姐姐坦白说："我受不了，拉托亚，我真的不行。"

他过分地关心自己的体重，每天都要称重量，稍微有一点胖，他就要节食。

他的自尊终日与外表缠绕在一起，这时期的磨难给他留下了深深的心理创伤。拉托亚说："他一直未能康复。以前他是兄弟几个中最兴高采烈、最喜欢与人交往的，而现在却那么害羞，而且沉浸于自己的痛苦之中，我觉得他可能永远无法克服这一困难。"迈克尔·杰克逊也有同感，他坦白说："这件事搞乱了我的性格。"

迈克尔·杰克逊童年和少年时代是疲惫的，但是他也曾经说："我恨我的父亲，因为从他那里我得到的只有恐惧。但是我也感谢我的父亲，因为没有他也没有我的今天。"在1993年美国脱口秀的电视节目中，迈克尔·杰克逊谈及父亲，激动得热泪盈眶，并低下头说："爸爸，请原谅我今天说的话。"

成功是靠努力换来的

安贞焕的身世一度是个谜，曾经有媒体报道称安贞焕是遗腹子，但据安贞焕舅舅证实，实际上安贞焕是一个私生子。他是母亲安金香在18岁时与其数学老师金某之间师生恋的结晶。由于没有正式的婚姻关系，安贞焕直到1岁时还是个没有户口的黑孩子。安贞焕的舅舅以收养的形式把安贞焕认为养子，这才给了安贞焕一个合法的身份。为了抚养儿子，安金香不得不远走他乡打工。从小缺乏家庭关怀的安贞焕与外婆相依为命，自童年开始便尝尽了生活的艰辛和被人轻视的痛苦。

小时候安贞焕有个梦想，那就是能吃上橘子，而且还是济州岛的橘子，因为韩国只有旅游胜地济州岛出产橘子。在安贞焕很小的时候，家乡坡州也会有叫卖济州岛橘子的商贩走街串巷兜售，而每当经过他家门前的时候，从小抚养安贞焕的外婆都会说："贞焕，你快长大赚钱，给外婆买几个济州岛产的橘子吃！"

让安贞焕最刻骨铭心的是，小时候，家里穷到只能用喂猪的饲料土豆充饥。 安贞焕回忆说：当时还不知道这东西是喂牲畜的，每天都去山上挖，但却总是吃不饱。 我住的地方是在汉江桥附近，是首尔市的贫民窟，而且住的是城中村的屋顶房。成家后，安贞焕曾与岳母提起过这段心酸的经历，令其感慨道：真不可想象，这是我们那个年代才能见到的事情。

遗腹子？私生子？这一切就是安贞焕的童年，当然还有足球。

安贞焕透露，其实自己的足球启蒙很简单，就是为了训练时能领到免费的牛奶和面包。 看见眼馋的食物，他就和教练自荐说自己跑得快。 每当拿到面包时，安贞焕都不舍得一下子吃掉。他掰成几份，训练前啃点，结束后吃点，剩下的存到明天。 不过他渐渐发现，这种吃法实际上更容易饿，后来安贞焕总结出一套可以欺骗自己胃的方法：没有主食就吃高糖的东西抵抗饥肠辘辘。 因此他一有时间便跑上山采洋槐树的花心吮吸。

2002 年韩日世界杯是安贞焕职业生涯的巅峰，尽管韩国队在那届世界杯赛伴随着争议晋级并最终获得第四名，但安贞焕凭借其在马尔蒂尼头上的入球，让他成为韩国的民族英雄，而在攻破美国球门后，他做出的滑冰庆祝动作也令人印象深刻，讽刺了前年盐湖城冬奥会上韩国选手在美国选手和裁判的联合夹击下遭遇的不公正对待。

足球场上叱咤风云的安贞焕同样也有位美人做伴，妻子是韩国小姐李惠媛。 而从小就缺乏家庭关怀的安贞焕，从妻子及自己的两个儿女中最大限度地感受到了家庭温暖。

安贞焕的母亲在安贞焕成名后染上了赌博恶习，最后欠下了高达 7000 万人民币的高利贷，虽然起初安贞焕表示愿意替母亲偿还这笔债务，但随着债台高筑，即使是身为职业球员的安贞焕也无能为力。 在因为诈骗罪入狱之后，安金香在牢狱内宣布与安贞焕断绝母子关系。

除了赌债外，安金香还为安贞焕留下了一个同母异父的弟弟，不过其弟弟和父亲生活在美国，随着安贞焕的发达，这对父子也曾在经济上多次纠缠过安贞焕。

从小没有父亲让安贞焕非常自卑，这也是安贞焕稍显内向性格形成的原因。 安贞焕的童年最怕的事情就是填家庭情况表，父亲那栏从小到大一直都空着，他既不知道父亲的全名，也不知道父亲究竟是哪天离开的人世。

在韩日世界杯时球员车杜里最终落选世界杯名单，车杜里曾向安贞焕表示过羡慕之情，但安贞焕却回应道："如果你愿意，我真想和你交换一下人生的角色……"因为车杜里有位英雄父亲——车范根。 所以当自己的女儿和儿子出生后，安贞焕赋予了他们无私且无限的爱。

这就是安贞焕，看似风光生活的背后，同样有着辛酸的童年，以及与母亲之间纠缠不清的亲情，这才是人生。

成功是靠努力换来的，走好你自己的每一步。

我热爱自己的命运

有记者问周云蓬：你九岁就失明，这是否从精神上摧毁了你。 他淡定地回答：不会的，那时我还没有精神，灾难来得太早，它扑了个空！

周云蓬是标准的"70后"，但心理上却有着远大于实际年龄的沧桑。小时候，病魔就缠上了这个不幸的孩子。身患眼疾的他，跟随着母亲的脚步，四处求医问药，别的小朋友童年都是彩色的，而他的童年经历单调又令人绝望，充满了火车、医院、手术室和酒精棉球的味道。九岁那一年，他什么都看不到了，眼前一片黑暗。视觉的最后印象是动物园里的大象用鼻子吹口琴，以后，这个镜头，反复在他脑海中出现。梦中，他是笑着的，醒来后，他哭了！

黑暗给了我黑色的眼睛，我却要用它寻求光明！顾城的这句脍炙人口的诗句，用在周云蓬身上再合适不过。

在盲童学校读书的他，以后不仅上了高中，还读了大学。在大学期间，他最喜爱的书是米兰·昆德拉的《生命中不能承受之轻》和加缪的《局外人》。

写诗和唱歌是周云蓬的理想，也是他的梦想。在大学里，周云蓬非凡的艺术才华得以充分展现，他创办了刊物，并开始写诗和歌曲，并在大学里开演唱会。毕业后，周云蓬开始游历全国，并以弹唱为生。

四处漂泊的经历，赋予了他无穷无尽的灵感。灵敏的耳朵，让他的音乐更加纯净、细腻，他录制的音乐开始广为人知。在他的博客里，他这样介绍自己：新世纪的候鸟歌手，冬天去南方演，夏天在北方唱，春秋去海边。

1996年—1997年，周云蓬游历了南京、上海、杭州、青岛、长沙；1999年创办了刊物《命与门》，正式开始写诗和歌曲；2001年只身前往西藏；2002年在北京办了第二本刊物《低岸》，主要想以诗的方式来诠释地下人的精神状态；2003年签约摩登天空，并录制了第一张专辑《沉默如谜的呼吸》；2004

年 9 月首张专辑《沉默如谜的呼吸》正式发行……

他的那首《盲人影院》非常有特色。 那是一首带有自传性质的歌曲，讲述了他少年时代的经历。 从小失去光明的他喜爱艺术，喜爱音乐，喜爱电影。 电影是他的艺术启蒙，在"盲人影院"中，有无数想象的画面化成诗句，带着他四处飘荡。 他去了上海、苏州、杭州、南京、长沙，还有昆明，以及腾格里沙漠、阿拉善戈壁、那曲草原和拉萨圣城。 他热爱诗歌，他喜欢"嚎叫"，他欣赏 Beat Generation 的理想，因为他也是一个漂泊的"垮客"。

媒体开始第一次用"音乐公民"来评价这位歌者。 周云蓬不仅在音乐上拥有卓越的才华，在诗歌创作上，也有着过人的天赋。 他认为音乐和诗歌是不可分离的孪生兄弟，他一直致力于"弥合诗歌与音乐的分离"，并在 2009 年获得珠江国际诗歌节"诗歌探索奖"。

面对自身的不幸，周云蓬好像总是视而不见，他用诗一样的语言这样描述道：蛇只能看见运动着的东西，狗的世界是黑白的，蜻蜓的眼睛里有一千个太阳。 很多深海里的鱼，眼睛蜕化成了两个白点。 能看见什么，不能看见什么，那是我们的宿命。 我热爱自己的命运……

天才需要一点敲打

天才的成长都伴随着一种自我心理预期的膨胀，张居正正是这样，唐伯虎、徐文长也都有过这样的阶段。可惜的是唐伯虎和徐文长，最后都是因为科举考试失败而改变了人生发展的方向。

张居正也经受过这样的打击，但这种打击来的时机与方式对于他来说，都是恰到好处的，因而成就了他一生中的第一次凤凰涅槃。

张居正少负神童之名，不仅被乡里乡亲所看重，也被江陵府当时最重要的几位重量级人物所看重。其中最看重他的就是后来做了大司寇、当时任湖广巡抚的顾璘。

顾璘第一次跟他交谈之后，一下子就把他当成是忘年交了。有一次，顾璘还留 13 岁的张居正在自己家吃饭，用正式款待客人的礼仪来款待他。不仅如此，席间，还把自己的儿子叫出来，指着张居正介绍说："这就是我常说的那位江陵张秀才，他将来必是国家的栋梁，你要好好地跟他学，将来也可以去投靠他做一番事业。"

可也正是这位顾巡抚，一手促成了张居正的落榜。在乡试后的阅卷阶段，顾璘对朝廷派来主持招生工作的监察御史说："这个张居正不是一般的人才，我觉得他将来必是国家栋梁。但现在年龄太小了，这时候若让他中了举，入了官场，将来不过是多一个风花雪月、舞文弄墨的文人而已，不如趁他小，让他受点挫折，对他将来的塑造定有好处。"

最后在几番权衡之下，赵御史听了顾璘的话，没有录取张居正，这也就导致了天才少年张居正第一次参加乡试就遭到了落榜的命运。

在很多小说里，是这样演绎张居正面对这种命运的，说他开始也愤愤不平，甚至找到主考官那儿去理论。可事实上却是顾璘很坦白地告诉了张居正，说不录取他，完全是自己的主意。

他在后来回忆这件事的时候说："我那时年龄小，当然不知道自己的将来会是什么样，但知道顾璘顾巡抚是真的对我好，常想不负他的期望，鞠躬尽瘁，以死相报，这种想法，到现在还不忘记。"

也就是说，13岁的张居正当时就能够明了并理解顾璘的一片苦心，并坦然地接受了这个落榜的结局，而没有半句抱怨！

后来，他也屡经挫折，但都坚强地挺了过来，世事对他而言，几多大风大浪，他都如履平地。

逆境中成长起来的心灵

卢梭出生在日内瓦一个钟表匠家庭，一出世就失去了母亲。在10岁那年，由于一场诉讼，他的父亲被迫逃离了日内瓦。卢梭在一个牧师家被寄养了两年，并开始学习拉丁文。这是他仅有的在别人指导下进行的正规学习。后来，他被送去跟一个雕刻匠做学徒，由于常常挨打受辱，两年后他逃了出去，从此过了13年流浪生活，备受磨难。

卢梭多愁善感，酷爱读书，在逆境中成长起了一颗高贵的心灵。他不甘忍受自己在社会中的卑微，开始探讨人为什么会不平等。

为了寻找这种不平等的起源，卢梭阅读了大量书籍，开始研究、思考人类的发展史，写出了著名的《论人类不平等的起源和基础》《社会契约论》等。 他认为人类在自然状态即原始社会中，是自由平等的，那时生产力水平低下，几乎没有私有财产，也就没有权力，没有等级差别。 但后来，人类为什么会失去自由，有了不平等呢？ 卢梭形容："谁第一个圈出一块土地，大言不惭地说'这是我的'，并且找到了一些傻乎乎的人竟相信了他的话，谁就是文明社会的真正奠基人。"卢梭认为有了私有财产，人类就开始进入了文明社会。 随着生产力水平的提高，人开始追求舒适的生活，开始滋生出各种欲望，于是就有了彼此的征服和战争，有了地位的高低之分，有了财产的不均等。 也就是说，人在创建文明的同时，也制造了枷锁，束缚了自己，人不再自由了，也不再平等了。

卢梭这样说："从那里，我看见我的同类像瞎子一样，正沿着他们的偏见之途朝前走，沿着他们的谬误、苦难、罪恶之途朝前走，我以他们难以听见的微弱之声疾呼：丧失理智的人啊，你们老是抱怨大自然，却不知一切的苦难都是你们自己造成的啊。"

卢梭从人类的痛苦中认识到人类的一切不平等、不自由都是人类自己造成的，而绝不是天赋使然，他呼唤人权的重新回归，要求每个人都应该拥有最基本、最神圣的权力——平等、自由。 他提出了著名的"社会契约论"和"主权在民"的理论。 他认为人原本都是平等、自由的，但过分的自由使彼此伤害对方，于是每个人都要交出一部分自由，通过结成国家，订立法律限制起来，目的是为了保障人们最大的平等、自由的权力。 国家、法律就是一种契约，没有人是天生优越的，在契约面前人是平等的，用现代的话说就是：在法律面前人人平等，法律至上。 同时契约是为了保障民众的平等、自由权力，因此国家主权应属于人民，而不是一小撮统治者，人民有任免、罢黜与监督行政首脑之权，有决定国家统治形势之权，有推翻专制制度之权。

卢梭的思想告诉我们，人在自然状态下都是平等、自由的，因此平等、自由正是天赋人权。 没有人天生就是小人物，没有人能生来就主宰别人。 如果我们生来就卑微，生来命运就被别人主宰，那就是这个社会的问题。

"从此我不再将自己看成任何人、任何事物的奴隶，也永远不再将任何人看得高高在上。"不管我们的地位如何卑微，如何微不足道，但我们的心灵和任何人一样，都是平等的。 人是生而平等的，人也应该被尊重。

生命的奇迹

海伦·凯勒刚出生的时候有着正常的视觉和听觉，在她快满两岁的时候却突然生了一场大病，连续发了好几天的高烧，等到接近康复的时候，海伦却丧失了听力和视力。

她这个时候只是个婴儿，并不能完全真正地了解自己感官上的变化，所以过不了多久她又逐渐地能够适应了。 虽然海伦的声带还很正常，但是因为她听不到别人说的话，所以没有办法跟着学。 海伦的母亲很尽心地陪伴着她，而海伦也很聪明，渐渐地，能够用触觉去辨别东西，以及用手势动作来表示自己的意思。 在一般人眼里，海伦平日的生活起居比正常的孩子艰难多了，但是幼小的海伦却充分发挥了适应环境的本能，并没感觉有什么不方便。

那时候的她还以为每个人都跟她一样生活在黑漆漆的世界里，靠着触摸来分辨东西、表达事情。 海伦5岁的时候，已经能够从一堆洗好的衣服中间照着衣服的样式和大小把爸爸的、妈妈的、还有她自己的衣服分辨出来，并且帮着妈妈收到不同的柜子里，然而也大约就是从这个时候开始，海伦渐渐地发现自己的感官和别人有很大的不同，为什么别人在一起的时候都不用摸对方的手就知道对方的意思呢，为什么爸爸还没有走进屋子，妈妈就知道她回来了呢？ 为什么别人找东西很快就能找到呢？

她的心里不断重复着这些疑问，而最让她感到迷惑的就是，大家都只有在跟她相处的时候才会抓着她的手比来比去，而跟其他人交流的时候却是利用动嘴巴的方式，海伦时常好奇地去摸身边人的嘴唇和下巴，想弄清楚他们是怎么做的。 有时候她也能模仿别人说话的嘴形，呀呀发出一些声音来，但是一方面她自己根本听不到任何声音，另一方面在那时候连说、看、拼是什么她自己还不能够体会，当然也不可能有什么成果。 每当她不明白别人在做什么的时候，或者是别人不了解她心意的时候，她就会大发脾气又哭又叫，乱摔东西，甚至还打人踢人，胡闹好一阵子，发泄心里的怨气，不论海伦的行为多不讲理，妈妈总是很体谅的把她搂在怀里温柔地安慰着她，可是妈妈听不到海伦心里的呐喊，也无法了解海伦内心的无助和悲哀，何况就算她知道又能怎么样呢！

海伦6岁了，正常的孩子到了这个年龄就要开始上小学念书了，但是以海伦的情形当然没有办法去一般的学校求学，当时专供残障者就读的学校非常少，而她们家又偏偏住在乡下。

有一天，海伦的爸爸满怀希望地找到一位资深的医生为海伦诊断。经过了一番彻底的检查之后，医生告知他们：海伦的眼球机能已经完全丧失，永远都没办法治好了。

医生同时也告诉他们盲人也可以接受教育，他建议海伦的父母去华盛顿找亚历山大·贝尔博士，他是一位非常热心盲聋教育的人。

贝尔博士见到海伦和她的父母以后，热心地帮他们联系一所叫派金斯的盲人学校，请校方设法为海伦安排一位家庭教师。但是要找到一位懂得教育盲人和聋人又愿意到海伦家去的教师，并不是很容易的事情。

海伦的爸爸妈妈整整期盼了一年才终于接到了学校的通知，说有一位叫安·沙利文的老师立刻就要起程来他们家了。

海伦每天勤奋地学习，认识的字越来越多，后来她不仅能写出很多东西的名称，甚至还能把几个单字连在一起构成句子。虽然海伦还是一样的既瞎又聋，但是现在的她已经从孤独的黑暗世界里走了出来，快乐地迎向充满光明与希望的未来。

海伦10岁了。在沙利文老师耐心的指导下，海伦除了能够用手指写字的方式和别人交谈以外，也学会了阅读点字书来学习更多的知识。所谓点字书就是专门供盲人阅读的书，书里的文字是由一个个凸起来的点组成的，好方便盲人借助触摸来分辨字句，因此海伦的学习即使和同龄的正常孩子比起来也丝毫不逊色。

沙利文老师也决定协助海伦向一个更大的目标挑战，那就是学说话。 沙利文老师听说有一位老师对指导聋人说话很有经验，特意带着海伦去向他学习。

然而海伦比其他的聋人更难学说话的地方是她的眼睛也看不见，无法观察别人的嘴唇和舌头的变化，因此海伦只能先用手去触摸老师的嘴，再模仿他的嘴型来发音，而且发出来的音她自己也听不到，如果有错误的地方，只好一遍又一遍地靠着触摸来修正，当遇到一些比较难分辨的发音时，海伦往往要尝试几十遍甚至几百遍才能够顺利地说出来。

有时候海伦也难免会因为一再的失败而感觉到疲惫或灰心，甚至想放弃不学了，幸好沙利文老师总是在一旁鼓励她。

海伦历尽了煎熬，一个音一个字的慢慢学习，最后总算能够说出完整的句子。 当她坐着火车回到家乡的时候，爸爸妈妈为了快一点听到孩子说话，赶到火车站去迎接她，听到海伦一字一句地叫出"爸爸妈妈"的时候，海伦的父母激动地擦着湿润的眼睛，感激地握着沙利文老师的手。 海伦·凯勒凭着她坚毅的个性，一步一步克服了身体的残疾。

后来海伦又开始学习阅读，老师拿给她一些硬纸片，上面的字是用凸起的字母组成的，海伦马上明白每个字代表某种物体、行动或特征。 在很长一段时间里，海伦没有正规的课程，即使非常认真的学习也像是在玩儿，而不像是在上课。

海伦在快乐中不断地汲取知识，后来老师还带海伦到各个地方旅游，她们到了柏金斯盲人学校，海伦和那里的盲童交上了朋友，他们都懂字母手语，这使海伦感到说不出的高兴。

1894 年夏天，海伦出席了"美国聋人语言教学促进会"在肖托夸召开的第一次会议。 会上，海伦被安排到纽约城的赖特——赫马森聋人学校上学。

那一年的 10 月，沙利文老师陪她到那里。 这所学校被特别挑选出来提高海伦说话的能力和唇读的能力。 除这两项内容，海伦在这所学校的两年中，还学习了数学、自然、地理、法语和德语。

后来，海伦又到坎布里奇女子学校学习，为进大学做好准备。 在坎布里奇女子学校，沙利文老师和海伦同堂上课，把教员的讲授用手指翻译给海伦听，虽然在学习的过程中遇到了很多难以想象的困难，但是海伦以她顽强的毅力克服了那些障碍。

1900 年，海伦如愿进入了大学，但许多教材都没有盲文本，要靠别人把书的内容拼写在她手上，因此她预习功课的时间要比别的同学多得多。

海伦以优秀的成绩从大学毕业，掌握英、法、德、拉丁和希腊五种文字。 她走遍美国各地和世界上许多国家，为盲人学校募集基金，把自己的一生献给了盲人福利和教育事业。 1959 年联合国曾发起"海伦·凯勒"世界运动。

做自己喜欢的事，做自己擅长的事

从跨出校园的那一刻起，我们就必须考虑一个问题：拿什么在生存的竞技场上与人竞争？ 这几乎成为 20 几岁的年轻人都必须面对的问题。 没有方向感，是最要命的。

我们要选择自己喜欢的事情，因为只有做自己喜欢的事情，我们才能无怨无悔，也只有自己喜欢的事情，我们才能在遇到艰辛苦难时坚持下去。

百度创始人李彦宏谈起了自己的创业体会："百度始终没有去做其他事情，不管那些事情多么赚钱。短信曾经非常赚钱，游戏到现在仍然非常赚钱，门户可以做得非常大，我们都没有去做。因为我的理想并不在那些领域，我喜欢的东西是通过我的技术让更多的人更容易地获得信息；作为一个工程师出身的创业者，我希望把自己的技术运用到社会上去，让更多的人从中获得收益。这么多年来，我之所以在大家看来没走什么弯路，很重要的原因就是我只是做自己理想中喜欢的并且擅长的事。开始的时候，每个人一定要想想自己最擅长做什么。当前除了少数垄断行业之外，整个商业社会竞争是非常充分、非常激烈的，如果说这件事情别人做起来比你更擅长，那你再喜欢它也没有用，你是做不过人家的。所以，在这种情况下一定要考虑自己最擅长做的事情，你再去做。"

这是个成功人士辈出的年代：刘翔是 110 米跨栏冠军，王励勤是乒乓球冠军，乔丹是飞人，巴菲特是股神……他们之所以成为英雄，正在于他们都是在做自己最擅长的事情，都是在拿自己的长处和别人的短处较量。他们本来是普通的常人，但因为在某一点上超过了所有的人，因而获得了成功。

李安，两次获得奥斯卡最佳导演奖，是全球华人的骄傲。在光环的背后，很少有人知道当年他曾二度高考落榜，硕士毕业后失业六年在家做家庭主夫。

李安成名前的经历告诉我们：就算你高中数学成绩不好，没考上一个好大学，不要紧；就算你毕业就失业，也不要紧。对你来说，重要的是你发现了自己所热爱并擅长的事情，并坚持做下去。

1985 年 2 月，李安准备回台发展。 就在行李被运往港口的前一晚，李安的毕业作《分界线》在纽约大学影展中得了最佳影片与最佳导演两个奖，当晚美国三大经纪公司之一的威廉·莫里斯的经纪人当场要与李安签约，说李安在美国极有发展，要李安留下来试试。

当时李安的太太林惠嘉还在伊利诺伊念博士，带着一岁不到的阿猫（李涵），学位还差半年就拿到。 李安心想：孩子还小，太太学位还没拿到，也好，在美国再待一阵子陪陪他们，也试试运气。

就这样，一个计划不成，另一个计划又来了，总有几个在进行，所以老不死心，人像是悬在半空中。 直到 1990 年暑假完全绝望，计划全部死光，锐气磨尽，李安也不知道该怎么办。 要不要回台湾？ 老是举棋不定，台湾电影那时也不景气。

他尝试了当剧务、看器材，但都不太成功。 毕业快六年了，还是一事无成，刚开始还能谈理想，三四年后，人往四十岁走，依旧如此，也不好意思再说什么理想，于是开始有些自闭。 久久过一阵子，会看见某位同学时来运转，当然大多数都是虚度青春、自怨自艾地过日子。

他能在最低落的日子里一直坚持自己的理想，与妻子林惠嘉给他的自由和支持是分不开的。 他说道："平常我在家负责煮饭、接送小孩，分担家事，惠嘉也不太干涉我。 惠嘉对我最大的支持，就是她自己独立生活。 她没有要求我一定要出去上班。 当然她赚的还不够用，因为研究员只是微薄的基本薪水，有时双方家里也会变相接济一下。 我一直不想让父母操心，我们家从来不谈钱的，但爸妈也会寄钱来给我们救急。"

1990年暑假，老二石头（李淳）出生时是李安最消沉的时候，丈母娘与岳父来美帮忙，一下飞机，林惠嘉就叮嘱他们千万别提拍片的事，怕李安会受不了。李安每天做好饭菜给他们吃，他们就一直说："好吃，好吃。"

有一天，丈母娘忍不住，很正经地提议："李安，你这么会烧菜，我们来投资给你开馆子好不好？"李安说："开餐馆跟家里烧饭不一样。"

当时李安有个想法：要不然就是老天爷在开玩笑，李安就是来传宗接代的，说不定儿子是个天才，或者机运未到，就连叫花子都还有三年好运呢！每个人都有他的时运，份大份小，要是时机来了，抓不到的话，这辈子就很窝囊。

就在计划全部泡汤的几个月后，《推手》《喜宴》的剧本在台湾得奖了，整个运势从谷底翻扬上来。

许多人好奇李安怎么熬过那一段心情郁闷的时期。当年李安没办法跟命运抗衡，只好死皮赖脸地待在电影圈，继续从事这一行，当时机来了，就迎上前去，如此而已。

那种"死皮赖脸也要待下去"的坚持，让他成为今天的大导演李安，而不是厨师李安或一事无成的李安。他认定了导演就是他想做而且擅长做的事，并且坚持下来。

他说："我一读电影就知道走对了路。因为我当演员是一种表演，当导演也是表演，借电影来表演。电影主要靠声光效果，没什么语言障碍，这是最适合我的表现方式。""拍电影我很容易就上手，那时我英文都讲不太通，句子也说不全，但拍片时同学都会听我的，做舞台也如此，在中国台湾、美国都一样，不晓得为什么。平常大家平等，可是一导戏，大家就会听我的。 导戏时，我会去想些很疯狂的事，而且真的有可能就给做出来了。 我想，那么容易上手，一定有些什么东西在里面，也许这就是天分。"

所有的岁月都是好的

丘吉尔7岁那年，被送到阿斯科特贵族子弟学校读书。 学校主事人主要关心的是对孩子们的管教，而不是教学。 丘吉尔不愿意遵守教育家们苦心推行的那一套规章制度，不久他就因为不听话吃了苦头，挨了一顿鞭子。

阿斯科特的生活使丘吉尔的健康受到损害。 他后来在一部回忆录中写道："我在那里过了两年多的不安生活。 我在功课方面收益甚少，我天天计算着每个学期的终了，何时可以逃避这令人生厌的奴隶生活而回到家去，并在我的儿童游艺室地板上，把我的那些兵器和兵俑摆成作战的阵式。 在那期间，我最大的乐趣就是阅读课外读物。"

9岁半时，父亲给了他一本《金银岛》，他手不释卷地阅读。 学校的老师们看出他既落伍又早熟：所看的书超过他的年纪，然而在本班中却成绩最劣。 他们大为不悦，施加种种强迫手段，但他顽强抵抗，我行我素，不受他人制约！

丘吉尔的身体日益衰弱，后来他被送到布赖顿的预备学校就读。 布赖顿的教师后来回忆丘吉尔时认为，他是一个最执拗、最不守纪律的学生。

丘吉尔在布赖顿读了三年书后，被送到哈罗。 丘吉尔回忆他在哈罗度过的岁月时写道："我刚 12 岁便走进冷酷的考试领域，这对我是一种很大的折磨。 我愿意参加历史和英文测验，在主考方面却偏重拉丁文和数学。 而这两门功课，我几乎都不能给以满意的答案。"按照学校的规定，考生必须用拉丁文写一篇作文，然而他在两个小时中，只在考卷上写了一个字，用括弧把它括起来，然后浓浓地涂上墨，再打上几个墨点。

尽管数学考试不及格，拉丁文吃了零蛋，学校还是看他父亲的面子而录取了他。 他被编在四年级学习成绩最差的一个班，最末的一个组。 从此，丘吉尔名声大振，成了全校被人耻笑的倒数第三名。

丘吉尔在哈罗的学习成绩很差，经常考试不及格。 他固执地不愿意学拉丁文，虽然经典语言在该校被看作是一门主课。由于丝毫没有愿望或者没有能力学好这门功课，丘吉尔无法在学业上有所进步，也失去了以后进大学读书的可能。 他是学校最差的劣等生，人们认为他迟钝、低能。

丘吉尔继承了父亲的非凡记忆力。 有一次他背诵麦考利关于古罗马的一本书，背了 1200 行毫无差错。 他还能背出莎士比亚剧本中的大段台词，当老师援引《奥赛罗》或《哈姆雷特》中经典语句出了差错时，他总是不放过机会去纠正老师。有一次校长对他提出警告："丘吉尔，我有很充分的理由对你表示不满。"丘吉尔回答说："而我，先生，也有充分的理由对你表示不满。"

丘吉尔纪律性很差，不论是老师或是学生们自己定下的所有行为守则，丘吉尔几乎都不执行，而且经常寻衅斗殴。 丘吉尔在学校的表现使父母非常苦恼，不得不在哈罗的最后几年将他转到军校预备班里读书。

丘吉尔虽然作了准备，但他在报考英国有名的桑赫斯特军事学校时，还是两次名落孙山。第二次落榜之后，父母为了把他弄进桑赫斯特军校，决定采取断然措施。在他离开哈罗后，父母把他托付给当时主办一所特殊学校的詹姆士上尉。这是一所补习学校，是专门帮助那些才疏学浅的青年人能够凑凑合合考取军校的临阵磨枪的地方。丘吉尔曾经回忆说："听说只要不是十足的白痴，就准保能从那里考入军校。"詹姆士的学校能准确了解军校对考生可能提出的所有问题，于是填鸭式地把这些问题的答案塞进学生的脑袋里。

正当丘吉尔积极准备第三次考试时，却在一次与弟弟们做追逐游戏时跌进深沟里，折断了腿，摔破了头，三天之后才恢复知觉。经过三个月的精心治疗，丘吉尔才从床上爬起来。在养伤期间，丘吉尔和父母住在一起，有机会看到许多上层政治活动家。他们都是丘吉尔家的常客，他们的话题几乎总是政治问题。这时丘吉尔对政治发生了一些兴趣。伤好之后，他常去下院听会，注意倾听那里进行的辩论情况。他思考着父亲的令人羡慕的地位。丘吉尔听到的那些谈话可能对他产生了影响，所以他认为父亲辞去索尔兹伯里政府的职务是个悲剧，是无法挽回的错误。

丘吉尔痊愈后，继续跟詹姆士上尉学习，课程结束之后，第三次投考桑赫斯特军校。1893 年 8 月他终于被录取了，但可惜的是，没有像他父亲希望的那样进入步兵学科。尽管詹姆士上尉煞费苦心，丘吉尔的考试成绩还是只够进入骑兵学科。步兵学科的军官生只需自己出生活费，而骑兵学科的军官生除了需要付出较高的生活费外，还必须准备马匹、运动器械和狩猎工具。 因此，报考骑兵学科的人要少得多，而且能否被录取实质上只取决于未来的骑兵军官是否出得起学费。 原来父亲满指望儿子能考取步兵学校，并曾事先请求第六十步兵团团长康诺斯基公爵在他的团里为丘吉尔保留一个位置，公爵已表示同意，但现在却由于儿子没有能力通过步兵考试这种不光彩的原因而作罢了。 为此，父亲十分生气，给丘吉尔写了一封怒气冲冲的信，警告他今后必须刻苦努力，否则有可能堕落成社会废物！

丘吉尔来到桑赫斯特军事学校之后，烦恼、苦闷之态为之一扫。 因为这里根本没有像在哈罗那样令人讨厌的拉丁文、希腊文及其他课程。 况且这里不是参谋学院，而仅仅是一所学习时间仅为 18 个月的骑士学校。 跑马场上的训练给丘吉尔带来很大的乐趣。 他多年来一直喜欢骑射，渴望像他的祖先约翰·丘吉尔，即马尔巴罗第一代公爵那样，从事戎马生涯。 这位未来的骑兵军官唯一感到不安的是，世界上尚未发生大规模的战争，他无法大显身手、出人头地。 他希望有朝一日到印度或非洲去进行征战。

丘吉尔在军校学习期间，父亲的健康状况日益恶化，1895年 1 月去世，终年 46 岁。 父亲的死，对丘吉尔是个沉重的打击。 同年 7 月，丘吉尔又遭到一个不幸，他依恋不舍的保姆也死去了。 在这一年中丘吉尔变得懂事多了。 他觉得父亲这个大靠山倒了，今后应当奋发图强，走自己的路。 他在桑赫斯特的最后一次考试成绩是：在 150 名毕业生中名列第八名。 这对丘吉尔来说是一个不小的进步。

骑兵学科毕业后，丘吉尔认定他最理想的服务地点是第四骠骑兵团。 母亲经过周旋，使英国陆军总司令坎布里奇公爵和团长布拉巴宗上校同意她儿子在这个团任职。就这样,这位年轻的中尉开始了自己的戎马生涯。

在他早年的回忆录中曾经这样写道:"当我回顾这些岁月时,我不禁虔诚地感谢至高无上的神所赋予我们的生存才干。所有的岁月都是好的,无论起伏与兴衰,危险与坦途,永远是动的感觉与希望的幻景。青年们,全世界的青年们,让我们高举战旗,肩负起历史的责任,排除困难,勇敢地向既定的目标进军吧!"

你不是最坏的孩子

拿破仑·希尔出生于弗吉尼亚州,是詹姆斯·希尔和萨拉的第一个孩子。他小时候是一个野性的,甚至算得上是个精力过剩的孩子,主要是他的调皮捣蛋让他在家人和邻居中声名远扬。他比较喜欢的一种消遣是从山上朝下滚石头。结果有一天,滚下来的一块大石头带动了一块巨石,这些石头一直砸坏了好几个篱笆后才停了下来,差点儿就砸中了邻居的房子。

父母在他4岁时就把他送去上学,主要是为了在地里干活时可以不用再管他。

也许拿破仑·希尔的野脾气部分是由于他母亲身体虚弱,以至于他得不到母爱造成的。关于萨拉·希尔我们知道的很少,只知道她在拿破仑·希尔9岁时就去世了。那个时候,拿破仑·希尔认为自己是当地最难对付的孩子。

母亲的去世使拿破仑·希尔感到悲伤和孤独，调皮捣蛋的方式也变本加厉了。在这个地区，男孩子们拿枪打猎并不少见，但希尔却做了件引起所有人注意的事。他开始随身带着一把枪——有六发子弹——幻想变成自己的偶像——杰西·詹姆斯。一年后，他父亲再婚时，希尔日益增进的粗野和枪法已经使他成了当地人恐惧的对象。这让试图挽救他却毫无效果的人们，包括他父亲和家族的其他人都惊慌失措。

家人对他前途的担忧不是没有根据的。那个时代，居住在弗吉尼亚州与肯塔基州交界地带的大部分居民都勤劳机敏，信奉上帝，可是在偏远的山区却聚集了与当地人口不成比例的众多强盗，他们在森林小路上拿着刀枪干着抢劫杀人的勾当。如果希尔长大后还想做一个亡命之徒的话，他几乎在自家后院里就能找到自己的榜样和机会。

就在希尔捣蛋的名声达到顶峰时，一个伟大的女人走进了他的生活。萨拉去世一年后，詹姆斯·希尔娶了玛莎，一个学校校长的遗孀。

不久，詹姆斯·希尔开办了利普斯邮局，同时开始卖百货。在玛莎的坚持下，全家开始积极地去当地浸礼会做礼拜。教堂帮助玛莎约束了希尔离经叛道的行为。它不仅提供了宗教教育和宗教崇拜，同时也是维系当地社会关系的一根重要的纽带。先是几次慷慨激昂的布道，然后礼拜会"敞开大门"，公开听审教会成员之间互犯的过失。执迷不悟的人会受到惩罚，被驱逐出教会，不得参加教会的社交活动，即使在教堂外，也会被教会成员们唾弃。虽然没有被记录在案，但希尔几乎是这种公开听审的法庭的焦点。为了不让自己和家人丢脸，他不得不承认自己从前的过失，并发誓今后好好改正。

玛莎耐心地和这个麻烦的继子建立起一种亲密的个人关系。她不强迫这个顽固暴躁的孩子做什么事情，她想象他成为她希望的那种人——一个聪明、勤奋、独立的小伙子，会建立对自己有益的目标并去实现。她的耐心和尊重得到了回报。希尔 11 岁时，一天，玛莎把他叫到起居室，和他进行了一次私人谈话。

　　"别人都误会了你，希尔，"她说，"你不是这里最坏的孩子，只不过最好动罢了，你需要把自己的精力投入到一些有意义的事情上。"在谈话过程中，玛莎建议希尔考虑一下，将来要不要当个作家，因为他有丰富的想象力和充沛的首创精神。"如果你把捣蛋的时间花到阅读和写作上，"她总结说，"你会看到你的影响遍及全州的那一天。"

　　玛莎的憧憬对于希尔来讲无异于神启。这是除了詹姆斯和莎拉之外，第一次有人看到了他的优点，也是他第一次开始考虑在当地以外的地方赢得荣誉。从那时开始，他不再满足于在小镇上获得名誉。尽管依旧练习他那六发子弹的枪，但他对功课发起了前所未有的猛烈攻势，甚至在家里的时候也刻苦学习，因为在家里玛莎能给他远远超过学校粗浅教育的指导。

　　当希尔 12 岁时，玛莎提议，如果他放弃左轮手枪，她愿意用一台打字机来交换——在 1895 年那可是个稀罕昂贵的奢侈品。"如果你的打字水平和你的枪法一样好，"玛莎说，"你就能发财，还能出名，而且全世界都能知道有你这么个人。"

　　尽管只有 12 岁，但他已经在渴望着名望和财富了。勤奋刻苦的阅读让他熟悉了一些著名的作品和伟大的作家——他还得知，作家们可以获得的荣誉是能够超出小镇、州和国家范围的，甚至可以超出自身的生命，延续到死后。现在，玛莎用这样一个全面的计划为希尔提供了按照这样的形象来勾勒自己蓝图的机会。

以后的日子里，希尔把这句话加以推广，"凡是一个人的思想可以想象到的事情，他就一定能够实现。"对于希尔来说，这也是一样的。在他心中，继母精心种下并耐心培育的这样一种理念的种子已经开始生根发芽了。

年仅15岁的他，当上了当地自由撰稿人式的特约通讯员。这下他的打字机派上了用场。

即使在偏远的弗吉尼亚，希尔的工作也有很多潜在的顾客。19世纪末此起彼伏的混乱和萧条，促成了农民联合会的成立，那是农民协会的先驱。这个组织修建仓库，提供农用器械，为农民办报纸。弗吉尼亚是农民联合会的重要据点，到处都是小报，每张报纸都在尽可能地搜罗各种新闻线索。

15岁的希尔填补了这个空白。他心甘情愿地从事这份工作，因为他对整个弗吉尼亚的每条小路、每个山谷都非常熟悉，即使是最偏远的田野也是如此。而且他也正在寻找生活方式的转变，以期能够取代像农民或者矿工那样的出苦力的生活。

希尔最初转向新闻报道也是玛莎赋予他的灵感。她鼓励他记录身边的人和事，并提议把这些故事送给一家每周定期出版的时事通讯社，这家通讯社把这些故事作为乡村新闻信息的来源，发送到其他大批小报。

希尔很快成为一名高产的报道员。他的文章虽然未经雕琢，但他以无限的激情和生动的想象力弥补了不足。事实上，他后来回忆说，当缺乏新闻而又没有新闻线索时，只要编造故事就行了。

朋友和邻居们也愿意在新闻报道上给这个十多岁的孩子提供足够的自由。毕竟，他改过自新了，而且打字机总比手枪更让人觉得安全。但他们的忍耐也是有限度的，而希尔却由着他的性子，在相当短的时间内就挑战了村民们忍耐的极限。他的一篇文章——关于一个邻居酿私酒活动——因为太过确凿而被几家报纸采用。这给山里招来了一大批税务局的调查人员，等到酿私酒的人们醒悟过来，就怒气冲天地聚集在希尔家的大门口。在接下来的紧张的对抗中，他们送来了简单的消息：要是希尔再对他们酿私酒多写一个字，他们就把他和他的打字机扔到河里去。

虽然希尔再没有因为写作激起这些蛮荒山区里的乡亲们的怒火，但在山区里他自找的麻烦简直用一章文字都写不完。酿酒事件后不久，一个女孩的父亲愤怒地来到他家，声称希尔让他的女儿怀了孕。与那个女孩的控诉和她父亲恨不得杀死他的意图相比，希尔的辩白根本没有一点说服力。希尔被这件突如其来的事打击得头晕目眩，他发现自己结了婚，而且即将成为一个父亲——在他才15岁的时候。

希尔被毁了，学校也不去了，他的写作生涯将不得不给耕田和采矿让路。对他来讲，他的婚姻就是对他终身监禁在肮脏和贫困里的宣判。他对财富和荣誉的憧憬，躲开他从未适应且永远不能适应的山村生活的幻想破灭了。

但是命运——或者是詹姆斯和玛莎——给希尔提供了意想不到的"缓刑"机会。婚后不久，希尔的新娘承认他并不是孩子的父亲。伴随着他的冤案昭雪而来的，是婚姻的结束，以及重新追求自己生命中目标的机会。

就这样，希尔被拯救了出来，他又去了一所两年制的高中学习。 这时，他们家搬到了格拉德韦尔。 接受高中教育当然称不上是自发的进步，但希尔倒也不需要父母督促来继续完成他的学业。 对希尔来说，集中精力学习从来都不是一件容易的事，但他仍然不屈不挠地努力着。 后来他经常说他"差一点"就没有读完高中，但数十年后，学校的一位老师回忆他和他的兄弟们时，说他们是"学校的天才"。

希尔的勤奋和时代的巧合使得他在1900年有了一个彻底的象征性的转折。 当新世纪的太阳升起时，希尔已经17岁，高中毕业，离开家乡，去了弗吉尼亚州塔泽威尔的一家商学院学习。 从可林奇河顺流而下，塔泽威尔离家不到一百英里。 希尔在新的世纪里曾多次返回故乡——但仅仅是短暂的逗留而已。 从此他告别了他在19世纪中的生活方式和他的故乡——那时的他唯一知道的地方，开始了他20世纪的新生活。

塔泽威尔学校一年的课程安排包括基本的会计、速记和打字课程，这些课程是为学生们将来能够做秘书工作而准备的。 做秘书是当时年轻人进入美国商界、企业界的传统模式，甚至对一心想当大亨的希尔来说也是如此。 希尔对未来满怀雄心，除非功成名就，否则他再也不想回家乡。

当他即将从商学院毕业时，把眼光瞄向了为鲁法斯·埃尔斯工作。 埃尔斯是一位著名的律师，曾做过弗吉尼亚的首席检察官，后来成为西南部煤矿的积极发起人。 到1901年时，埃尔斯已经是当地最有权力和影响力的人物了。 埃尔斯就是希尔家和邻居们对"大人物"这个概念最完美的诠释。 对于要开创事业的希尔来说，没有什么比赢得这位巨人的注意和赏识更好的了。

为了实现这个目标，希尔给埃尔斯写了一封豪情万丈的信，希望以此来引起埃尔斯的注意。 事实证明，他的确做到了。

"我刚刚读完商学院课程，完全可以胜任您的秘书工作。我对这份工作渴望已久，"他在信中写道，"我没有这方面的工作经历，所以我知道，刚开始为您工作的时候，这份工作对我比对您来说更有价值。 因此，为了能有幸为您工作，我情愿付给您钱。"

"您可以收取您认为数目合理的钱，多少都可以，但在三个月试用期满之后，您要发给我同样数目的工资。 您可以从我真正开始挣钱的时候起，从您付给我的工资里，扣除我应当付给您的那部分钱。"

埃尔斯很欣赏这个年轻人的风格，他很快就雇用了希尔——还发了工资。 希尔在埃尔斯设在大石峡的办公室里工作，表现得非常出色。 每天他都早早地到办公室，工作到很晚，期间一直勤勤恳恳。 他是一个极其出色的书记员，工作起来极其精细，精细得甚至有些挑剔。 他还心甘情愿"多走几步路，多做工作，少讲报酬"——后来这成为他成功的准则之一。

对于希尔来说，为埃尔斯工作的最初几个月里，他取得了极大的成功。 这份工作不仅给他带来了声望和尊重，而且还使他得到了他雄心勃勃的梦想中希望获取的一切。 希尔从刚开始熟悉业务起，就向埃尔斯充分展现出了他的管理才能，并且不遗余力地加深老板对他的这种印象。 他积极承担新的责任，热情洋溢又不失分寸地完成好各项工作。 为了弥补自己在年龄和身高上的不足，他把自己打造成一个严肃的年轻领导者的形象——他身形笔直，穿着无可挑剔的双排扣西装，里面是熨烫得整齐洁白的衬衣，系传统领结，西装上衣的胸部口袋里整齐地插着一方白手帕。工作不到 6 个月，希尔就被提升，到里奇兰兹镇的一个煤矿上担任主管。

1907 年，希尔的公司在危机中飘摇。当美国的经济混乱持续到 1908 年时，公司终于彻底毁了。希尔的安逸、满足也随之而去。这样一个男人，在他 24 岁之前就已经取得过两次为人瞩目的成就，现在突然发现自己再次变成了穷光蛋——没有工作，没有前途，无路可走。

希尔不知所措，但并没有因此被打垮，他没有把时间浪费在自哀自怜上。他重新审视了一遍自己的选择，很快地放弃了奇兰兹镇的矿工式生活，排除了所有与他以前走过的路相类似的选择方案。他要把自己置于一个广阔天地——大城市，大生意，远大前程。他认定自己手中最好的入场券就是《鲍勃泰勒杂志》。这份工作收入不高，但却可以让他在这个世界性的大都市——哥伦比亚特区华盛顿市有一块立足之地。这份工作会使他有机会接触到美国商业的推动者和引导者，他肯定会找到一条通向辉煌巅峰的路，这一点在他过去短暂的从商经历中就表现出来了。

希尔同意了泰勒的提议，将全部精力都投入到为工商业巨头们写人物传记上。泰勒则要为希尔打开大门，利用自己的关系和影响为希尔安排好采访工作，希尔只要进去就行了。这样两人都能从中获益——泰勒凭借这些对美国商业界最著名的人物们进行的专访得到了巨大的声望和大幅增加的销售量，希尔则得到了他向往已久的黄金机遇，他知道机遇一直就在前方等待着他。

从未放弃梦想

奥普拉·温弗瑞，从黑人私生女、抽烟、喝酒、吸毒、偷钱、厮混、出走，到成为当今世界最具影响力的妇女之一，她的命运极富传奇和戏剧性。 她从未放弃梦想，她的成功故事，对美国梦作了最佳的注释。

奥普拉·温弗瑞出生在美国南方密西西比州郊外一个小镇的一间没水没电的平房里。 与其他孩子不同的是，上天没有给她一个温暖的家庭——她的父母没有结婚，并在她很小的时候就已分手，她是 18 岁的母亲弗尼塔·李所生的私生女。 母亲当时在男女关系上比较随意，声称是一个叫弗农·温弗瑞的年轻人让她怀了孕。 有时，她又改口说，自己并不确定到底是谁应该负这个责任。

奥普拉自小随外祖母住在密西西比州德尔塔地区的一个小农场里。 农场生活十分艰苦，奥普拉每天的工作之一便是倒粪桶，她还帮着照料牛、猪和鸡。 她没有自己的卧室或床，而是和外祖母一起睡在一条羽毛褥子上，晚上还经常被吓醒，因为外祖父经常进来打骂她和外祖母。 在奥普拉 4 岁时的一天夜里，失控的外祖父闯进卧室，外祖母只好冲出房间，大声向邻居呼救。 邻居虽然又老又瞎，奥普拉还是把他当成自己的救星。 白天，外祖父也十分可怕，经常用拐杖打她或向她扔东西。

外祖母对她也十分严厉和无情，做错一点事情都要惩罚。皮鞭成了奥普拉受教育生活的一部分。 外祖母是个虔诚的宗教徒，小奥普拉也学会并记住了《圣经》中的许多章节，人们便让她在复活节朗诵《圣经》中与复活节有关的章节。 教堂里的女士们一边用扇子扇着风，一边倾听着这个蹒跚学步的孩子朗诵，都说她是一个有天赋的孩子。

日子虽然窘迫，却丝毫没有掩饰住她语言上的天赋。 早在4岁时，当有人问她将来想干什么时，她就说想靠谈话挣钱。没有人想到她后来真的做到了这一点。

孩提时代的奥普拉一直光着脚丫子，到进校读书时，她才穿上第一条裙子。 闭塞的乡村环境使奥普拉只好以动物为伴，到书中寻求安慰。 当祖母送她进幼儿园时，她随即写张便条给老师，以无可辩驳的事实说明自己属于高年级班，惊讶不已的老师马上让她升级。 读完一年级，奥普拉跳到三年级，这便是这位孤独的女孩潜力的早年显露。

6岁时，母亲又让她回到威斯康星州的密尔沃基贫民窟。母亲当时居住的房间已经住满，不能再容人居住了，奥普拉只好在门廊过夜。 母亲是个穷女人，是既申请福利救济又做清扫房子工作的女仆。 当奥普拉住在密西西比州的农场时，母亲生下了第二个私生子；奥普拉9岁时，她又生下了第三个。 在这座房子里，奥普拉既感觉不到温情，也感觉不到约束，她只觉得自己是一个负担、一个弃儿，地位比自己同母异父的妹妹还要低。 奥普拉觉得这个妹妹比自己漂亮，因为她的皮肤比自己的要稍微白一些。 在家里这个小妹妹总是被人夸赞漂亮，而奥普拉这个更聪明的孩子却从未得到过任何"真聪明"之类的表扬。

奥普拉孤单无助，没有一个朋友。 她非常羡慕那些过着舒适生活的孩子，尤其是那些白人的孩子，他们家里有电视和洗衣机，身上穿着从商店里买来的衣服，可以去看电影，不会因为犯一些有意或无意的小错而受到惩罚。

与其他许多非洲裔美国人一样，从小时候起，奥普拉就对颜色十分敏感，不仅是肤色，而且包括不同的颜色在人们生活中所代表的不同含义。 在她小时候，她嫉妒白人孩子舒适和奢侈的生活，而且对于她来说，白人孩子要比她更漂亮。 她不仅嫉妒肤色，而且嫉妒鼻子、嘴唇和头发。

她经常在黑人社团俱乐部和教堂茶会上做演讲，朗诵诗歌，因而成为有名的"小演说家"。 这也许是她童年生活中唯一的亮点。

1963 年夏，奥普拉的母亲想结婚，希望过上一种真实的家庭生活，她要求奥普拉返回威斯康星州。 奥普拉不得已还是回到以前那个拥挤的、没人管的、混乱的生活环境中。

如果说单亲家庭的不幸还只是给奥普拉留下一些遗憾，那么 9 岁时被自己的表哥强暴，而后又被其他亲戚虐待，这更给她带来了深深的创伤。

在密尔沃基贫民窟，奥普拉成了性虐待的对象。 第一次是在叔父家，一个 19 岁的表哥强奸了她，当时她才 9 岁。 接下来的 5 年里，她受到了无休止的骚扰，有两个亲戚调戏猥亵了她。

少女时代的奥普拉受到过许多男人的虐待，其中有亲戚和她母亲的男朋友。 当她第一次被表哥强暴时，她说自己根本不明白到底发生了什么，尤其是那个表哥让她别告诉别人，条件是给她一支冰激凌并带她去动物园玩一趟。

奥普拉一直隐藏着这个秘密，她一直觉得母亲知道这件事，而且没有保护她。此外，与许多强暴案受害者和受虐儿童一样，她为发生在自己身上的这种可怕的事情而深深自责，并且保持沉默。她觉得自己是个坏女孩，直到三四十岁时，她才不再认为性虐待是自己的过错。

出身低微，缺乏教养，屡遭欺辱，周围没有正义，使得这个女孩当时已变得无法无天，已成为一个品行不端的"坏少女"，奥普拉滑入了人生肮脏的泥潭！

13岁的奥普拉自暴自弃，专做坏事，她抽烟、喝酒、吸毒，偷她母亲的钱，和比她大的男孩子厮混。有一次她竟从家中逃跑，看见一位著名歌手从豪华轿车中下来，骗他相信她是个弃儿，需要"100美元回到俄亥俄"。她得到了这笔钱，在密尔沃基大酒店中住了3天。当这些钱花光后，她又找到校长，校长把她带到火冒三丈的母亲那儿，母亲送她进少儿收容中心。那儿床位已满，奥普拉又被送到父亲那儿。

40多年后的2010年9月，美国一些电视台播放了一部描写奥普拉青少年时期的电视纪实片，惊爆猛料，称少女时代的奥普拉竟然自甘堕落，曾当雏妓！片中揭露少女时期的奥普拉时常在家中"接客"，每次2~4美元。14岁时，奥普拉已怀孕，但没有男人为此负责，孩子早产后不久便死去。据一名家族成员爆料，少女时代的奥普拉经常与不同男人往来，并称这些人是她的男友，其实他们都是"恩客"。当时奥普拉常趁母亲外出工作时，把男人带回家"办事"，以赚取零用钱。奥普拉同母异父的妹妹证实了这位爆料者的说法，她说："每当有男人来我家，奥普拉便会给我和弟弟冰棒，然后说'你们两个去外面阳台玩'，以此将我俩支走，好让她的'生意'能顺利进行。"

她的母亲再也无法忍受她的叛逆、暴躁和古怪的脾气，她无计可施，就将其送到她父亲弗农·温弗瑞那里。弗农·温弗瑞出面，彻底改变了奥普拉的命运。

父亲坚持认为奥普拉实际上比她自己和别人印象中的她要强，将来甚至会成为杰出人士。他为奥普拉定下了最高标准，激励她追求卓越。他非常严厉，坚持让奥普拉每天多学习 5 个新词。继母也要求奥普拉每周背 20 个单词，否则不让她吃饭。"问题女孩"奥普拉很快就成为全优生。父亲每两周带她去图书馆选书，她不仅要每周读完一本书，还要写读书报告。奥普拉经常沉醉在书中的幻想世界里。她在 1991 年告诉《好管家》杂志："书籍向我展示了生活中的希望，让我了解到世界像我这样的人还有许多，我不仅要发奋，更要实现理想……对我而言，这是一扇通往未来的大门。"她经常躲在壁橱里用手电筒看书，以免被人讥笑想成为大人物。

父亲的管教、父亲的爱把奥普拉从深渊中救起，将她引向新的方向。父亲告诉她："有些人让事情发生，有些人看着事情发生，有些人连发生了什么事情都不知道。"他鼓励奥普拉要做那个让事情发生的人。父亲对奥普拉的期望唤醒了她的灵魂，不久，奥普拉暗暗下决心要成为最好、最聪明的人。

奥普拉自幼就有与生俱来的说话技巧和不俗的记忆力，她发现自己的言谈很容易带动别人的情绪，于是，她开始有意发展自己的独特能力。1969 年，她被选送去加利福尼亚教会组织演讲，看见好莱坞影星游行队伍时，她发誓："总有一天，我要让自己成为比他们更耀眼的明星！"

奥普拉的人生从此发生了彻底的转变。她主持高中学生委员会；参加戏剧俱乐部；到一家电台做周末新闻播演，每周能赚 100 美元。 她在日记中写道："我要努力成为最优秀者！"——这至今仍是激励她不断奋斗的座右铭。

由于口才和辩才极其出众，16 岁的奥普拉赢得艾尔克斯俱乐部演讲竞赛，使她得到了到田纳西州立大学深造的奖学金。不久，她被选为那什维尔青年协会代表和东部高中美国杰出少年的代表，赴白宫受尼克松总统接见。

1972 年，17 岁的奥普拉考上了大学，进入田纳西州州立大学，主修演讲和戏剧。 上学让她从破旧的、年久失修的居住地来到绿树、草坪和鲜花簇拥着的校园。 她，一个身无分文的黑人小孩，从此处走入了另外一个世界。

他每次考试都不及格

当奥格威的父母收到这张写有老师意见的报告单时，他才 9 岁：他有一颗十分具有独创性的头脑，并且很善于用英语表达自己。 他有点喜欢与老师们争论，并试图说服他们自己是对的，书本是错的。 但这也有可能只是表现出他将来可能的独创性。 无论如何，这是一种坏习惯，最好能劝阻他，我希望他以后能在这方面尽量控制自己。

他的数学老师表示同意："他学这门课很认真努力，但总是喜欢探索一些超越老师所教授的解题方法。"

一颗有明显的独创性的大脑没能使他在学校总是表现良

好。 奥格威的正规教育始于低评价并以同样的方式结束。 6 岁时，他的苏格兰父亲送他去了伦敦的一家幼儿园。 他穿着苏格兰裙子，觉得很不好意思，而这遭到同学们的戏弄和嘲笑，他就打了其中一个肇事者。 后来在母亲的建议下，他学会了用舌头而不是拳头攻击他未来的敌人。

他学生时代最恐怖的经历来自 8 岁的时候，在臭名昭著的圣西普里安学校发生的事。 学校位于英国的南部海岸，苏塞克斯的伊斯特本。 其他曾就读于圣西普里安的学生包括作家乔治·奥威尔、西里尔·康诺利，以及时尚摄影师塞西尔·比顿，他们的经历证明并不是只有奥格威拥有这段受伤的经历。

圣西普里安是英国典型的寄宿学校，创建于 1850 年。 当时许多英国人被送往印度和其他遥远的地方，以充实大英帝国驻扎海外的军队和公务员队伍。 父母被派去了国外，儿子（9～14 岁）则被送回英国接受教育。 这些只招收男孩的寄宿学校，大多设在乡村别墅里，准备日后将学生输送到伊顿公学、哈罗公学等顶级"公立"（美国是私立）学校深造。 除了提供良好的教育，学校还肩负着塑造学生性格的使命，使他们从小就懂得责任、纪律、服务和对帝国的尊重。 通常由校长，更经常是由校长的妻子经营学校。 这有点儿像狄更斯笔下所描写的情境。 许多时候，如果妻子很有主见而当校长的丈夫不那么有主见时，这位妻子常常能高效地经营着这所学校。 如果这位妻子是温和母亲型的，奥格威这个孤独的男孩就会觉得有母亲在照顾自己；反之，他就会过得很糟。

就读圣西普里安对于刚刚陷入贫困的奥格威一家来说费用额外昂贵，但是学校同意减免学费的一半，希望奥格威入校后可以续写父亲在剑桥的荣誉。

最恐怖的是威尔克斯太太，也就是校长的老婆。这个恶魔一样的女人将关于阉割的画推崇为完美之作。像一个国际象棋大师同时与几个对手比赛一样，威尔克斯太太饶有兴致地与学校里的每个男孩玩"猫捉老鼠"的游戏。每个人都轮流受宠或被厌弃，就像凡尔赛的侍臣。"像我这样父亲既不是艺术家，也不富有的同学总是被厌恶，四年来我一直生活在被排斥的阴影之下。"

奥格威记得有一天威尔克斯太太不让他买桃子吃，并提醒说他很穷，靠奖学金才得以上学。他的父母没有钱给他买生日蛋糕，也负担不起四年来哪怕看望他一次的路费。虽然家离学校只有50公里，但他们没有汽车，奥格威只能"可怜巴巴地想家"，期盼着家人的来信，期盼着能与同学和他们的家人一起过周末。

在圣西普里安，《圣经》被安排了密集的学习课时。学生们必须每天学习一篇并在早餐时背诵诗文，如果在背诵中出现超过两次的错误就会在当天的吃饭时间罚站。"因此在这四年中我将《圣经》的许多部分牢记于心"，奥格威说。

奥格威写道：威尔克斯太太为了多赚钱而克扣伙食费，使得全校90个男孩挨饿。她赚的钱是如此之多，足以令她能在夏季到来时去苏格兰禁猎的沼泽地打松鸡，并送儿子去伊顿公学。她和她丈夫从来不吃我们的食物，但是那些有权在吃饭时坐在威尔克斯先生旁边的人，就可以从这个心不在焉又怕老婆的人的盘子里夹过些吃的来。

有一次，奥格威因为说拿破仑是一个荷兰人，被罚不许吃晚饭。有的晚上，他偷偷地从一个雀巢炼乳罐上的小漏洞里吸吮着炼乳（味道就像妈妈的乳汁一样），或者吸吮那些已经用完了的牙膏免费样品，就这样入睡。

一个独自离家的男孩，公然被羞辱为是靠救济上学，而且饿着肚子睡觉。这段可怜、孤独的经历，不仅使幼年的奥格威饱尝无助，而且几乎摧毁了他对于长大成人的信心。

后来在费蒂斯上学也要依靠奖学金，他的父亲没有别的选择。奥格威家族的前辈是学校的"奠基人"，意味着他们的学费可以由费蒂斯基金支付。"他们是大款，"奥格威说，"他们赢得了几乎所有的东西，我记得第一学期的时候，一个男孩说我不可能是弗朗西斯·奥格威的弟弟，这令我很沮丧。"

他的父亲曾担任校长和橄榄球队队长，并在板球和壁球比赛中获得第一名，此外还曾赢得四项基金奖励；他的哥哥弗朗西斯也是学校的风云人物，不仅是橄榄球队队长，同时还是校射击队队长，是射击比赛冠军和两次加弗纳奖的获胜者。

他们与奥格威形成了鲜明的对比，他形容自己脾气古怪又不受欢迎，并因为哮喘不参加任何体育运动。"我不是学者，在做游戏时是个笨蛋。我憎恶那些管理宿舍的人，我是个无可救药的反叛分子，我跟这个环境格格不入。简而言之，我是个废物。和我一样的废物们，记住了！学校里是否成功与你在生活中是否成功是毫无关系的。"

奥格威1929年离开了费蒂斯，在重返校园之前，他在爱丁堡贫民窟的一家男孩俱乐部工作过一小段时间。从费蒂斯毕业时，他的努力赢得了现代研究课的优异成绩和"优秀品格"的评价。奥格威申请了牛津大学，"这样就可以避免与我父亲、哥哥弗朗西斯，还有家族里其他在剑桥上过学的人竞争。"他的申请论文引起了牛津主考官的注意，并因为这篇文章被授予了牛津大学历来极少发放的历史奖学金。这项奖学金只给那些表现出极大发展潜力的人，而不是仅仅在考试中取得优秀成绩的人。

牛津大学基督教会学院是他的选择，"因为从这里走出去的首相、印度总督、坎特伯雷大主教比其他学院加起来的还要多。"基督教会学院通常被称为牛津大学所有学院里最气派、最富贵族气和最有教会思想的学院，同时，它还是非常传统的学院。学院矗立在高街上的那一幢幢令人惊叹的建筑物沿着泰晤士河整齐排列，属于牛津大学里最好的建筑。

奥格威1929年以奖学金获得者的身份进入基督教会学院，这意味着他必须接受考试以谋求资金支持。

他在第一位导师的辅导下有了一个良好的开端，这位导师发现他"是一个非常有趣和有力的人"。但是，他在浓厚的学术氛围里总是觉得不自在，而且有时会反抗。他上课永远迟到。一次在一个大型露天剧场，他在教授正演讲的时候走了进去，教授停止发言以提醒他注意他的迟到，在一片寂静中奥格威打破了沉默："如果你再羞辱我，我就再也不来上这门课了！"

他的学习也缺乏方向感。第二学期的时候，他从现代史转到医学，决定要像他祖父一样当个外科医生。他总是自吹自擂。

奥格威的导师对于他在学习上的转换持怀疑态度。"他完全是从头开始学，不过有了一个非常好的开端。如果他能强迫自己在这一领域变得更加专业，他可能会有很好的成就。现在他宁愿活在乌云下，他给我留下的深刻印象是，他只是一名有趣的业余爱好者。"他的这个问题在接下来的一学期更加严重，就像他导师所说："他觉得转型期非常困难和痛苦，而且对自己的财务困境非常担心。"另一位导师说："他漫不经心地脱掉了自己的外套去打工，我猜这是因为抗拒他学识良好的先辈们，他在长假里就已经找到了一份工作。"第三位导师对他发出了警告："我非常怀疑他能不能通过化学课考试。他学习很努力，但是我不认为自然科学是他的强项。他是一个非常不错的人。"

期中的时候，又出现了新的问题。"虽然他迫切地学习，但总被疾病所困扰。"身体上的各种疾病极大地影响了他的学习，奥格威是个社交活跃分子，不学习。他年轻，血气方刚，精力充沛，才华横溢却很迷茫，没有将他的才华用在常规的道路上。两年后的1931年，他离开了牛津，带着深深的沮丧，他没有拿到学位，称自己是"朽木不可雕"。

"也许是因为对学术的不耐烦和对谋生的迫切需要，也许是我脑子不够用，不论原因是什么，每次考试我都不及格。"

他说自己被"抛弃"——被学校开除了，并且说这是他人生真正的失败。"我本想成为牛津大学的明星，结果，我被扔了出来。"但学校档案并没有明确记载他是被开除的或者每次考试都不合格，展现出的是一个不安分的年轻人被金钱和健康所困扰，改变了自己的方向，渴望更加刺激和多变的未来。能够实现这一点的更好方式可能就是离开学校。

在以后的人生中，他一直保留着学校的成绩报告单以提醒自己做得更好。他敬重学术上有成就的人，特别是哈佛大学贝克学者奖得主。他也很为自己获得艾德菲学院的荣誉文学博士学位而感到骄傲。但是不论奥格威在事业上成就有多么大，都不是正规学校教育的结果。他觉得自己在学校的那段日子很失败，渴望重新开始。离开学校后，他的教育才刚刚起步。

追逐人生的意义

爱因斯坦晚年回忆道："当我还是一个相当早熟的少年的时候，我就已经深切地意识到，大多数人终生无休止地追逐的那些希望和努力是毫无价值的。而且，我不久就发现了这种追逐的残酷。"

在很多亲友和街坊邻居的记忆中，爱因斯坦小时候是笨拙、迟钝的，衣扣总是对不齐，东西总是找不着，三岁多还不会讲话，父母一度担心他是哑巴，曾带他去看医生。

爱因斯坦读小学和中学时，说话慢，动作慢，记忆力不强，不善于和同学交往，学习成绩也不起眼，当然很难让老师和同学喜欢。

在慕尼黑路易·波尔德中学的 6 年生活，给爱因斯坦留下的回忆尤其压抑、孤独和痛苦：学习上，他除了数学，其他各门学科，特别是需要大量死记硬背的课程，大都成绩不佳；生活上，与班里同学话不投机，格格不入，被认为"生性孤僻"；在老师眼里，他不仅"智力迟钝"，而且"不守纪律、心不在焉、想入非非"……

但事实上，爱因斯坦的早慧和早熟，被这些"小时不佳"的故事和考试成绩单所掩盖，真要探究起来，恐怕远远超过一般人的想象。

爱因斯坦 10 岁时便在两位医科大学生引导下自己阅读通俗

科学读物和哲学著作；12 岁，醉心于欧几里得几何学，开始自学高等数学；13 岁，开始读哲学家康德的著作；不满 16 岁，已经依靠自学，无师自通地学会了解析几何和微积分……

爱因斯坦是填鸭式教学法的铁杆反对派，但更有价值的，可能是他对学校应当教什么的独到看法。 他认为，学校教育"不应把获得专业知识放在首位，学校的目标应当是培养有独立行动和独立思考的个人，不过他们要把为社会服务看作是自己人生的最高目标。"

"通过专业教育，他（学生）可以成为一种有用的机器，但是不能成为一个和谐发展的人……他必须获得对美和道德上的鲜明的辨别力。 否则，他，连同他的专业知识，就更像一只受过很好训练的狗，而不像一个和谐发展的人。"

幸运的是，中小学阶段的痛苦经历，没有令爱因斯坦感到自卑或者产生扭曲的心理，反而产生了一种强烈的反作用力，刺激他更加珍视个性和思想的独立与自由，珍视真、善、美的价值。

越嘲笑，越坚韧不拔

精神病学家约翰·麦克曾说：人的性格有时来自什么呢？来自恢复失落的自尊心的企图，心理学家把它叫作"移位"。这种"移位"现象，通常是对一些童年时代遭受过羞辱的人们的一种补偿。 简单地讲，就是人的性格的形成，有的时候往往是在童年遭受不幸，特别是自尊心受到伤害引发出来的一种心理学的"移位"。

蒙哥·马利有一个不幸的童年。父亲是一个牧师，叫亨利·蒙哥·马利。1881年，他父亲34岁的时候娶了一个年仅16岁的少女，这个少女叫莫德，老蒙哥·马利对莫德非常宠爱，养成了莫德性格的任性，脾气不好。

莫德特别爱操持家务，而且特别整洁，爱干净，可是蒙哥·马利恰恰在这方面最让她头疼。蒙哥·马利是父亲第四个孩子，小的时候非常淘气，而且不喜欢学习，他经常把妈妈刚刚整好的家弄得乱七八糟，并且遭到年轻妈妈的大声斥责。

有一次蒙哥·马利把妈妈非常喜欢的鱼缸给打破了，妈妈火了，就尖声地骂他："除了当炮灰，你将什么也做不成。"这句话深深刺伤了蒙哥·马利，他一直到死都没有忘记这句话。

他在自己的回忆录中这样讲："我的童年是不幸的，这种不幸完全来自于我的母亲，在她眼里，我不过就是一个炮灰。可是，我的母亲说对了一半，我的确开了炮，而且不只一门，但是我没有成灰，我童年吝啬的母爱所带来世人对我的嘲笑、蔑视的刺激，形成了我坚韧不拔的意志和智慧，没有这种品质，我不会成为后来的蒙哥·马利。"所以说，他到老的时候与母亲都不愿意往来。

他说："我每天都要从母亲的眼神观察她今天的脾气是晴天还是阴天。会从母亲哪怕一个不经意的动作感觉到她的情绪，然后再针对她的情绪做事情，做我要做的事情。"他认为这叫观察力。再看意志力，他说每天处于母亲的责骂，对于困难或逆境已经习以为常了。"我已习惯在他人的非议中做我要做的事情。 这是我意志力的源泉。"母亲的责骂把一切搞得似乎很复杂，其实她一连串的抱怨不过是简单的几个字，这是一个坏孩子。

而蒙哥·马利面对这些在心里回答得也很简单：我不是坏孩子，你是不了解我的。

1902 年，蒙哥·马利进入圣保罗学校学习，仍然淘气，他身材不高，到处惹是生非，上树、摸鱼、打架等，男孩愿意干的事，他都愿意干。 同学们给他起个外号，叫猴子。 同学们被他的恶作剧搞得非常头疼，却又没有办法。 圣保罗学校有一个校报，有一次校报刊载一篇文章，写些什么呢？ 说不要再招惹这只猴子了，要猎取这个动物是非常危险的，他会疯狂地、龇牙咧嘴地向你扑来，并且从不犹豫。 这是校报，说他是个猴子。 甚至有的同学讲，蒙哥·马利是一只没有进化好的猴子。总之，这样一个学生是很少有人喜欢的，所以蒙哥·马利的操行鉴定永远是劣。

可是蒙哥·马利有一个理想，就是想进英国著名的桑赫斯特皇家学院读书。 有一次他的操行鉴定出来了，操行鉴定赫然写着这么一段话：劣，该生要进入桑赫斯特皇家军事学院把握不大。 又一大盆冷水浇了过来，但是蒙哥·马利执意要考这所学校。 很快在圣保罗学校的后半期，他变了，变了另外一个人似的，每天认真听课，潜心学习，进步很大，终于在 1907 年如愿以偿地考上了桑赫斯特皇家军事学院。

可是进军事学院不久，他学习又不用功了，并且好几次因为违纪，差一点被学校开除。 他的操行鉴定总是第 36 名，而他们班一共就有 36 名学生。 这个成绩太低了，甚至影响到他的分配。 当时英军的待遇是不一样的，贵族、富家子弟出身的军校学生，往往要分配到待遇比较好的军队服役，当军官。贫民，但是学习成绩好的，分配稍次一点的但是待遇也过得去的军队学习。蒙哥·马利只能到待遇非常不好的，驻地非常艰苦的地方去服役。因为他的学习成绩最差，这样，蒙哥·马利毕业之后，就被分配到印度西北边境的白沙瓦地区当一名少尉军官，这是1908年的事情。

第一次世界大战时，蒙哥·马利慢慢在军队中崭露头角。1915年他受伤住院，在医院他反思自己从前的生活，他深深认识到知识的重要意义，从那时候，他给自己定了座右铭：笔比剑更重要。这个时候蒙哥·马利已经步入中年了，他坚持不懈地阅读，勤于思考，直到细枝末节的各个层面。

在第二次世界大战中，蒙哥·马利同德国名将隆美尔作战，而且打败了这只"沙漠之狐"，一战成名。蒙哥·马利在英国乃至全世界都是一个备受推崇的将军，甚至在遥远的东方，蒙哥·马利也被人们所熟悉，他是唯一一个访问过中国，并且多次访问过中国的第二次世界大战的西方名将。

第二章

在物是人非的景色里，我最喜欢你

情爱有错觉

　　错觉是人观察世界常会出现的一种现象。这是一种由于背景等某种原因引起的对客观事物的不正确的知觉。因这种错觉的存在，人们对客观事物常常会产生错误的判断。

　　情爱欲也有这种现象，人们处在情爱中，对情爱的判断也经常会产生一种错觉。

　　伦敦大学的科学家在试验中让 20 名母亲分别观看自家小孩以及其他孩童的照片，并同时利用核磁共振技术对受试者的脑部活动进行监测。结果发现，当受试者面对自家小孩或是亲友的小孩时，大脑中负责"批评"的区域思维活动明显减弱，但负责"表扬"的区域思维活动则明显增强，这最终导致了母亲的评判标准出现了波动，评判结果也就具有明显的主观性了。他们的研究证实，在面对爱人、孩子以及其他亲朋好友时，母爱与情爱都会让人暂时"失明"。

　　这种"失明"就是情爱错觉。在这种情爱错觉的支配下，人会闹出许多笑话，会产生许多烦恼，会留下许多遗憾，会演绎许多悲剧。那么，情爱错觉有哪些表现呢？

　　第一种，错误地想拥有对方的全部情爱。一个人对另外一个人产生爱，或对另外一个人产生情，总以为对方会全身心地把爱、情都给自己。

　　其实，在现实生活中这种情况是很难做到的。因为一个人在社会上不只是充当一种角色，而是会承担多种角色。 一个妻子，同时会是一个母亲、一个儿媳妇，以及一个单位的成员。一个人在社会上会有很多种角色，每一种角色，他都会、也都要付出他的情爱。

如果想独占他的情爱，那他只能做一种角色了。 有的恋人、夫妻错误地认为既然你的情爱是给我的，就不能对别人有任何情爱。 这种人往往把爱情与情爱混淆起来。 爱情是自私的，是一对一的，应该专一；但情爱是广泛的，有朋友情、同事情、同学情等多种类型。

第二种，错误地认为大家对自己都会有情爱。 有的人总认为自己付出的情爱总会得到同等的回报。 自然界中"种瓜得瓜，种豆得豆"，但在情爱领域中，"种瓜"并不一定"得瓜"。

像苏轼在词中写的："墙里秋千墙外道。 墙外行人，墙里佳人笑。 笑渐不闻声渐悄，多情却被无情恼。"

这是一种单相思。 如果把这种相思埋藏在心底，也可能是一种美好的回忆。 但也可以在适当的时候把这层纸捅破，能合拍则很好，不能合拍应该尽快摆脱这种情感纠缠，免得浪费了自己的青春年华。

还有一种情况是一厢情愿，自己有名气，或有地位，也有不少追随者、崇拜者，以为大家都会把情爱付于你。

人们对情爱要有正确的认识，要避免被情爱所蒙蔽而产生错觉，这样可以减少人与人之间一些不必要的误会，减少矛盾和冲突。

没有谁对不起谁，只有谁不爱了谁

女人的残忍是，分手得干干净净；而男人最大的残忍是，他们不说分手。

你用了无数个泪眼蒙眬的清晨，才印证了这句话。你曾经以为，爱情最残忍的事情是背叛，在你心里还有他的时候，他已经爱上别人，却还要你的成全。他要你用你的心碎，来换他的幸福，你从来都没想到，他所要的幸福是你的让渡，而不是你的呵护。你不知道该怎么成全？要如何成全？

但经历过你才真正懂得，原来在爱情里最残忍的不是分手，而是"不分手"。

他说，他还爱你，还说，他不想伤害你，爱与不爱常常无法切割得那么清楚，你也明白这道理。但是，拥有与失去，却常常跑在爱情之前，跟着一眨眼，就来到你眼前，你这才懂了爱情的残酷。爱情是铜板，爱与不爱是两面，翻个身，疼爱就变成伤害。他的一句舍不得成了绊住你的理由，却让你在里头永无翻身之日。

你该更早知道的，面对爱情，女人总是比男人勇敢，女人总是比男人更奋不顾身、更愿意付出所有。女人就是比男人专心，但就是常常忘了男人容易分心。只是因为一度的太美好，让你得了意、忘了形，一不小心就粉身碎骨。等到你再记忆起这件事的时候，伴随自己的往往是伤口。就连结束的时候也是，女人也总比男人勇敢。

男人老是不想在爱里面当坏人，即使心不在你身上，但也总是能撑着。到后来你才有了新的理解，原来，对男人来说，时间不是削弱他们魅力的利刃，反而可能像增添风味的添加剂，他没有损失，他拖住了爱情，却消耗了你。但对于你来说却不同，你的时间比他还要宝贵，他如果需要，你绝对给得起，但就是浪费不起。

你以为是爱情自私，但原来不爱了，才让人更加为所欲为。

可是，男人天生就比女人贪玩，因此你还想相信他的良善，他没有那么坏，他不是存心伤害你，你深爱过的人，不会忍心这样对你，真的爱过一个人不会舍得伤害。你还想相信他的好，就如同你想给爱情一个善良的交代一样。爱情是好的，他也是好的，这些都是好的，只是你唯一没想到的是，他的爱已经是过去式，你们的未来早就不存在。而那些爱的等待，也早已经跟着他的不爱留在过去。

其实在爱情里面，并没有谁对不起谁，也没有人真的亏欠了谁，只有谁不爱了谁。在爱情里面的所有不确定当中，少数可以确定的是，不能使自己被浪费。自己绝对不可以对不起自己。

爱情里面没有坏人，但你再也不需要勉强自己去当一个好人。这一刻，在爱里长大成人。

浪子是用来丰富女人青春经历的

　　哲学家斯宾诺莎说："精神上的不健康与不幸，一般都能够追溯到过分地爱某种难免起变化的东西。"爱情是难免起变化的东西，与坏男人的爱情更是比冰融成水更快的东西。 如果想要健康与幸福，你所拼死力抓住的不应该是他的爱情，而是那些不怎么容易起变化甚至像发达根须一样留在我们身体里的东西，比如人文的理念、事业的提升及心灵成长的痕迹。

　　歌德说："每个年轻人都应该被放置于山林，接受封闭式的爱情教育。"爱情曾经是我们的整个世界，爱情教育的结果却是要让我们至少懂得一点：爱情绝不是整个世界，它甚至不是纯洁无瑕的。 对于世界来说，爱是永恒的，对于个人来说，永恒的爱却是稀有的。

　　女人永远比男人更容易原谅对方的过去，尽管我们总爱在得知消息的第一时间表现得歇斯底里。

　　据说男人是视觉动物，女人是听觉动物。 作为听觉动物，女人总是过于强调语言在爱情中的重要性。 倘若他不愿意说话太多，我们甚至越俎代庖地自说自话。 男人并不完全排斥语言，他们排斥的只是那些陈旧的、命令式、要求化的语言。 倘若你们不能够一起探索世界，做许多有趣的事情，相处久了，所能谈论的话题必定是陈旧乏味的。 继续这种交流，对于天生兴趣点更为广泛的男人来说，几乎是不可想象的。 于是，他越来越沉默，你越来越多抱怨，久而久之，不快乐话题成了你们之间最主要的交流内容。

每一段爱情的最初都是好的，正如家电刚买回来时总是好用的。对于爱情的售后服务来说，"我与他一起做什么"是一个需要定期反思的课题。

荣格说：男人的生命中需要两个女人，一个是妻子，一个是缪斯（女神）。

你最终爱上的其实已经不是他这个人，而是一种平静平淡的生活。

面对旧情，每个女人都应该勇敢。

女人一生中邂逅一段不可思议恋情的概率实在比彩票中奖高太多。电光火石不管不顾，那个激发了你无限温情潜能的男人可能既不门当户对，又不年龄相仿，甚至与你的人生观价值观都大有不同。你们的爱有违情理、道德，甚至天理不容。爱情过后，你实在想不起来自己究竟爱他什么。

事后追究爱情真相这事儿，除了哲学家恐怕只有疯子可以去做。对待旧情最强悍态度是"幸福就是我愿意"。人们瞧不起那些事后将所有不堪推得干净的女人，好像自己当初作为纯情少女彻底被骗了一样。无论他是诈骗犯杀人犯还是强奸犯，无论他已婚已恋还是大叔小弟，也无论他是乞丐还是富商，当初都没人把刀架在你脖子上逼你就犯。既然愿意，一定是两情相悦。相信并且记忆美好的过往，是宽容旧情的唯一办法。而宽容了旧情，便也宽容了你无知而热烈的青春，反正没有卖后悔药的，忘情水亦不知行踪。

你真的爱过他，你们曾经有过最美好。不是吗？为什么不承认？爱情只关爱情的事。

一段轰轰烈烈有违常理的旧情中，不愿再提的往往是受伤较重的那一方。当胡兰成的"临水照花人"满天乱飞时，张爱玲却只字不愿再提此人。我们是否可以做一个简单的反推，如果你有勇气揭开伤疤说点什么，旧情或许不至于淤积于怀、终成心病？

感情的落幕总是以伤害作结，只凭什么你就认为自己受伤比对方更重？即便此点千真万确，你还可以想想那些曾经被你伤害的人。在某段感情中，你伤得重，在另外一段感情中，他是倒霉鬼。情场没有永远的获胜方与失败者。

如果你心里埋着一段不堪回首的旧情，它令你不安、伤怀，甚至郁郁寡欢，不如找个时间，找个对手，安静地坐在城市的某处，跳过那些沟壑纵横的误解与伤害，在午后的时光与绿茶的芬芳中重新走近散落一路的爱情细节，它们闪着春日草莓般的光芒，温暖曾经的岁月。那种跨越一切、有担当的爱情，你的一生或许只有一次，那么，即使流年偷换，即便流言如潮，又有什么不堪回首？

爱情也有其道德的底线

《成长教育》的故事从一个雨天开始，女主角珍妮邂逅了一位风流倜傥、气质迷人的成熟男人，并迅速坠入爱河。他带珍妮出入高档酒吧、艺术品拍卖行和高级餐厅，甚至说服珍妮的父母带她游览梦寐以求的巴黎。然而她却发现他已婚。在经历各种迷惑的选择之后，珍妮终于明白：生活没有捷径，而爱情也有其道德的底线。

身为第三者，女人在爱情的初始阶段都会说自己没有占有欲，并真切地宣称"只要能得到你的爱就够了"；而之后无一例外地会开始嫉妒、要手段，并认为这样的嫉妒让爱情或者处于爱中的她自己性感起来，于是发展为"我爱你，所以我要你，你只能是我的"。这是一些人上位的必经逻辑，也是很多悲剧发生的必经之路。

尽管如此，还是有那么多女人看不清这样的惨痛现实，还是有那么多男人明明能看清现实却选择视而不见。《成长教育》就像一部血淋淋的教科书：一个女人最重要的是找到一个能带她去看世界的男人，但再聪明的女孩都可能陷入一段错误的爱情，很难把握一段不平衡的感情。她们很容易把这段错误的感情当作生活的主料，而那些已婚男人，就算被迷得神魂颠倒，也清楚地知道这些不过是生活的佐料罢了。那些已婚男人现在带给你的绚烂，将来你同样也会拥有。现在要做的，就是脚踏实地充实自己，为自己生活。

很多时候，不管是天性使然还是后天习惯，说到底，我们总归想做小鸟依人状，得到最多的爱情和最多的呵护，但世上怎会有那么轻易地地久天长？人们总是习惯性地把一个名字和他的历史联系在一起，其实正暴露了自身对已知的毫无把握和对未知的恐惧。这种恐惧却隐含着一丝暧昧的意味，就像每个人都会下意识地封存一些记忆，那些美好和疼痛都会被小心地收藏，秘不可昭，并一一贴好封条。这些被铭记着的完美篇章会被你在无人角落甜蜜地哼唱，却从不忍、不舍、不敢去触摸一切，在你眼中视若珍宝，价值连城。

只等你在对一切痛苦感知麻木，或者说能随意地转换痛苦为幸福的年月里去开启，陶醉于那陈年自酿的酒香，饮之不竭，直到末日降临。 如果在毫无准备的日子里被不经意地触碰，甚至可能招致灭顶之灾。 幻想会肆意地绞杀你的现实生活，直到你焦头烂额，满身疲惫。 当你想去重新收拾起过往的碎片，并给未来一个交代时才发现，那些碎片碎得如此狼狈不堪，让你惊讶于造化弄人，再回首，审视多年的回忆竟是那样简陋而卑劣，一文不值。

电影的最后，她装作她从未去过巴黎一样对约会小男生的邀约表现出万分的惊喜。 到底是成熟过了的女孩子，圆滑、世故、清醒地看待身边的一切。 有过那些经历没什么不好，《成长教育》是教训也是教育，帮助我们成长，让我们知道如何更好地保护自己，如何更好地走自己的路。

对的那个人并不是她

爱情大过天，世间芸芸众生，不管什么年龄、任何处境，还是免不了在情海里上下扑腾。

在电影《和莎莫的 500 天》中，有一个满脑袋充满各种奇思妙想的年轻人，叫汤姆·汉森，他拥有一份和他的天性完全不对路的工作：专门给各类贺卡撰写贺词，长此以往，这份工作成了他宣泄自己想象力的地方，可惜这毕竟是一份机械乏味、单调枯燥的活儿，所以汤姆也一直觉得这工作让他沉闷无趣，而他的志愿是做一名建筑师。

但对于他的爆棚想象力，也有人吃不消，这个人就是汤姆的女朋友莎莫·芬恩。莎莫曾经在人生旅途里受过男人的伤害，因此她对所有男人都不抱什么幻想，包括自己的男朋友，尤其是见到汤姆整天沉溺在不切实际中，这跟他们当初的相遇完全不一样。

两人的关系很明显出现了问题，莎莫终于忍不住对汤姆说了分手，深信快刀斩乱麻的莎莫很快离开了汤姆，有了属于自己的新生活。对于莎莫同自己的分手，汤姆痛不欲生，他深爱莎莫，却不得不接受莎莫已经离去的事实。

这使他开始反思，自己是否是一个称职的男朋友，自己究竟做错了什么。汤姆开始回想和莎莫在一起的 500 个日日夜夜，希望从中找到答案。

500 天后，莎莫终于还是对汤姆说出最残忍决绝的分手宣言，原因不详。可笑的是，当汤姆终于不再相信爱情和命运时，莎莫却幡然醒悟，领会到这世间的真爱与温暖。只可惜，她还是接受了别人递过来的钻戒。那一场连我们都认定的"命中注定"就这样结束了，多讽刺。

失去一场爱情的时候，我们都会自以为失去了全世界。其实真的不算什么，因为世界正在为你打开完整的另一扇窗！好的爱情能让你看到全世界；坏的爱情会让你放弃全世界；不好不坏的爱情，无关世界，全当是一种自我成全与成长吧。

人在悲伤的时候往往变得非常自恋，此时一个人的阴影笼罩了全身，悲伤会让你觉得自己是万物的主宰，因为你的世界只有你一个人啊！

若想活得好，最好能放弃对奇迹和命运、缘分、戏剧性的追求，比如要相信：等的人永远不会出现，不会有人毫无条件的爱你，已经撕碎的纸片不会恢复到完好无损，抬头看看周围的生活，你玫瑰花瓣一样的美梦只会显得不合时宜的虚伪。 但选择了一种生活方式，就要接受它带给你的任何一种结果。 自己能够自由作出选择，本身就是一种很大的幸福了。

失恋，成熟的催化剂

失恋中的女子在情场上沉迷得越久，则陷得越深，以致难以自拔。

有些人为了失去的情爱，把憎恶与攻击朝向对方，或自叹"悲哀的命运"。 当被非常信赖的男人辜负、抛弃后，转而对全体男性不信任，表明已经陷入"恋爱恐惧症"了。

失恋是一次对自己的否定，或许会有一种被甩了、被玩弄了、被欺骗了的感觉，以致使自身深刻地体验到劣等感、屈辱感。

也有的人有经常导致失恋倾向的性格：内向而不把自己的意思、感情表明；以自我为中心，只以自己的感情行事，而不顾及对方的感情；梦想可望而不可即的事物或情感；自我感强烈；把对方过分理想化。

数度失恋的人，性格上是否有缺陷或者是有未成熟之处，实在也有好好反省的必要。 一个人失恋，被弄得痴痴呆呆，茶饭不思，寝食不安，以致为情而丧失了生活乐趣，为情而对人世间的一切都感到兴味索然，为情而损害了自己的身体健康，这些都是情感失控所致。

感情失控表现出来便是理智的丧失。因此，对于一个失恋者来说，必须首先保持头脑清醒，只有这样才能控制情感，不会胡思乱想。

失恋者自己必须有"自救"意识，在自救的过程中，有一个重要的防卫武器是"不要渴望爱情"，可以说，这是一种情感上的觉悟。

一个人经过感情的起伏而最终达到心理的平衡，那么这个人将变得更为成熟和稳重。

有人认为，失恋之所以痛苦，不是因为失去那个人，而是经受不起那种被拒绝、被摒弃的打击。

如果缺乏意志力和自我克制的能力，失恋的人可能会终生熨不平心中的抑郁。但是也有一些人，他们虽然在爱情上遭到了惨痛的挫折，却能勇敢地承受痛苦，毫无疑问，这些人是坚强的、有毅力的。

他们有高度的自尊和稳定的心理状态，他们凭借理智的"药膏"逐步治愈自己的创痛，使自己不会落入绝望的境地。很多经受了失恋打击的人虽然能比较缓慢地度过心情郁闷的时期，不过在他们的心底，可能终生都会留下一个美丽的伤疤。

失恋的人就像是牌桌上的赌客，愈是输，愈想翻本，每天活在痛苦的深渊里，愈陷愈深。

与情人分手即意味着告别那曾经拥有的一切。对于一些人来说，分手之后，他们失去了爱的能力，无法再去爱别人。

要从一场破碎的恋情恢复过来不是件容易的事，有的人可能要好几年的时间，有的人可能永远都无法痊愈。一般通用的治疗偏方是使自己不停地忙碌，使自己暂忘过去，进行一个新的计划。

生活是现实的，谈情说爱的人必须明白这一点。

因失恋而产生的那种茶饭不思、余恨绵绵的症状，可以说是对爱情的牺牲与奉献。在文学家的笔下，它可以被写得引人入胜、惹人陶醉，而在现实生活中，只会给人造成伤害，毫无益处可言。

失恋的人们，需要的不应该是别人的怜悯、别人的感情，如果这样渴求，别人反而会小觑了你，你会变得更不"可爱"。

你的自我价值至少跟别人的价值一样大。你首先要爱自己，然后才能爱别人，才能得到真正的爱情。德国著名心理学家埃里希·弗罗姆说："假如一个人的爱情能够结出甜美的果实，那么他也是在爱自己；假如他只能爱别人，那么他就根本不懂得爱情。"

在爱情的旅途中迷了路的失恋者，他们尤其需要自爱，抵抗情感上的自我诱惑，应该悬崖勒马，别在失恋的泥潭里越陷越深。

感情的事，提起千斤重，放下半两轻。爱你自己，而不是一个身陷情网挣脱不出来的自己，一个美好的自己正是你的价值所在。

美好期待总成空

她的诗，被称为唐宋两朝诗歌的压卷之作，单是"易求无价宝，难得有情郎"一句，就让古来多少人奉为经典。但是她本身，却被称为文辞妖冶的尤物、败坏风俗的女道士、心胸狭窄的河东狮、犯下命案的刽子手……赞誉与诋毁并存，真实与虚构难辨。

她，就是唐代女诗人鱼玄机。

鱼玄机本有一个非常女性化的名字——鱼幼薇，又名蕙兰。公元844年，鱼玄机生于长安，父亲是个一生功名未成的读书人，他把心血都倾注在了女儿身上。鱼玄机长得花容月貌，更可贵的是才思敏捷，名声传遍了长安。15岁时，她被当年考中状元的山西人李亿娶为妾，安置在一栋独立的小楼中。

李亿的正妻裴氏，出身山西豪族，有权有势。在当时门第观念森严的情况下，来自布衣之家的鱼玄机本无意与正妻相争，只愿能与李亿情投意合。新婚期间，两人的小日子也确实融洽美满。鱼玄机写有《打毬作》一诗，正是与李亿观看打毬（音同球，打毬是唐代流行的体育运动，两队人或步行或骑马，争相用一根"鞠杖"将"毬"打入对方门内）后的即兴之作。两人还在看比赛时互赌胜负，卿卿我我，令旁人艳羡不已。

身为妾，鱼玄机已经感到地位不稳的惶恐不安。收到李亿托人送来的凉席，她就从物想到自身，唯恐感情上的"秋日"也早早到来。 这种危机感无时不在，哪怕两人在观看打毬时，她也不免因景生情，感叹道："不辞宛转长随手，却恐相将不到头。"毬、杖本是无情物，但是在鱼玄机看来，毬不惧击打，始终追随于人的身边，但是终究不能一直厮守。 这正是自己境况的真实写照。

鱼玄机的忧虑并非空穴来风。 嫁给李亿4年后，她就因为正妻不能相容，而被迫离开长安，远走江陵。 我们很难想象一名19岁的弱女子，如何在交通不便的情况下，只带着一名小婢，走山路从陕西到河南，然后到达湖北襄阳；又从襄阳取水路，乘船顺流直下，来到武昌，最终抵达江陵，借住在亲戚家。 我们无法知道，在这身不由己、相当漫长的一段旅途中，她受过什么样的磨难，我们只能从她的诗作中，读到与心上人离别的痛苦与无助。 如她所言，"不愁行苦苦相思"，这种精神的创伤，在她写给李亿的情书之中，无处不在。 她的传世名句"忆君心似西江水，日夜东流无歇时"，就是写于这段日子。 支撑她的，是临别前与李亿在江陵相见的约定。

过于美好的期待总是成空，李亿并未如约前来与她团聚，她失魂落魄地孤身返回长安，迎来的却是永远的别离，李亿因不堪正妻的哭闹，选择抛弃鱼玄机。 从此，她成了"残灯一盏野蛾飞"。 这个念兹、盼兹、爱兹、怨兹的郎君，终归是"雪远寒峰"，不能相伴到白头。

李亿显然没有给鱼玄机留下足够的生活费用，20岁的她，必须为自己谋划未来。 而最好的解决办法，仍然只能是找到一个可信赖的男人。 古代文人为谋出路，往往写书自荐，但字里行间总免不了有一种知音难遇的哀怨。 而当一名失去依靠的弱女子，为自己的生存求助于人，自荐为妾时，这种自荐诗，读来就更有一种婉转、惹人怜惜之意。

鱼玄机第一个想到的人选，是与她比邻而居的官员李郢。李郢素有诗名，曾与李商隐互相酬唱。以诗为媒，当然是最好的试探方法。鱼玄机写有《闻李端公垂钓回寄赠》和《酬李郢夏日钓鱼回见示》，借垂钓之旗，行投石之实。其中有"自惭不及鸳鸯侣，犹得双双近钓矶"，用意之明显、措辞之大胆，令人咋舌，恐怕现代女性都难以企及。

此时，李郢47岁，已有妻室。事实上，39岁才成婚的李郢与妻子极为恩爱。40岁时，他中状元后给妻子写信说："鸳鸯交颈期千岁，琴瑟谐和愿百年。"糟糠之妻不下堂，李郢堪称男子楷模。而且，他还是反对纳妾的先驱。他曾对妻妾成群的男子语带讥讽："人间更有不足贵，金雀徒夸十二行。"对于才貌兼具的鱼玄机写诗求爱，李郢避而不答，只写了一首《江边柳》给予泛泛安慰。他劝慰鱼玄机，被人抛弃之事时常发生，女子的姿色也如同柳条一样，要想长葆青春，那是极为困难之事，不必为此自怨自艾。

被李郢婉言谢绝之后，在同一年的冬天，鱼玄机又写下了《冬夜寄温飞卿》一诗。温飞卿，就是晚唐的著名文人温庭筠。鱼玄机和温庭筠相识很早。温庭筠与李亿是同科进士，可惜命运殊异。李亿高中状元后官运亨通，温庭筠却因扰乱考场，被罢黜到湖北随州担任一个小小的县尉。阔别数年之后，温庭筠再次返回长安，鱼玄机已经不幸沦为下堂妇。鱼玄机这首诗对自己的遭遇、现状娓娓道来，显然是一派二人极为熟稔、互相信任的口吻。温庭筠和鱼玄机之间的情事，后人解读不一，其中可以确信的是，在二人唱和之际，温庭筠已53岁，有妻有妾。并且，无论二人是互相仰慕才学，还是有过一段感情，鱼玄机最终并没有嫁给他，而是选择了避世出家。

当往日的感情成为过眼云烟，那些曾经美好的岁月会在每个夜晚啃噬你的心，让人彻夜难眠。在被弃、自荐的一年中，鱼玄机的每一首诗几乎都是在深夜失眠中写成的。"夜夜灯前欲白头""不眠长夜怕寒衾"，已经让人难以排解，更哪堪"闻道邻家夫婿归"，李郢、温庭筠都已经是别人的丈夫，那嗒嗒的马蹄虽然从门前经过，却不是自己夜归的夫婿，这让她如何不怨、不哀！

对万丈红尘已无留恋，经过几番思索，鱼玄机决定出家做道士。女道士自古有之，但唐代的女道士却很不一样，有些是为了修行，有些却以脱离俗世为名，其实交往圈子更广更自由，她们也成为既不同于俗家女子，也不同于青楼女子的特殊人群。

公元864年，鱼玄机选定了咸宜公主建造的咸宜观出家为女道士。"玄机"就是她的道号。她颇为喜欢新的生活环境："移得仙居此日来，花丛自遍不曾栽。"对于新身份、新生活也适应得特别迅速。《遣怀》诗中说"闲散身无事，风光独自游"，读书仍是她生活的一个重要内容，她说自己"卧床书册遍，半醉起梳头""春花秋月入诗篇，白日清宵是散仙"。但是，从鱼玄机对自己日常生活的描绘中，我们又不难发现，她的日常生活千篇一律。无非是与莺为邻，与鹤为友，赏花、添香，交往之人均为道友，显得沉闷无聊。

这样清闲的日子没过多久，鱼玄机就吸引了一位"豪侠"的注意，生活也发生了很大变化。后人通过鱼玄机自己所写的诗，认为河东节度使刘潼最有可能。得到这样大人物的青睐，让鱼玄机的名气如日中天，前来京师赴考的举子们无不以结识她为荣。据说，刘潼被任命为西川节度使后，曾希望携鱼玄机一同前往成都赴任，但是鱼玄机并未应允。

入观数年之后，鱼玄机总算等来了她中意的知音，并且有了下嫁之意。"左名场"这个名字首次出现在她的诗作中。

左名场与李亿是同乡，和鱼玄机也是旧相识。公元867年秋，他到长安赴试，住在咸宜观附近，专门使人传语，告诉鱼玄机自己已经到京，并且失妻独身的消息。

正在此时，一桩命案却发生了。这个故事详细地记载在皇甫枚的《三水小牍》中：女道士鱼玄机的婢女绿翘，亦美貌聪慧，追随玄机多年。公元868年，绿翘突然失踪。面对旁人的询问，鱼玄机都回答婢女私自逃走，无迹可寻。一天，鱼玄机在家宴客，有客人到后院解手，看到好几十只苍蝇聚集在地上，驱赶后又迅速聚拢到原处。仔细观察后，他发现地上有细微的血痕。客人出门后告诉了仆人自己的见闻，仆人回家后又告诉了他的兄长。这位兄长恰恰是京兆府的街卒，曾因敲诈勒索不成，与鱼玄机结仇。趁此机会，他带人冲入鱼玄机后院，果然挖掘出一具尸体，正是绿翘。鱼玄机因诛杀婢女入狱。

鱼玄机后来招供，一天，她外出见友，叮嘱绿翘说："如果有客来，就告诉他我去了哪里。"因为朋友相留，鱼玄机直到傍晚才返回道观。绿翘上前禀告说："今天有客来访，因您不在，就径直离开了。"鱼玄机奇怪这个往日里总会等她的客人怎么会离开，又看绿翘面色有异，于是，她怀疑绿翘与之有私情，半夜拷问，将其鞭笞致死，并趁夜埋尸于后院。

鱼玄机最终被处极刑，是年，她仅25岁。

一千多年后，近代学者谭正璧提出了另外一种可能：绿翘之死正是街卒怀恨之心的蓄意嫁祸，玄机在狱中不堪痛楚，屈打成招，故此写下了诗句"明月照幽隙，清风开短襟"，以自明心迹。

有缘无分是人生的无奈

　　林徽因和徐志摩的相遇，偶然？　必然？　还是偶然中的必然？

　　也许一切只能说：缘，妙不可言！

　　读万卷书，不如行万里路，作为父亲，林长民一直为女儿创造条件，去见识这个世界。也正是这次旅途，让林徽因确定了毕生所追求的建筑事业。后来她说："我曾跟着父亲走遍了欧洲。在旅途中我第一次产生了学习建筑的梦想。现代西方的古典建筑启发了我，使我充满了要带一些回国的欲望。我们需要一种能使建筑物数百年不朽的良好建筑理论。"

　　林徽因是父亲最喜欢、最疼爱的孩子。林长民决定携林徽因同行。临走之前，林长民明确告诉女儿："我此次远游携汝同行，第一要汝多观察诸国事物增长见识。第二要汝近我身边能领悟我的胸次怀抱……第三要汝暂时离去家庭烦琐生活，俾得扩大眼光，养成将来改良社会的见解与能力。"

　　林长民对于女儿有很大的期望，这次带林徽因远游，主要目的是增长见识，接受更好的熏陶和教育，其次才是避开家庭纷争。他带着林徽因旅居国外一年半，这正是中国最传统的教育方式之一——游学。

1920 年 9 月，林徽因与父亲回到伦敦。 随后，她即以优异的成绩，考入爱丁堡一所学校——圣玛丽学院学习。 自此，开始长达近两年的英伦生活。

在伦敦，林徽因确立了献身建筑科学的志愿。 父亲的房东是位女建筑师，林徽因从她那里领悟到了建筑的魅力。 她渐渐明白，房子不仅遮风避雨，而且蕴含着艺术意味，可是中国还没有建立起西方这样的现代建筑科学。 另一种说法是，启蒙她建筑学志愿的是一位英国女同学。

林长民交游甚广，时常有中国同胞和外国友人来访。 林长民忙于国联事务，常常顾不上林徽因。 林徽因成了父亲伦敦客厅的女主人，这种社交活动对她的影响，显然和正规教育同等重要。

她所结识的是一批中外精英人物，著名史学家威尔斯、小说家哈代、美女作家曼斯菲尔德、新派文学理论家福斯特以及旅居欧洲的张奚若、陈西滢、金岳霖、吴经熊、张君劢、聂云台……林徽因起步之时就有这么高的平台，为同时代众多优秀女性所不及。

但 16 岁时的林徽因在异国他乡是孤独的，人只有在孤独的时候，才会渴望能够有一个可以和自己惺惺相惜的人。 而被俗事缠身时，许多感动的片段都会被忽略。 我们可从她给沈从文的信中可见一二：

"比如差未几二十年前，我独自坐在一间顶大的书房里看雨，那是英国的不断的雨。 我爸爸到瑞士国联开会去，我能在楼上嗅到顶下层楼下厨房里炸牛腰子同羊咸肉，到晚上又是在顶大的饭厅里（点着一盏顶暗的灯）独自坐着，垂着两条不着地的腿同刚刚垂肩的发辫，一个人吃饭，一面又咬着手指头哭——闷到实在不能不哭！ 理想的我老希望着生活有点浪漫的发生，或是有个人叩下门走进来坐在我对面向我谈话，或是同我同坐在楼上炉边给我讲故事，最要紧的还是有个人要来爱我。 我做着所有女孩做的梦。 而实际上却只是天天落雨又落雨，我从不熟悉一个男朋友，从没有一个浪漫聪明的人走来同我玩——实际生活中所熟悉的人从没有一个像我所想象的浪漫人物，却还加上一大堆人事上的纠纷。"

缘分真的好奇妙。 有缘的人，即使相隔万里之遥，终会相遇在人间。 无缘的人，纵是近在咫尺，也恍如陌路。

1920 年 10 月，徐志摩在美国哥伦比亚大学完成硕士学业，来到伦敦。

徐志摩，浙江海宁人。 名章蚌，初字槚森，后改字志摩。

父亲徐申如在浙江和上海的金融实业界参与了一些事业，拥有相当高的地位。 他任硖石商会会长，并在"十里洋场"的上海开办了票庄银号。

徐志摩来到英国是为了投入哲学家罗素门下，然而遗憾的是，等他来到剑桥，罗素已经被学校除名了。

他为了结识狄更生先生，故拜访了林长民。 之后与林长民相见恨晚，更结识了林徽因，这个让他爱慕终生的美丽才女。徐志摩比林徽因年长八岁，那一年，他二十四，她十六。

张奚若当时也在英国留学，林长民来到英国后，徐志摩约上张奚若一起去林的住处看望。 后来张奚若跟梁从诫说：你妈妈在伦敦第一次见了我跟徐志摩，差点给我们叫叔叔呢。

徐志摩比林徽因大了八岁，徐志摩是梁启超的门生，林长民是梁启超的朋友，年龄又相近，叫叔叔没什么奇怪的。 看林长民那时给徐志摩的信，也是以兄弟相称的。

关于第一次见面，林徽因在《悼志摩》中说："我初次遇到他，也就是他初次认识影响他迁学的狄更生先生。"

徐志摩和林徽因聊雪莱、济慈、拜伦、曼殊斐尔和伍尔芙等作家。他们的投缘也许还有着他乡遇故知的情结。林徽因生于浙江杭州，徐志摩是浙江海宁人。

在伦敦，徐志摩与林长民相谈甚欢，彼此都有相见恨晚之感，很快成为无话不谈的忘年交。从此，徐志摩成为林家的常客，一有空就跑去找他的老朋友聊天。

林长民告诉徐志摩，他在留日期间曾经爱上一个日本女孩，并向他倾诉自己对婚姻的感受。徐志摩则向他讲述留美的经历、对学业的厌倦，等等。这种忘年的友谊在短短的时间内突飞猛进，甚至发展到二人互通"情书"的地步。徐志摩扮一个有夫之妇，林长民则扮一个有妇之夫，假设两人在不自由的情况下相爱，只能互通书信倾诉绵绵情意。

1925 年冬林长民去世后，徐志摩当时正在主编《晨报副刊》，曾将林长民的一封信发表，还加了按语说明是怎么回事。可以说，林长民的浪漫才情进一步激发了徐志摩内心的激情，使他更加开放、活跃。他说，当时他们两人"彼此同感'万种风情无地着'的情调。这假惺惺未始不是一种心理学叫作'升华'的"。

十六岁花季，林徽因遇上像徐志摩这样的青年才俊。而此时的徐志摩已婚，并且是两岁孩子的父亲。他有一个名叫张幼仪的妻子，是上海宝山巨富张润之的次女。一直追求理想人生、争取婚恋自由的徐志摩，根本就不爱妻子张幼仪。他遵从家人意愿娶了从未谋面的张幼仪，对她可谓是无情至极。徐志摩认为没有恋爱的婚姻是坟墓，他时刻都想结束这个错误，而力求获得重生。

这年冬天，张幼仪来到英国，与徐志摩居住在离剑桥不远的乡下沙土顿。对于这段生活，张幼仪说："我来英国的目的本来是要夫唱妇随，学些西方学问的，没想到做的尽是清房子、洗衣服、买吃的和煮东西这些事。""他的心思飞到别处去了，放在书本文学、东西文化上面。""我没法子让徐志摩了解我是谁，他根本不和我说话……我和自己的丈夫在一起的时候，情况总是：'你懂什么？''你能说什么？'"张幼仪说他们结婚以来夫妻之间很少说话，关系冷漠。徐志摩说她是"乡下土包子""观念守旧，没受教育"，甚至曾对她说过自己要成为"中国第一个离婚的男人"。沉稳柔婉、性格内敛，主要接受传统教育的张幼仪，难以吸引天性浪漫天真、自由开放，受到中西两种文化熏陶的徐志摩，而且，徐志摩对张幼仪的成见从一开始便有，这种成见顽固地阻止他对张幼仪作进一步的了解。因而，尽管张幼仪试着做种种努力，精心料理好家庭生活，但始终得不到徐志摩的认可。到了 1921 年的春天，他们这种本来就冷漠的关系更是遇到了前所未有的危机。

徐志摩十分欣赏这个出生在旧时代，却拥有着新女性才学的小姑娘，林徽因的端庄、秀丽、风采更让这位浑身洋溢着浪漫情怀的诗人难以自禁。

伦敦邂逅，像是忽然吹来"一阵奇异的风"，16 岁的少女被诗人引入英国文学的殿堂，爱上雪莱、拜伦、济慈这些文学巨匠。

流年似水，太过匆匆，可惜的是，一些故事来不及真正开始，就被写成了昨天；一些人还没有相爱，就成了过客。

1921 年 10 月，林长民带着林徽因回国，与徐志摩不告而别。

岁月苍茫，真的可以安然无恙吗？

有多少人能够做到决绝转身，而没有丝毫心痛、丝毫遗憾。

或许，她的离开是因为她的善良，她不想伤害一个无辜的女人。林徽因比任何人都明白，徐志摩的妻子张幼仪是一个温良女子，她安分守在老家，侍奉公婆，平凡生养。对于丈夫背叛，她无怨悔，后来为了徐志摩漂洋过海，又受尽他无情的冷落。

那时候，徐志摩和林长民是挚友。林长民欣赏他骨子里浪漫的诗情，但作为林徽因的父亲，他知道徐志摩已是有妇之夫，况他和好友梁启超有过口头之约，曾想过将林徽因许配给梁思成。徐志摩并不适合做一个丈夫，诗人的天性让他只想追求一段浪漫的爱情，而根本没有考虑过林徽因的声誉与前途。

林徽因那时只有 16 岁，如果和一个已婚男人恋爱，并使得他抛妻弃子，可想而知会招致怎样的骂名。

林徽因的才华首次展示于社会是在泰戈尔访问北京的那些日子，那时泰戈尔刚获得诺贝尔文学奖不久，诗翁由北京讲学社请到中国，讲学社的主持者是梁启超、林长民，徐志摩担当翻译，那时徐志摩已经和张幼仪离婚，他依然热恋着林徽因。

1924 年 4 月至 5 月，泰戈尔到访了上海、杭州、南京、济南、北京、太原、汉口等许多城市，历时 50 多天，足迹遍及大半个中国。

泰戈尔于 4 月 23 日抵达北京，受到梁启超、林长民、胡适等许多知识界名流的热烈欢迎。泰戈尔的北京行程很满，林徽因陪同泰戈尔游览北海，参观松坡图书馆，赴静心斋茶会，法源寺赏丁香花，游览故宫御花园并拜会溥仪，陪同泰戈尔同北京学生见面，参加北京画界在贵州会馆的欢迎会，以及庄士墩的招待、凌叔华在私宅举办的欢迎泰戈尔家庭茶会等。

泰戈尔同北京学生见面的场面，文人吴咏有生动的描写："林小姐人艳如花，和老诗人挟臂而行，加上长袍白面、郊寒岛瘦的徐志摩，有如苍松竹梅的一幅三友图。徐志摩的翻译，用了中国语汇中最美的修辞，以硖石官话出之，便是一首首的小诗，飞瀑流泉，淙淙可听。"

接待泰戈尔的高潮是五月八日诗翁 64 岁寿辰那天，北京文化界借协和大礼堂为他庆寿。胡适主持的庆典，其中一主要内容是众人用英语演出了他创作于 1892 年的戏剧作品《齐德拉》。泰戈尔的戏剧情节并不复杂，但抒情味很浓，充满了象征和寓意；另一方面与音乐、舞蹈、歌曲等艺术的表演形式又有密切的关系。

《齐德拉》是一个非常动人的故事，是泰戈尔根据印度史诗《摩诃婆罗多》的情节演变而来。齐德拉是马尼浦国王的女儿，在马尼浦王系中，代代都有一个男孩传宗接代，可是齐德拉却是她的父亲唯一的女儿，因此父亲想把她当成儿子来养，并立为储君。公主齐德拉生来不美，从小受到王子应受的训练。当邻国英俊的王子安顺那来到马尼浦山中坐禅睡着时，正好被进山狩猎的齐德拉看见，齐德拉对安顺那一见钟情。她生平第一次感到，没有女性美是自己最大的缺憾，失望的齐德拉便向爱神祈祷，赐予她青春的美貌，哪怕只有一天也好。爱神被齐德拉的诚心感动了，答应给她一年的美貌。丑陋的齐德拉摇身一变而成为如花似玉的美人，赢得了王子安顺那的爱，并结为夫妇。可是这位女中豪杰不甘冒充美人，同时，王子又表示敬慕那个平定了盗贼的女英雄齐德拉，他不知自己的妻子就是这位女英雄。于是，齐德拉祈祷爱神收回她的美貌，在丈夫面前显露了她本来的面目。

戏由张彭春导演，梁思成绘制布景，林徽因饰演了女主角齐德拉。担任其他角色的皆是名流：张歆海饰演王子安顺那，徐志摩饰演爱神玛达那，林长民饰演春神伐森塔。文化界许多名流应邀前来观看演出，包括与新月社见解分歧很大的鲁迅。

那几天报纸连篇累牍的文章盛赞这场演出。五月十日北平《晨报副刊》说："林宗孟（林长民）君头发半白还有登台演剧的兴趣和勇气，真算难得。父女合演，空前美谈。第五幕爱神与春神谐谈，林、徐的滑稽神态，有独到之处。林女士徽音，态度音吐，并极佳妙。"此景十多年后仍有人记忆犹新，赞叹林徽因一口流利的英语，清脆柔媚，真像一个外国好女儿。

而此时，林徽因和梁思成已有口头婚约，二人即将赴美完成学业。

据说徐志摩曾请求泰戈尔帮忙，泰戈尔临别时赠诗给林徽因："天空的蔚蓝，爱上了大地的碧绿，他们之间的微风叹了声，哎！"

5 月 20 日这天，北京火车站，徐志摩要陪同泰戈尔到山西太原参观。列车开动了，徐志摩的信还没写完，他抓起还没写完的信，要冲下去递给站台的林徽因。泰戈尔的英文秘书恩厚之冲过去夺信，将徐志摩推回车箱。事后，恩厚之将信收藏起来。20 世纪 70 年代，有个学者去英国，见到恩厚之的家人，拿了回来。

信上有这样的话："这两日我的头脑只是昏沉沉的，开着眼闭着眼都只见大前晚模糊的凄清的月色，照着我们不愿意的车辆，迟迟地向荒野里退缩。离别！怎么的能叫人相信？我想着就要发疯，这么多的丝，谁能割得断？"

爱情是用来祭奠的

当爱情渐渐褪去，剩下索然无味的平淡生活，为了丁点小事相互猜忌，甚至买望远镜租房子窥视另一半的生活。曾经深爱的人会如何面对彼此的不信任？婚姻不能真正消灭孤独，但它并非没有用处。它可以用烦恼来代替孤独。七年甚至更长的婚姻以后，我仍爱着你，你也仍爱着我，平淡的生活磨去了爱的印记，而爱却从没消失过，当我重新了解你之后，我们是否能再次牵起手？

文慧与杨峥毕业后失去了联系，几年后成立了各自的家庭，彼此都有一段失败婚姻。在一次大学聚会上两人相遇，一连串啼笑皆非，一连串故地重游，埋藏在二人心中多年的爱终于迸发，面对彼此失败的生活，两人决定放纵。或许是上天不愿破坏青春在他们心中残留的美好，两人度过了一个让人无可奈何的夜晚。第二天，当文慧试图挽留即将回去的杨峥，他回绝了，回绝得如此干净："过去的事就是过去了，还能怎么样，还想怎么样？再折腾下去，连内心中残留的那份美好，也会消失殆尽。"两人最终没有走到一起。有些事情一旦错过，就再也无法挽回，倒不如保存心中那份最纯净的感情，彼此远远地望着，默默祝福。

杨峥一直单身，某天深夜他接到文慧醉酒后拨出的电话，直觉告诉他文慧出事了。他赶到文慧的城市，波尔多。文慧已经变成一位贤妻良母，帮老公打理公司，独自教育孩子，并且需要面对老公的出轨。年轻的小三、悔过的丈夫、无奈的生活，文慧让杨峥帮助她拯救即将失去的爱与家庭。就在她将要回到老公身边的时候，杨峥离开了，留下了自己的手机，里面有这十二年来杨峥一直以来信守的承诺——海的声音。文慧疯一样跑去海边试图找到杨峥。那个她曾经深爱的男人，一直在"等你爱我"。杨峥在海边举起腾空的手，音乐响起……

之所以感动，是因为曾经有过失望。"一辈子"这种话是不能轻易说出的。每个男人在追求你的时候都会这样说，都说可以等一辈子。但如果你一年不理他，你看他还等不等你，早就跑了。而杨峥，真的付出十二年"等你爱我"。

不要等到失去后才懂得珍惜

1931 年 11 月 19 日，徐志摩因为飞机失事罹难。

胡适日记中有关徐志摩遇难的一页：

昨早志摩从南京乘飞机北来，曾由中国航空公司发一电来梁思成家，嘱下午三时雇车去南苑接他。下午汽车去接，至四时半人未到，汽车回来了。我听徽音说了，颇疑飞机途中有变故。　今早我见《北平晨报》记昨日飞机在济南之南遇大雾，误触开山，坠落山下，司机与不知名乘客皆死，我大叫起，已知志摩遭难了。　电话上告知徽音，她也信是志摩。　上午十时半，我借叔永的车去中国航空公司问信，他们也不知死客姓名。　我问是否昨日发电报的人，他们说是的。　我请他们发电去问南京公司中人，并请他们转电给山东教育厅长何思源。　十二点多钟，回电说是志摩。　我们才绝望了！

关于徐志摩坠机事件，11 月 20 日的《晨报》以《京平北上机肇祸，昨在济南坠落，机身全焚，乘客司机均烧死，天雨雾大误触开山》为题，作了如下报道：

［济南十九日专电］十九日午后二时中国航空公司飞机由京（南京）飞平（北平，今北京），飞行至济南城南三十里党家庄，因天雨雾大，误触开山山顶，当即坠落山下，本报记者亲往调查，见机身焚毁，仅余空架，乘客一人司机二人，全被烧死，血肉焦黑，莫可辨认，邮政被焚后，钞票灰仿佛可见，惨状不忍睹……

用陆小曼母亲的话来说是"小曼害死了志摩，也是志摩害死了小曼"。　这句话的意思就是：如果徐志摩没有与陆小曼结婚，不需要为了金钱四处奔波，他也许不会离开前任妻子张幼仪，就能得到家人的经济上的接济，不需要那么劳累，更不会死于飞机失事；同样道理，陆小曼不离开王赓的话，她也必定是个富太太无疑。

1926 年 10 月，陆小曼与徐志摩离京，开始了他们甜蜜的日子。　陆小曼说："我们从此走入了天国，踏进了乐园……一同回到家乡，度了几个月神仙般的生活。"然而幸福总是短暂的，痛苦却来得很快，婚后陆小曼与徐志摩在性格上的差异逐渐显露出来。陆小曼婚后全没了当初恋爱时的激情，似乎不再是一个有灵性的女人。

陆小曼由于自幼过惯了挥金如土的生活，与徐志摩结婚后仍积习不改，一个月要花去洋银五百至六百元。这样庞大的数字，一介文人徐志摩如何承受得了？他只得在南京、上海各大学兼课，并拼命写稿。然而薪水与稿费尽数交给陆小曼仍不够其消费。后来陆小曼在友人翁瑞午的劝诱下居然吸起了鸦片。徐志摩多次劝她戒掉，她非但不听，还常与徐志摩争吵。

后来，徐志摩的父亲出于对陆小曼极度不满，在经济上与他们夫妇一刀两断。徐志摩不得不同时在光华、东吴、大夏三所大学讲课，课余还赶写诗文，以赚取稿费，即便如此，仍不够陆小曼挥霍。

1930 年秋，徐志摩索性辞去了上海和南京的职务，应胡适之邀任北京大学教授，兼北京女子师范大学教授。徐志摩自己北上的同时，极力要求陆小曼也随他北上，幻想着两人到北京去开辟一个新天地。可陆小曼却执意不肯离开上海。

为了省钱，徐志摩经常搭乘免费的邮政飞机，来往于京沪之间。仅 1931 年的上半年，徐志摩就在上海、北京两地来回奔波了 8 次。11 月上旬，依然是交际花做派的陆小曼由于难以维持在上海的排场，连续打电报催促徐志摩南返。11 月 11 日，徐志摩搭乘张学良的专机飞抵南京，当时张学良以全国陆海空军副总司令的身份驻北平，顾维钧帮张学良办外交，常乘坐张学良的专机在南京与北平之间飞行。此次是南京政府要顾维钧代理外交部部长，顾仍乘张学良专机赴宁，徐志摩与顾友善，借机一道前行。

徐志摩于 13 日回到上海家中。不料，夫妇俩一见面就吵架。据郁达夫回忆："当时陆小曼听不进劝，大发脾气，随手把烟枪往徐志摩脸上掷去，志摩连忙躲开，幸未击中，金丝眼镜掉在地上，玻璃碎了。"徐志摩负气出走。

18日，徐志摩趁早车到南京住在何竞武家。他原打算仍乘坐张学良的专机，但顾维钧一时还不能回去，他便决定不搭乘了。正好离开上海时，他顺便将去年保君健（航空公司财务科长）赠给他的免费机票带在了身上，经联系后获准第二天一早可搭乘航空公司的邮政飞机。

19日早八时，徐志摩乘中国航空公司"济南号"邮政飞机从南京明故宫机场起飞。十时十分，飞机抵达徐州，徐志摩在机场发信给陆小曼，说头痛不欲再行，但最终还是又走了。十时二十分，飞机继续北上，及飞抵济南附近党家庄时遇大雾，机师为寻觅准确航线，只得降低飞行高度，不料飞机撞上白马山（又称开山），机身着火坠毁。机上人员——两位机师与徐志摩全部遇难。

沈从文在给好友赵家璧的信中说道："徐南去，主要因小曼不乐意去北平，在上海开支大，即或徐先生把南京中央大学和北大教书所得薪金全寄上海，自己只留下30元花销，上海还不够用，因乘蒋百里先生卖上海遇园路房子时，搞个中介名义，签了点字，得一笔款给小曼，来申多留了几天，急于搭邮件运输机返北平，则因为当天晚上林徽因在协和小礼堂为外国使节讲中国建筑艺术，急于参加这次讲演，才忙匆匆地搭这次邮件运输机回北平。到山东时（白马山只隔济南25里）因大雾，飞机下降触及山腰，失事致祸，一切都这样凑巧，而成此悲剧。"

徐志摩离世后，陆小曼悲恸欲绝，陆小曼究竟悲伤到什么程度，连著名作家郁达夫都觉得难以用文字来描写，他说："悲哀的最大表示，是自然的目瞪口呆、僵若木鸡的那一种样子，这我在小曼夫人当初接到志摩凶耗的时候曾经亲眼见到过。其次是抚棺一哭，这我在万国殡仪馆中，当日来吊的许多志摩的亲友之间曾经看到过。陆小曼清醒后，便坚持要去山东党家庄接志摩的遗体，被朋友们和家里人死命劝住了。最后决定派徐志摩的儿子徐积锴去山东接回。"

此后，陆小曼性格大变，终日闭门不出。在她卧室里高悬着徐志摩的大幅遗像，每隔七日总要买一束鲜花献给他。她给徐志摩写的挽联也十分伤心，上联是"多少前尘成噩梦，五载哀欢，匆匆永诀，天道复奚论，欲死未能因母老"；下联为"万千别恨向谁言，一身愁病，渺渺离魂，人间应不久，遗文编就答君心"。

陆小曼在徐志摩死后与翁瑞午同居的事情，她本人亦不讳言。翁瑞午的祖父是光绪皇帝的老师翁同龢。其父曾任桂林知府，绘画负有盛名，家中书画藏品甚多。翁瑞午天资聪慧，会唱京戏，画画，鉴赏古董，又做房地产生意，是一个文化掮客，被胡适称为"自负风雅的俗子"。

陆小曼曾说过自己和翁瑞午之间的关系：我与翁最初绝无苟且瓜葛，后来志摩堕机死，我伤心至极，身体太坏。尽管确有许多追求者，也有许多人劝我改嫁，我都不愿，就因我始终深爱志摩。但是由于旧病更甚，翁医治更频，他又作为老友劝慰，在我家长住不归，年长日久，遂委身矣。但我向他约法三章："不许他抛弃发妻，我们不正式结婚。"我对翁其实并无爱情，只有感情。

陆小曼说："我的所作所为，志摩都看到了，志摩会了解我，不会怪罪我。"她还说："情爱真不真，不在脸上、嘴上，而在心中。冥冥间，睡梦里，仿佛我看见、听见了志摩的认可。"

在上海中国画院保存着陆小曼刚进院时写的一份"履历"，里面有这样的词句："我廿九岁时志摩飞机遇害，我就一直生病。到1938年与翁瑞午同居。翁瑞午在1955年犯了错误，生严重的肺病，一直到现在还是要吐血，医药费是很高的，还多了一个小孩子的开支。我又时常多病，所以我们的经济一直困难。翁瑞午虽有女儿给他一点钱，也不是经常的。我在1956年之前一直没有出去做过事情，在家看书，也不出门，直到进了文史馆。"

在陆小曼的余生中，先后编辑出版了《志摩日记》《徐志摩诗选》。为编辑《徐志摩全集》，她不知耗费了多少心血。可惜未能等到这部著作问世，她就于1965年4月3日溘然长逝了。她的灵堂上，只有一副挽联：推心唯赤诚，人世常留遗惠在；出笔多高致，一生半累烟云中！概括了她备受争议的一生。

别让爱情迷了双眼

1831年3月2日，俄罗斯大诗人普希金和娜塔丽亚在莫斯科大升天主教堂举行了婚礼。

普希金最初认识娜塔丽亚是在三年前莫斯科的一个舞会

上，娜塔丽亚长得像出水芙蓉，并且会说一口流利动听的法语，那婀娜轻柔的舞姿更是令人倾倒。

普希金完全拜倒在她的美貌面前，爱情的烈火不可遏制地燃烧起来。可是娜塔丽亚和她的母亲对普希金都没有多少兴趣，在对待宗教和沙皇的看法上，母女俩和普希金完全相反。因此，普希金觉得和这个家庭来往，有一种难言的冷淡和拘束感。但为了爱情，普希金也顾不得这些了。过了不久，普希金终于开口向娜塔丽亚求婚，结果娜塔丽亚的家长婉言拒绝了。

普希金痛苦极了。当天启程到高加索，参加了正在和土耳其作战的军队。他企图通过战争的强烈刺激，忘去爱情的创伤。

半年以后，普希金回到了故乡。他正准备到国外去作一次长途旅行，不料，一个意料之外的消息，使他兴奋不已。

原来，普希金的一个朋友在莫斯科舞会上，偶然遇到了娜塔丽亚母女俩，便向她们介绍了普希金和普希金的高加索之行。奇怪的是，娜塔丽亚母女这次对普希金表现出了极大的热情和关心。

听到这个消息，普希金冷却的心复苏了，他马上动身赶到了莫斯科。在娜塔丽亚家里，他受到了从来未有过的热情接待，娜塔丽亚合情脉脉地向诗人流露出了爱慕之意，诗人再次求婚，终于得到了满意的应允。

婚后，他们在莫斯科租了一座很舒适的房子，过得称心如意。普希金也觉得自己的婚姻是非常美满的。

然而，在这充满着幸福的阳光的小家庭里，却藏着一道不和谐的阴影，日子一长，就渐渐显露出来。

普希金很爱自己的妻子，把她当成自己生活和事业的志同道合的伴侣。　他的创作激情如涌泉，每写一首诗，都兴致勃勃地跑到娜塔丽亚面前朗诵，征求她的意见。　可是她非但没有诗歌修养，而且不理解丈夫的事业。　她压根儿就不懂这一套东西，她的兴趣只在舞会上。　她经常研究的是怎样用入时的服装打扮自己，怎样参与上流社会的交际。　因此，每当普希金捧着诗稿来到她面前时，她就厌烦得像头暴怒的狮子大声地吼叫斥责。

　　普希金无可奈何，只好扫兴地站在窗口，把自己的新诗朗诵给自己听。　可是事情并非就此了结，由于娜塔丽亚打扮得花枝招展，一天到晚地出入于上流社会，她的美丽赢得了沙皇和皇后的欢心，于是就赐给她一种特殊的待遇——可以常常到宫廷中去。　娜塔丽亚受宠若惊，她越发讲究打扮起来，在服饰和排场上挥金如土，沉重的债务一股脑地压在普希金的头上，普希金当时在外交部任职，年薪只有五千卢布左右，而他的家庭费用至少也需要两万五千卢布。　面对大得惊人的赤字，普希金只好靠卖自己的作品来弥补。

　　更不幸的是，普希金创作的权利也渐渐地被妻子剥夺了，娜塔丽亚天天纠缠着他，要他陪同到舞会上去。　倘若稍不遂意，娜塔丽亚就大吵大闹。　普希金尽管对舞会一点兴趣也没有，却不得不天天陪着妻子去应酬，搞得筋疲力尽。　宝贵的时光和旺盛的精力就这样白白地耗费掉，普希金感到一种难言的痛苦。

　　悲剧还在继续发展、恶化。　由于普希金屡屡写诗鞭挞沙皇暴政，沙皇早就对他恨之入骨，决心要除掉他，只是迫于舆论的压力没敢下手。　现在时机到了，万恶的沙皇和一群卑鄙的政客，利用娜塔丽亚浮华虚荣的特点，指使一个名叫丹特士的反动军官去纠缠她，同时又收集一帮流氓无赖散布流言蜚语，恶毒地诋毁普希金的名誉，迫使普希金与丹特士决斗。

1937 年 1 月 27 日黄昏时分，彼得堡近郊的茫茫雪地上，响起了一声凄厉的枪声，年仅 38 岁的普希金应声倒地。

"俄罗斯文学之父"被毁掉了！ 普希金的早逝，可以说与他择偶的失误不是没有关系的。

想念，却不想见的人

一个男人的告白："男人很务实，不会做没有收益的事情，因此不会想见前女友，他比较有兴趣的是新猎物。 如果还想见，应该是还想获得些什么。"

在某些时候、某些片段，例如一个街角阳光洒下来的角度或谁不经意的一个小动作，或是无意的一句话语，你想起了他——你的前任恋人。

其实你不是经常想起他，你们分开好一段时间了，时间不长不短，这期间你也认识了谁，试着跟谁再建立起一段关系、谈一场恋爱，但最后都不了了之。 于是总在一场败兴而归的约会，或是一场索然无味的谈话之后，他就会跳出你的脑海。 那时候你才发现，原来在他之后，每每认识了一个新的对象，都是对他的一种召唤。

因为，只有他听得懂你的话，只有他明白为什么你会对着植物说话，知道当你看书时为什么会哭；也只有他，从来不问你为什么总睡左边，只是帮你把枕头摆好，提醒你小心别落枕。 大多数的关系只要经过时间，一起经历得够久，就自然可以建立起一种认知与理解，但唯有默契，一开始自己就会察觉。 所以只要有他在，你不再觉得孤单。 因此，你想念他。

但这并不是一种比较，或是一种旧与新的竞赛，你很清楚人是没有输赢的，拿旧情人比新人，更是一种自讨苦吃。 只是，你也知道，这是一种对照，之后的每个人，都越发让你想念起他的好。

然而，即使如此，你却不想见他。 不，你当然想看看他现在好不好，你其实只是不想跟他面对面。 你不想跟他讲话，你不想被他问起自己好不好，因为不管自己好不好，只要见了他，自己的武装就会全部缴械。 在他面前，你平时的伪装都会功亏一篑。 他还是那个最懂你的人。 当然你也想过复合的可能性，但也只是想，虽然当初你们分开的原因已经模糊，但直到现在或许仍然无法克服。 因为在有些时候，时间只能帮你理清问题，而无法解决难题。

也或者，其实你想保留的是与他的那份爱的美好记忆。 你害怕一旦见了他，自己极力留下的相爱气味，都要一并还回去。 你猜这是时间的好处，它帮你筛选过滤，只留下时光里最好的部分，你还想记得恋爱的味道，相爱的感觉。 因此，只要能远远地、不被他所察觉，看看他，就很好。 远远地，就像你们现在的关系一样，就很好。

终于你也懂了，自己之所以会想念他，其实并不是因为他的那些好，而是因为，之后再也没有一个人可以让你觉得好。你怀念的，自始至终都是——爱。

然而，却也是他让你可以这么想，是他的存在告诉了你这世界上还有这样的爱存在，并且怀抱着信念。 他让你知道生命中一定会有个人再出现，像他一样让你觉得很好，像他一样可以让你奋不顾身。 是他让你可以继续拥有爱的愿望，并且去追寻。

因为，世界上没有人应该注定孤单。 如果一辈子只能爱上一个人，这样就太哀伤。 所以，一定会有另一个人再出现，然后与自己相爱。 你这么想，是他，让你能这么想。

一切都会过去

女人为什么更易受情伤？ 因为女人的舞台在家庭，男人的舞台在社会。

男人也会受情伤，却是短暂的、具有个体色彩的。 比如被某个女生甩了，他长歌当哭，这种影响是一时的，就像长了个青春痘，挤破的时候会有些痛，然而很快，伤好了疤也不疼了，他很清楚自己不会总是那个倒霉的受伤者。 而对于女人却不是这样，倘若一个女子，将爱情看得太重，以至于除了爱，她什么都不想要，那么，她会在爱情中一次又一次地受伤，没完没了。

除了爱，什么都不想要的女人其实很多。

在一段稳定的爱情关系中，女人很容易将男人作为自己全部的舞台。 两人相守时间越长，女人的舞台便越小。 一旦发现男人付出的与自己所付出的并不对等，她的世界就坍塌了。

这能全部归咎于男人吗？ 他们可以说：我并没有要你除了我就什么都没有。

爱情很重要，独立与自由同等重要。 它们之间的关系不是对立而是依存。 你必须在从事爱情这种危险作业时，系好独立与自由这根安全带。

旁人皆镜子，当我们懂得去努力了解他人，便会更清楚地看清自己的内心。 在两性中，一定存在一个平衡点，找到了这个平衡点，女人会少受伤，而男人也会更依赖于这个女人，因为人总会对理解他们的异性心存感激。 爱情是无法控制的，相守却是必须掌控的。 希望每个女人都是自己爱情之舟的舵手。

失恋的痛是为了让我们记住恋爱的美。 不快乐的人总是想努力忘掉回忆，而快乐的人却知道在回忆中汲取营养。

一切都是烟云，一切都会过去。

有些人在感情上会以对方为圆心，像地球绕着太阳转一样，每天的生活作息就只有一条固定的轨道——全心全意地爱着对方，将生活重心全放在所爱的人身上。 这样做除了会给对方带来窒息般的压力外，无疑也为自己埋下了一颗不定时炸弹。 万一有一天你的"太阳"因为某种因素不亮了、变暗了，你这颗"地球"也将偏离轨道，失去生活的方向。 就像汹涌奔腾的河流找不到平常熟悉的出海口，也没有其他的湖泊与支流可以宣泄，最后岸边的堤防垮了，你的世界淹没了，人也崩溃了。 这时候，到底要归咎于谁的错呢？ 是突然绝情不亮的太阳，还是那个痴情死忠的地球？

有投资理财观念的朋友都知道分摊风险的重要，不能将所有的钱全投资在一种基金上，就像不能将所有的鸡蛋都放在一个篮子里，万一这个篮子有破洞，或者自己走路不小心摔一跤，所有的蛋都会砸了。 在这里举鸡蛋做例子，并非鼓励你去脚踏两条船，平常就找好备胎，这里所指的鸡蛋是你的家人、朋友、事业、信仰以及个人的兴趣，或者是一直想完成的理想，等等。 感情的鸡蛋就只放在感情的篮子里，事业放在事业的篮子里，朋友跟家人也都有其专属的篮子，这样，万一感情的篮子破了，鸡蛋没了，你还拥有其他四五个不同的篮子跟篮子里的蛋。 生命的百分比绝不能由感情所独占。 你不能把家人、朋友、事业、信仰，还有兴趣跟理想的鸡蛋全放在感情的篮子，如果有一天这篮子不牢靠，破了个洞，是不是你一生也就跟着"完蛋"了！ 因为你已经没有其他的鸡蛋跟篮子了。

把爱情当生命的全部，其实是相当不理智的，因为你只对一件事感兴趣，那就是爱情，对其他的人、事物漠不关心。 有人下定决心要考上好学校；也有人在宗教信仰里找到归属感；有人则拼命赚钱只为让父母过上更好的生活。 这些人的人生都有一个明确的目标，他们找到了自己存在的意义。 而你除了爱情，人生漫无目的，因为你的视野不够开阔，生活圈狭隘，你把自己绑死了，绑在一棵叫爱情的树上，结果每天除了观赏这棵爱情树的枝叶外，你哪儿也去不了，什么事也不知道。 原来，这世上还有其他不同种类与形状的树木跟叶子。

在感情的世界里，绝不要只为对方而活，因为只有自己是从出生到死 24 小时跟着你，你怎能不善待自己呢？ 好好安排自己的生活，享受美食，出国旅游，或者饲养宠物，增添生活的情趣，拓展自己的视野，不要像井底之蛙一样，以为天就像井口般那么大。 所谓"行万里路，胜读万卷书"，如果出国旅游，到过人文荟萃的欧洲的人，都会讶异和赞叹于当地精致的建筑、优美的风景、充满生命力的艺术表演等。 想想看，你只花一点钱，就能饱览与观赏他国民族的祖先用几千年的时间、集结几千万人的心力所建立起来的文明，就投资报酬率而言是相当值得的。

有人说朋友就像一本一本的好书，其实在现今每个人吸收的知识跟普遍学历都提高的情形下，朋友更像是一本一本的杂志，依他们专业知识的不同，这些杂志类别有电脑、旅游、理财、汽车等，也有流行服饰月刊，甚至八卦周刊等形形色色、种类繁多的杂志。 结交不同生活圈的朋友，他们自身不同的经验与阅历，除了可以丰富你的视野外，更重要的是认识自己生活圈以外的人，认识到在这结构多元的社会，每个领域都有其专业优秀的人才，所谓"人外有人，天外有天"，你会因而变得更加谦虚。

当你的生活圈扩大的同时，自然会认识更多不一样的人，无形中也会增加恋爱选择的机会。 比方说，你当初有可能因为自家果园的水果种类不多，在无从比较的情形下，误以为自己最喜欢的就是凤梨，当有一天你知道这世上还有奇异果这种水果，而且味道很特别时，你才能清楚地分辨当初是真的喜欢凤梨，还是因为它只是在所能选择的水果中相对较甜。 当然，也有可能你在比较过各式各样的水果后，回过头来选择凤梨。 不同的生活圈，就像不同的果园，如果连逛果园的选择机会都没有，你怎么知道到底什么水果才是最适合你的呢？

很多朋友结婚时，你会发现对方的另一半不是他的同事就是同学，不然就是同事的同学，或同学的同事，好像真的有所谓"近水楼台先得月"这么一回事。 其实，这是因为他们的另一半都是同一生活圈的人，相对而言比较有机会跟时间与对方认识和交往。 当然，跟同一生活圈内的人结婚也没什么不好。因为，你们有相同的工作背景，加上生活圈重叠，有着共同的朋友，比较能体谅对方的工作性质，也容易有共同的话题与兴趣。 而不同生活圈的人，则因职业与专长的不同，反而会激起不同的火花，被彼此特殊的人格特质所吸引，相互学习对方的专长，截长补短，在生活上是属于互补型。

你想要或真正需要的是什么？ 你想过什么样的婚姻生活？上述两种不同类型的结婚方式，其中间最大的差别在于，不同生活圈的人，是需要自己主动积极去寻找机会认识；而相同生活圈的人，则相对比较不费力也容易成功。 但不管你的选择是什么，绝不能因为只是适婚年龄到了，就在生活的周遭找一个离你最近的人结婚，为结婚而结婚。 你应该积极拓展自己的视野与生活圈，给自己多一点选择的机会，也给别人认识你的机会。 最后，选择出一个能够与你共度此生的伴侣，这个伴侣应该是个性与你最适合、最谈得来的；而不是距离你最近、最容易认识的那个人。

分离的，都是不爱的

爱情的世界里，分离的，都是不爱的。 也有人说，离开，是因为爱。 既然爱又怎么舍得离开呢？ 那是因为爱得疼了，爱已变成了伤害。 这世间有一种爱，爱到深处是卑微，卑微到没有了尊严，也就不再能留住爱了。 这世间还有一种爱，爱到深处就生出了尖锐的牙齿，咬伤了对方也咬疼了自己，弄到大家都想逃跑。

爱得浅了，爱情就会很脆弱，经不起生活的风雨，耐不住日子的磨损；爱得深了，爱情又会很糊涂，挺不过琐事的纠葛，迈不上幸福的台阶，这是我们很多人的遗憾。 不会爱别人是自私的，自私到没人喜欢。 但爱别人也会爱到很自私，自私到不可理喻。 所有的爱情都是需要回报的，不要回报的爱情不现实，最多也只能当成是表决心罢了。 正因为爱情需要回报，所以很多时候我们爱得多了也就要得多了，再后来就变成没完没了的挑剔与苛求。

爱情，是我们心里开出的花，爱到深处，应该结出丰硕的果，美美的，甜甜的，吃下去爱情可以长生不老。 可那仙界的人参果也要三千年才开一次花，三千年才结一次果，最终吃不吃得上还要看缘分，何况我们这些凡俗人间里的男男女女。 聚了，散了，花开了，果落了，原本都正常。 只是，不要让自己的爱生出牙齿，苛求的结果是双方都身心疲惫。 即使逃离，那样的伤里因为带着遗憾，也会很疼，很疼。

爱情本身不会让我们沉重，就算肩负了责任也是一种轻松的生活状态，有依有靠，有商量，有情有义，怎么会累呢？ 累了的，不是爱少了，而是要求的太多了。 有时候我们的爱情也需要休息，比如在婚姻的城堡里，家庭的温暖中，我们都免不了会生出些许的慵懒，那时候的快乐来自于双方的体谅，那时候的幸福隐藏在细节上的默契。 我们谁也不可能总是围着一个人转，除了爱人，我们还须面对很多人，做更多的事，这才是积极的人生。

激情化为无声的默契后，才会生出疼惜的根。 在你总是抱怨对方不再爱你的时候，或是为一件没做对的事情就推翻所有恩爱的时候，你的爱就已在偏执中生出了怨恨的牙齿，啃咬着你们的心灵。 爱情，开始是牵手，最终是相伴，更多的时候表现为沉默的深情。 爱里的寂寞，原本是一种静态的快乐，又有什么好难过的呢？ 爱到深处，就生出了一种深刻的幸福，又有什么好抱怨的呢？

有牙齿的爱情，是悲伤的。 爱到一个人逃，恨到一个人伤，多年之后也许还会在频频的回首里，让你泪眼婆娑。 请慎用我们的爱情，给值得的人，才能在爱里共同成长。

别在伤痛孤单里任年华流逝

女孩和恋人已经分开很久了，可还是没能邂逅新的爱情，她关起了心门又不愿再去推开另一扇窗，前男友的身影留在了她以后的生活里，走不远又拉不近。 她时时打听着他的消息，固执地认为他离开了自己也一定过得不好，她甚至常常幻想着重拾旧爱，仿佛现在的一切都是为那一天在做准备。 她还不断地出现在前男友的生活里，关怀备至，尽管换来的是更加的厌恶和漠然，她也不承认那其实已是无爱的纠缠。 她说她忘不掉，她说她找不回，当她靠着回忆都不能再记清他的模样时，她还在那儿顾影自怜等待着他能蓦然回首，在灯火阑珊处把自己紧紧拥抱。 她偏执地认为自己是最好的，所以不能接受那个男人不爱她的现实，可情感世界里的男女没有最好，只有最适合，摆错了自己的位置就是再爱也不对。

女人三十多岁了依旧形单影只，物质上已经富足，精神上也拥有快乐，只是没有爱情也没有男人。 她不是没爱过，也不是没人爱，可就是找不到可以全身心托付的那个人。 她说没要求，其实是高要求，她说无人可依，其实是把自己交给谁都不放心，怕受伤的结果就是孤单着，或是清高着，然后最终失去爱与被爱的机会。 完美本身无可指责，但处处以完美的标准去要求人生里的大事小情、凡人间的恩恩怨怨时，完美就成了一种病。 不能说这个世界上没有好男人，因为这也就是在说世界上没有好女人。 只是好男人和好女人都藏在平淡相守的岁月深处，不到火候、没有耐心你根本看不到。别以为你就能拣到现成的好男人，公主当然可以嫁王子，可你毕竟不是公主，也不够灰姑娘的姿色好运，就别总是非王子不嫁了。

可女人因为感性思维模式，尤其在这样那样的位置上放不正自己，就忍不住好奇探究，变成大嘴巴，爱上一个人就喜欢干涉他，变得不讲理；恨上他又疯狂偏执，变为可怜虫。 我们在爱里成长丰满，也会在爱里沉沦堕落，只有在属于自己的位置上才有可能收获美满，在错误的位置上你就只是在守着绝望说希望。 女人摆不正自己的位置，就摆不正心态，也就摆不正人生。 事业会让你觉得疲惫，情感会让你沉入深渊，男人会让你迷失自己，错过了那些女人应该拥有的快乐与温暖，你此生也就与幸福失之交臂了。

女人常常摆不正自己的位置，在追求中，在情感上，在执着时，甚至是在爱自己的那个男人心里。 要知道，当你次次都说这很难的时候，不该过去的都已经过去，该过去的却怎么也过不去了。 我们想过什么样的生活和能过什么样的生活，一直都是两回事。 我们当然可以努力让自己实现目标，包括让我们的爱永远存在，可不切实际的定位与骄傲任性的固执，只会让你在伤痛孤单里任年华似水流逝。 看清楚自己比看清楚男人更重要，不要不分青红皂白地责问男人，如果你站错了该站的地方和立场，那么很多时候你的痛苦，真的和男人无关。 让一个人获得幸福的奥秘，就是在属于自己的位置上，一直以一种与幸福最接近的方式生活。

女人的爱更深、情更浓，但爱里的勇气十足，不爱的勇敢却欠佳，心里的爱嘴上不一定会说，说出来的不一定是爱。 即便是聪明的女人也会在男人的世界里犯糊涂，深情也会在自己的不舍里幽幽哽咽，可并不影响那风景处处在，一如人间四月天，这就是女人。

悲欢离合本是常态，男女愁怨真是等闲。 越想抓就越抓不住，越要爱就越绝望。

女人和男人正好相反，在情感里总是不怕"烦"。 她喜欢不停地"烦"男人，然后又开始不停地"烦"自己。 她们都认为自己是聪明的，即便在男人身上智商降为零，她也认为那才是她的爱情。 男人是不会也不想知道的，他们一生中能记得的女人，要么是让自己哭过的，要么是让自己从未得到过的。 他爱你，那他的责任就是要给你幸福安稳，并且为此努力一生。

之所以还是放不下，无非是认为自己会是众多场闹剧里的一个"例外"。 于是，苦苦等又苦苦缠，遗憾的是，男人总是耗得起的，他从来都是先把自己放在了"进可攻退可守"的位置上，才会在外面毫无顾忌地招惹女人，女人却在憔悴与伤痛里红颜更老，心碎无数。　我们或许都可以成为某个男人的唯一，只不过有先先后后和长长短短之分。　但总认为自己会是某个男人的"例外"却是件虚无缥缈的事情，而这种"例外"的本身就包含着男人的虚伪薄情和女人的愚蠢投机。

很多女人的一生都纠结于情感的得失，得到的也不满意，失去了又不甘心，结果不论得到和失去都是输家，最悲哀的是连自己的花样年华都一并辜负。　得到了就去享受爱情和婚姻，活在当下是男人的习惯，女人又何必杞人忧天？　总觉得自己这也亏了那也亏了，可女人如果这辈子连男人的温暖与关爱都没真正拥有过，岂不是更亏了？　失去了就去重整河山另寻一条通往幸福的路，总认为这也很难那也很难，可女人如果这辈子都没做过一件勇敢的事，岂不是一种遗憾？

爱与不爱都不是什么错，但爱了就要去努力经营，就算即将失去，也要做最冷静的救赎，要带着自己的爱人一起成长，或许迈过了这道坎就是你们的永远，换来另一番天地。　不爱了就要勇敢放手，即便自己还有不舍也要忍痛接受眼前的结局，坚强地越过了那个男人就成全了自己的重生，这也是赢。　留住爱自己的人，是女人的智慧与可爱，并会因为这样的幸福千娇百媚；放弃不爱自己的人，是女人的成熟与坚韧，并会因为这样的自信充满魅力。　女人要在年轻的时候掌控自己的生活，我的青春我做主，要能够承受失败和失恋的痛苦；也要在年华已逝的时候把握自己的生活，从容接受得到和失去的结果。　如果说二十几岁决定女人一生的走向，那三十几岁就决定着女人后半生的情感安宁。

在情感的去留里，没有谁能代替你做最后的决定，如果缺失越过现实的勇气，你可以选择放弃，但不要总说自己是迫不得已，这样你或许能够过得好一点。

放爱一条生路

我一直认为男人出轨，不论是出自什么原因，都是对女人的严重伤害和不尊重，也包括那个和他搞婚外情的女人。令人遗憾的是，面对因此造成的情感事件和信任危机，有些女人最终还是选择了这样的生活——不离婚也不能原谅，不幸福也只能这么过，不甘心也只能在抱怨中早早使自己枯萎了。

这样的日子痛苦多过快乐，要是真麻木了倒也好，可女人的心其实最难死，特别是一颗用在了男人身上的心。即便女人能撑，男人也会日渐疏离，或许还会有更多途径进行所谓的"发泄"，让身边的女人更加痛苦不堪。而女人用来转移情绪和注意力的空间往往相对较小，很多女人在结婚后几乎都不再有什么爱好和交友圈，忙的时候是工作、丈夫和孩子，闲的时候又是丈夫、孩子和家庭，甚至连读完一本书的时间都没有。当丈夫出轨，家庭也因此岌岌可危的时候，女人很难冷静的原因就是因为她一时间也找不到自己了，自信荡然无存，离婚了不知道该怎么过，不离婚又面对着幸福从此不再的境地。这种尴尬和困境，即便是那些经济条件完全可以独立的女人都很难做到潇洒放手，就不要说离婚后经济上根本就不能养活好自己和孩子的女人了。

不论是为了爱情还是孩子，有的妻子选择做那个出轨男人的守望者。她默默地忍受背叛所带来的伤害与痛苦，一味地宽容与让步，百般地遮掩与承担，甚至面对不知悔改的丈夫，她也期盼着他能浪子回头，希望家庭的责任、男人的良心、自己的深情、孩子的可爱能够最终唤回那在出轨的路上越走越远的男人。也许她会守得云开见月明，在重新开始的未来把这段日子用爱化为恩义绵长；也许她会化为一块"望夫石"，在今生里祈祷着来生的美满幸福。这样的妻子或许能将悲剧过成喜剧，但在此期间，那些被细细地又默默地咀嚼了无数遍的希望与绝望，未必是每个男人都能懂的。于是你可能会将自己最美好的岁月，尽数蹉跎。

还有一种情况是做婚姻的"钉子户"。出轨的丈夫好比乱拆乱建的"开发商"，而"小三儿"就是他手里的"推土机"。一个是吃里扒外，认为旧爱不如新欢，一个是想推倒围城重建城堡，有男人混蛋就有女人嚣张，一时间"工地"上乌烟瘴气，好不热闹。结果，任你机关算尽怎么折腾，那座围城还是岿然不动，原来，有史上最牛的"小三儿"，也就有比她更牛的"钉子户"。那妻子守卫的家园即便已经成了一座孤岛，她也抱着结婚证不肯轻易放弃自己的"阵地"。就算"开发商"终于用最大的补偿去结束了对峙，妻子的这场毫无畏惧的"婚姻保卫战"只怕也会像一枚"钉子"，深深扎进那个男人和"小三儿"的心里，这辈子都未必能够拔出来。从某种意义上来说，这也算是一种公平。

就算有些男人的出轨只是个错误，有些妻子却就此"坐"下了病。不论离婚不离婚，她都成了"祥林嫂"，在家里说不够，就去单位说，然后又找朋友说，甚至跟陌生人只要有机会也是唠叨个不停，当大家把这事都当成了笑话，又听到了笑不起来的时候，"祥林嫂"也就疯了。 被伤害固然需要发泄和排解，但如果你总在原地转圈子，或一声声哀鸣，或一遍遍喊狼来了，你又能让别人怎么帮助你？ 做"怨妇"最没劲，在这样的时刻，能够往后退一步，就可以看到海阔天空；往前迈一点，就能等到柳暗花明。 如果你有爱说不出，也别总说恨；如果你有人不能舍，也别总去舍得你自己。 没有人会喜欢可怜的"祥林嫂"，就算他们曾为你流过同情的眼泪。

有受害的妻子选择了跳楼、跳河等决绝的方式来结束自己的婚姻。 面对丈夫的不忠，爱情的掠夺，婚姻的破裂，这是女人最惨烈的抗争，惨烈到让所有人唏嘘；这是妻子最悲伤的告别，悲伤到再也没有了声息；这是情感世界中最遗憾的结束，遗憾到背叛者未必就能醒悟。

男人是最耐不住情感寂寞的动物，妻子活着的时候天天面对，他还觉得精神空虚忍不住要去再沾点"腥"，一朝永别了他更是不会怀念上几天。 那曾经大肆"秀"过对已经去世的妻子恩爱与深情的男人，在妻子离去后不久就又开始"晒"现在的爱情与甜蜜了，又何况是还在婚姻里就巴不得老婆赶紧给新欢腾地方的丈夫。 别去为了某个男人死，让或许已经等了你多年的人失望。

很多妻子面对丈夫的出轨都表现出束手无策，等待的结果未必圆满，软弱的背后有更多的伤害，坚强的努力不一定就能挽回变了的心，而一些强硬的离散又有着难言的苦涩。 这其中的原因，固然和出轨丈夫如何收拾残局有关，也和妻子怎么看待这个问题有关。 有时候，在做最大的努力无果后，就面对现实做最智慧的放手，把离婚所带来的伤害降到最低是完全有可能做到的，也只有这样的妻子才能以最快的速度站起来，重新投入生活的怀抱。 我们不想用强者来形容女人，但这样的妻子却一定是位智者，懂得放爱一条生路，哪怕那个男人的灵魂已经不再如从前，也不否认曾经的相亲相爱，因为那里面也有你的青春与执着。

第三章

余生很长，何必慌张

一切都是最好的安排

上天让我们受苦，一定有它特别的理由，一切都是最好的安排。

人在一生中必定会经历许多不同的课题。生命充满悲伤、痛苦、羞耻、恐惧和失落，除了这些无法避免的痛苦之外，我们还经常因为心里的思绪和想法，累积了更多苦恼。

仿佛生命原有的痛苦不够多，我们还要一直反复地回想它们、衡量它们，并加以合理化。

生命中的痛苦，我们本来就必须承受，但是因为想法所追加的痛苦，却不一定要接受。

忧虑的想法之所以这么有影响力，是因为我们既相信它又抗拒它。我们之所以经常拥抱忧虑，是因为我们以为这样做就可以得到保护，心想："如果我这样担心的话，事情就不会发生了。"仿佛担忧是一种护身符，可以避免我们受伤害。

忧虑的想法实在令人困扰，让人不由自主地想压抑它。我们试图把忧虑塞回脑子里，可是，我们越把忧虑推开，它就越往潜意识里住，让我们更觉前途黯淡。

布雷兹里特曾说过："如果没有严冬，春天就不会那样舒心宜人。"的确，不知苦痛，怎能体会到快乐？在生活中，许多时候，人们若不是尝到痛苦，遭受折磨，就不会有苦尽甘来的甜蜜感觉。

生活中难免会遇到这样那样的不如意，就看我们以怎样的心态对待它？普希金在一首诗中写道："假如生活欺骗了你，不要烦恼不要心焦，阴郁的日子里要心平气和，想念吧，那快乐的时光就要来到……"既然我们每个人都还做不到挥手出红尘，就要在生活中学会歌唱和欢笑。不要一味去苛责人情冷暖、世态炎凉，也不要一味去抱怨命运多舛、天意弄人。关键要调整自己的心态，用心去发现生活中的美和善。在没有阳光普照的日子里，要学会温暖自己，使自己变得坚强，使自己的心灵充满希望。

　　一个人来到人世间，如果没有理想，没有追求，只是为了享受，而不去承受痛苦，那么他不仅享受不到生活赐予他真正意义上的幸福，还有可能变成好逸恶劳的寄生虫。

　　现在很多都市里的人生活条件好了，过得舒适了，反而很难快乐起来。究其原因，正是因为没有体验过条件艰苦和物质贫乏的"苦"，才不知现在这种物质满足和条件舒适的"甜"。

　　因为幸福是相对的，所以幸福可以很简单：肚子饿的时候，有一碗热腾腾的拉面放在你眼前，就是幸福；累得半死的时候，扑上软软的床，就是幸福；哭得伤心的时候，旁边有人温柔地递来一张纸巾，也是幸福……平常一些很小的事，也能给你带来幸福。

　　可以说，世间本不缺少幸福，缺少的只是感受它的心灵。

　　没有经历风雨就不会见到彩虹，没有品尝过痛苦的滋味，就不会享受到幸福的甜蜜。所以，我们有幸活在这个世上，就要勇敢地承担起生活带来的磨难，也要好好地享受生活赐予的幸福。

有些人还没来得及了解

有人问晚年的张幼仪爱不爱徐志摩，她答道："你晓得，我没办法回答这个问题。我对这个问题很迷惑，因为每个人总告诉我，我为徐志摩做了这么多事，我一定是爱他的。可是，我没办法说什么叫爱，我这辈子从没跟什么人说过'我爱你'。如果照顾徐志摩和他家人叫作'爱'的话，那我大概爱他吧。在他一生当中遇到的几个女人里面，说不定我最爱他。"

1922年3月，徐志摩经金岳霖作证，在柏林与张幼仪离婚。徐志摩发表了《徐志摩、张幼仪离婚通告》，离婚时，他还写了一首《笑解烦恼结》送给张幼仪。《时报》说，徐、张的婚变，被视为是近代中国的"第一桩离婚案件"。

林语堂说过："倘令有一个妇人，当双方爱情冷淡时真肯诙谐地解除男人之束缚，则40岁男人所能享受的利益，那个离了婚的40岁老妇人且为生过三个孩子的母亲者不能享受。"

在中国妇女尚未具备西方姊妹之独立精神时，那些弃妇常为无限可怜的人。张幼仪就是这种可怜的人。

有些人还没来得及了解，故事就已经结束。

1900年，张幼仪出生在宝山县城张宅，父亲张祖泽是一位在当地颇有名望的医生。张家原先很富有，到张祖泽这一辈就开始没落了，以致在幼仪7岁上，父亲不得不带着妻子和儿女搬到南翔县居住行医，后来又从南翔搬到上海住家。

幼仪名嘉玲，兄弟姊妹共十二人，幼仪排行为八，姐妹中排行为二。 兄长中知名者，有二兄张君劢（嘉森），宪法学家，《中华民国宪法》的主要起草者，曾任中国民主社会党主席；四兄张公权（嘉墩），著名的金融家，曾先后出任中国银行总经理、中央银行总裁；八弟张禹九（嘉铸），是徐志摩的好朋友，参与创办新月书店，他还是张家唯一参加了徐志摩和陆小曼婚礼的人。

1913 年，徐志摩在杭州府中学上学时，与张幼仪订婚。 结婚还要再过两年。 这年志摩 16 岁，幼仪 13 岁，正在苏州第二女子师范学校读书。

关于这个订婚，有个小故事。

张幼仪的四哥张公权担任浙江省都督朱瑞的秘书时，到杭州府中视察，对其中一个学生的作文印象极为深刻，尤其是一篇题为《论小说与社会之关系》的文章，将梁启超的文笔模仿得惟妙惟肖。 他的书法也透露出不凡的才气。

经过打听，四哥知道这位年轻的士子，是硖石商会会长徐申如的独生儿子。 当天晚上，就寄了封以本名张嘉墩署名的信给徐申如，提议徐志摩与他的妹妹成亲。 信寄出没过多久，徐申如就回信表示同意。

婚后张幼仪才知道，徐志摩对这桩婚姻并不满意，只是碍于父母之命或者说是张家的声势，才订婚并结婚的。 婚后在婆家住了几年，有个佣人才告诉了她，徐志摩第一次看她照片时的情形——把嘴角往下一撇，用嫌弃的口吻说："乡下土包子。"

二人在 1915 年 12 月 5 日结为夫妇。 婚礼不是拜天地，而是文明结婚。 婚礼场面也是浩大的、奢华的。 为了买到称心的嫁妆，张家专门派人去欧洲采购，又派幼仪的六哥随行监督。 嫁妆的体积大到张幼仪根本无法带着整批东西去硖石，里头的家具多到连一节火车车厢都塞不进去，只好由幼仪的六哥从上海用驳船送过去。

婚后张幼仪辍学，在硖石徐家侍奉公婆。 早在这年的九月，徐志摩已考入北京大学预科，婚后未回北大上学，就近去了上海的沪江大学读书。

1920 年冬，志摩在英国留学时，幼仪赴英与他团聚，转过年的夏天二人分手，那时的幼仪已怀有身孕。 张幼仪与徐志摩离婚后，徐申如认幼仪为寄女（干女儿）。

现代人离婚遍地都是，合则相处，不合即分。 张幼仪生活的时代，是从封建社会过渡而来，有人觉得徐志摩对张幼仪太过决绝，太过绝情。 但换一个角度来看，不爱还耽误另一个人的幸福，才是最大的残忍。 唯一可惜的是，徐志摩从未想走进张幼仪的世界，就直接把她判了死刑。 其实，张幼仪的才华真的是不容小觑的。

张幼仪在德国期间，入裴斯塔洛齐学院，攻读幼儿教育。1922 年 2 月 24 日在德国生下次子德生，西文名 Peter（彼得），后夭折。

徐志摩从没有好好了解过张幼仪，他总认为自己的浪漫是这个传统的中国女子所不能理解的。 在徐志摩的眼中，张幼仪就是个"土包子"，接受了西方文化的他不能忍受在传统文化中成长起来的妻子的僵硬呆板和乏味无趣。

从德国归来后，她起初在东吴大学教授德语，许多名媛都愿意与之交往。 不久，张幼仪的理财天分就显现出来了：她在上海开办的云裳时装公司是旧上海首屈一指的女式服装店；出任上海女子储蓄银行副总裁；后来还当过民社党的执行委员兼财务部长。徐志摩去世后，张幼仪抚养独子徐积锴成人。

1949 年 4 月，幼仪来到香港居住。1953 年 8 月与同住一楼、上下相邻的苏季子医师结婚。相偕飞赴日本东京，在某大酒店举行结婚典礼，八弟禹九参加了姐姐的婚礼。

1967 年，张幼仪和苏医生一起去了康桥、柏林这些她早年住过的地方。和苏医生坐在康河河畔，欣赏着这条绕着剑桥大学而行的河流，她这才发觉康桥原是这般的美丽，而以前她从不知道这点。站在沙士顿她和志摩曾住过的那间小屋外凝视，她没办法相信自己住在那儿的时候是那样年轻。在柏林，她无法走到布兰登堡大门，因为它正好在柏林墙的后面。不过，她还是想办法站在一两栋建筑外头看到了她以前的家。走访过这些地方之后，她决定让她的儿孙知道她的前夫徐志摩。于是她请徐志摩编《新月》的同事梁实秋，把志摩的全部著作编成一套文集。她提供了一些信件，由儿子徐积锴带去台湾见梁实秋。

1974 年苏医生去世后，幼仪迁往美国与儿子一家共同生活。幼仪晚年，一是促成了台湾版《徐志摩全集》的出版，二是给自己的侄孙女讲述了自己的一生，后出版成英文著作《小脚与西服》。

遗憾让我们慢慢成长

好多东西失去了，你心有不甘却又无能为力；好多东西都没了，就像是遗失在风中的烟花，让人来不及说声再见就已经消逝不见。 人生就是一场匆忙的路过，失去不遗憾，来不及拥有也不可怕。 相逢如是，离别亦如是。 淡然并不是伪装出来的，而是一种沉淀。 从某种意义上说，人永远都不会老，老去的只是容颜，时间会让一颗灵魂变得越来越动人。 遗憾，让我们慢慢成长。

遗憾可以彰显出悲壮之情，而悲壮又给后人留下一种永恒的力量，遗憾可以丰富我们的情感，而这种情感让我们更加至真至性。 也许生活带走了太多东西，可是却留下片片真情。有过遗憾的人，必定是感受过深切痛苦的人，这样的人也必定真正地活过，付出过最真的心，用自己的行动演绎过至真至纯的情感，令人心动和感慨。 没有遗憾的人生不圆满。

错过的一切，如同错过的时光一样，无法找回，只是错过一点点，就会错过太多，或许还会错过一辈子，留下终生的遗憾。 有时我们本可以轻易地拥有，然而却让它悄然溜走了。记得以前看过一部电视剧《半生缘》，不否认男女主人公是真心相爱的，但命运与缘分的捉弄使他们各奔东西，多年以后他们再次相见，痛苦万分，追悔不及，只剩遗憾，也许世间最大的悲剧莫过于两个相恋的人不能牵手一生一世，但是正因为有了遗憾，那份情义才越发显得弥足珍贵，既浸入骨髓又超然永恒。

其实有许多感情从开始到结束，不管结果如何，只要有过让自己为之震动的感觉，这就是一种富有。 一个温暖的感情矿藏，一种生命中最厚重的拥有，毕竟曾经交换过彼此的快乐和寂寞，不要再难过，人总得醒来面对一切。 人世本无常，岁月流逝如梦一场，曾经的梦想和誓言如落叶般随风飘荡到不知名的地方，但应始终相信当初许下它的时候是发自内心的。

不必再去说什么割舍不下，因为已经没有选择的余地了，美好的东西总是太多，我们不可能全部都得到，但对于已经不属于自己的东西，不必再奢望什么，无缘的人总是留下遗憾，在那一个个熟悉的画面里，凋零着各种情绪的味道，在那一个个生动的故事里，多想为它画上一个省略号，却在命运的无奈中被迫为它画下句号，于万丈红尘中的空望，洗却铅华之后的暗伤，将永远与对方形同陌路。

有的时候，真的幻想时光可以重来一次，那样的话就可以重新选择一切，面对相同的时间里发生的相同的故事不会再重蹈覆辙，不会再走这样的心路，例如友情，或许再换位思考一下，就不会换作冷漠相视；如果我们都少一些猜疑，爱情或许会更长久一些。

可是想过没有，如果没有经历过遗憾，又怎么能懂得珍惜？ 如果不是遗憾，又怎么可以那么刻骨铭心地去记住一个人、一些事呢？ 有许多事必须要亲身经历过才会懂，有了遗憾，才有了可以回忆的片段，才有了令我们一生也无法忘怀的东西，它会在内心深处产生共鸣。

生命只是沧海之一粟，然而却承载了太多的情非得已。 聚散离首，不甘心也好，不情愿也罢，生活一直都是一个任人想象的谜，因为不知道最终的谜底，也只能一步步地向前走。

人生中也会遇到很多感人的缘分，不经意间的萍水相逢，却发现也可以给予很多，简单的邂逅和错过，也可以在心中烙下清晰的标记。

在经历以后，我们才会学到了许多，明白了许多，也成熟了许多。 人生之路，一定不仅有枝繁叶茂的树，鲜艳夺目的花朵，蝶飞蜂舞的美好景色，它一定也会有阻挡在前的高山和荒凉的沙漠；一定不仅有阳光照耀下缤纷的色彩，也会有阴天时的迷雾重重；生活不仅有灿烂的笑颜，还会有无言的泪水，任谁也无法轻松跨越。

遗憾是我们的必历之路，但还是希望大家都能少一点遗憾，尤其希望两个真心相爱的人能幸福长久地生活在一起。 人生没有完美，生活也没有完美，遗憾和残缺始终都会存在，穿越过岁月的风雨，才发觉已经失去的东西很珍贵。 没有得到的东西也很珍贵，但世间最珍贵的还是去把握现在，去珍惜这似水的流年，即使将来容颜不在，至少还可以对自己说："我有遗憾，但是遗憾过后，我曾坚定地好好生活过，我不后悔。"

能治愈自己的，只有自己

这个世界上没有不带伤的人，真正能治愈自己的，只有自己。

有时候很懒，懒得去经营一份感情，懒得走进其他人的生活；有时候，昨天跟你擦肩而过的那个人，今天不经意地走进你的生命里；有时候，你很在乎的那个人，又悄无声息地离开了，却把你们的回忆留下来。

以前你暗恋的那个女生，你鼓起勇气表白却连朋友也没做成。 后来你又喜欢上一个女生，却不敢去告白。 实际上，那个女生也喜欢你，一直在等你的那句话，于是你们错过了。 再后来，有人来到你的生命里，你们爱得轰轰烈烈，可是最终你们还是分开了。

这一切都过去了，你还是一个人，偶尔会孤单，偶尔会难受，也会想有个人拥抱，所以你还是在等。

没关系，你一定会等到的。你一定要相信，那个人也在经历了很多事之后在找你。你要做的，就是好好照顾自己，让自己在最好的状态里，遇到最好的他。

曾经受过的伤，你觉得一辈子也忘不了，可还是过来了。曾经离开的人，你以为一辈子也放不开，可后来你还是发现，原来真的不会离开谁就活不下去。曾经说着的梦想，你也没能实现，可是你在实现梦想的努力中，找到了喜欢的那个自己。

也许你到最后也没能环游世界，不过没关系，因为你跟你的他，见到了世界上最美丽的风景。

也许你到最后也没能家喻户晓，不过没关系，因为你的朋友，都很开心能够认识这样的一个你。

也许你到最后也没能牵到喜欢的那个人的手，不过没关系，因为你，已经在他的心里了。

其实，很多时候，我们就在很多小事中不知不觉地改变了。

我们辛辛苦苦来到这个世界上，可不是为了每天看到的那些不美好而伤心的事。我们生下来的时候就已经哭够了，而且我们啊，谁也不能活着回去，所以，不要把时间都用来低落了。去相信，去孤单，去爱去恨去浪费，去闯去梦去后悔，你一定要相信，不会有到不了的明天。

谁不曾感到过失望，谁不曾辜负过青春，我们总是在昨天狠狠绝望过一回，然后突然醒悟般走向未来的生活。

我们终究还是找到了，找到了微笑着走向明天的勇气。

喜欢一个人就去追，因为在这一辈子，你可能只有这一次机会能牵到那个人的手。 有梦想就去努力，因为在这一辈子，现在不去勇敢地努力，也许就再也没有机会了。

保持单身也是一种负责

什么叫负责？

肯承担已经形成的结果是一种负责，肯阻止某种恶果的发生不也是一种负责吗？

结婚是一种负责，任何一个决定结婚的人都需要主动放弃一部分个人自由以换得另一个人的幸福，如果只想享受对方的照顾而自己却不肯牺牲，便是不负责，便不应该结婚——因为那实际上是祸害别人。

你可以不牺牲自己的自由，但是不应该祸害别人。

生孩子更需要负责。 很多父母生孩子的理由仔细想来都有些自私：有的是为了生个孩子陪陪自己，有的是为了老了有人可以照料，有的是为了自己能够有个心灵的依靠，甚至有人仅仅是为了让周围的人停止一些猜测与非议。

总之，都是为了自己。

那个孩子是被你硬生生带到这个世界上来的，在是否愿意出生这个问题上，父母从未事先征求过子女的同意，就一代接着一代繁衍生息。 所以你更需要对他负责。

如果不愿意负责，还是干脆别结婚生孩子吧，免得祸害他人，尤其是祸害你自己的孩子。

保持单身也是一种负责。既然还没有作好牺牲、付出的准备，还是不要结婚为妙，不想害别人也害自己；不奢望既享受单身的自由，又享受已婚的呵护；不忍心高兴时就把孩子举起来亲亲抱抱，不高兴时就把孩子扔在一边。

社会上的标准答案是：每个人都应该结婚，除非他有缺陷不能结婚。

在这个标准下，不结婚和"不能结婚"似乎就成了一回事——而"不能结婚"代表着缺陷。

在回答很多问题时，我们常常是情不自禁地口是心非——不是有意识地去骗别人，而只是下意识地希望骗自己。

比如，如果你问：幸福是什么？很多人会回答说"幸福就是家庭美满"之类的标准答案，没几个人会回答说幸福就是升官发财、功成名就。可是，一旦家庭与事业发生冲突时（比如，长假是按照原定计划与家人一同旅行，还是遵照老板的临时安排跑去加班），人们便常常在具体问题面义无反顾地选择后者。说不定还会对他的家人说：这是为了让我们更幸福。

我们嘴上承认的幸福和我们心里默认的幸福，有时候不是一回事。我们嘴上认为重要的与我们真正关心的，常常不是一回事。

之所以会有这样的口是心非，大概是因为社会上已经宣扬了一种"标准答案"，由那些电影、电视剧、报纸、杂志等传媒宣扬出的，也是早已被公众所接受的。作为公众中的一员，我们不想太特立独行脱离群体，所以就算隐隐觉得自己的答案与标准答案不同，也总是暗暗劝自己接受，自己对自己说：标准答案才是对的，我的答案是错的。

很多明明自得其乐的单身女郎，一想到这一层标准答案，烦恼焦虑便油然而生。

其实，幸福是什么，快乐是什么，根本就没什么标准答案。你认定的幸福未必是我的幸福，大家眼中的快乐未必是我的快乐。

况且，很多人口口声声所宣扬的幸福与快乐，自己都暗暗地不信——却还是要你信，好让你进入和他一样的境地，如此一来，你也就不会认真去探究他到底是幸福还是不幸福，快乐还是不快乐了。

别人口口声声宣扬的幸福，其实很有可能仅仅是一个拉你入伙的陷阱。

幸福是什么，快乐是什么，自己说了算。

我们因爱承受了太多痛苦

我们因爱承受了太多的痛苦。就算那些声称自己找到了完美另一半的人，对于自己未来的情感，在内心深处有时仍会隐藏着疑虑、不安或些许恐惧。有谁没有因为错误的对象而痛苦不堪呢？又有谁不曾因感觉不到对方的欲望，或得不到对方的爱抚而痛苦呢？世上没有任何东西比爱更过度敏感，更神魂颠倒，更至关重要。如果放弃爱，生命的意义和乐趣就会减少，甚至毫无意义和乐趣可言。

爱情千姿百态。 情感体验由诸多变幻莫测的因素构成，它们以一种复杂的方式交织在一起。 毫无疑问，感受爱要比解释爱更容易，因为从来没有人教我们如何去爱和被爱，至少我们没有明确地接受过这种教导。 爱情，无论是哪种形式，都让我们感到无能为力，也超越了我们所能理解的范围。 也许有人会告诉我们，爱情无法"理解"，它只可意会和享受，它不遵循任何逻辑。 这种说法完全不正确。 多愁善感和天真一样是危险的，因为"相思病"主要就是由一些不切实际的荒谬想法所造成的，而我们终其一生都在探讨这些想法。 对于爱情的误解是情感痛苦的主要诱因之一。

理性地对待爱情？ 没错。 不用过于理性，只要不让自己兴奋得无法自制就行。 欲望之爱（以欢愉为原则）应与理性之爱（以现实为原则）相结合，理智应与情感并重。 我们不仅要品尝爱情，而且要将它与我们的价值观及信仰统一起来。 这其实是在增加"爱情系数"，将心灵与大脑连接起来，以更为健康的方式引导情感。 换言之，我们必须对爱加以整理和控制，让它与神经元更加亲近和友善。 这里不是说要束缚爱或砍掉爱的双翼，而是要教会爱如何飞翔。

当我们谈到爱情，或声称自己坠入爱河的时候，我们想说什么呢？ 我们总是用各种含义不同的词来作为爱情的同义词：激情、柔情、友情、色情、依恋、坠入爱河、同情、爱慕、怜悯、欲望以及类似的表达。 我们无法明确界定爱情是什么，也无法对其术语进行统一。 对有些人来说，爱情是一种激情；对于另一些人来说，爱情与友情是一回事；还有些人则将爱情与同情和无私奉献联系在一起。 但哪些人又是对的呢？ 是那些为爱欲辩护的人，还是那些更喜欢友爱的人？ 抑或是那些认为真正的爱乃属精神行为的人？

爱以其希腊语字根来命名的三种"爱的类型"分别是：爱欲（自然发生和自我满足的爱）、友爱（分享和欢喜之爱）与纯爱（给予和怜悯之爱）。 即爱由三部分构成：第一种（较为感性）是指坠入爱河的行为，第二种（较为知性/理性）是指夫妻之爱，第三种（较为生物性）是指母性之爱。 但以上新的分类在概念上更为完整和翔实，对现实生活更有实用价值，社会背景也更深厚。

一份健康完整、愉悦身心的爱，可以带我们远离痛苦和伤害，回归宁静与和平，而它需要深思熟虑地对以上三个因素进行组合：欲望（爱欲）、友谊（友爱）与柔情（纯爱）。 爱的这三重条件一直在不断地自我更新。

在现实生活中，一对情侣也不一定非要在每件事情上都达成一致意见（些许的分歧可再次强调个性），也无须永远活在浪漫的情绪当中（太过温柔也会令人腻烦）。 明智的爱就像一个菜单，会根据需要及时地做出适度、和谐的反应。

不要一次相恋，用一生去偿还

并不是第一次爱上的人，就是可以跟自己过一辈子的人。

"我不甘心，因为他是我第一个爱的人。"

"我不甘心，爱他那么久，却偏偏输给了一个不如自己的女人。"

"我不甘心，这段感情我已经付出了自己的全部，为什么结果会是这样。"

……

电影《前度》中，陈均平和新女友阿诗，在机场巧遇前女友周怡。 周怡与新男友正准备去长途旅行，却争吵到分手。为旅行而辞职、退掉公寓的周怡，一时无家可归，陈均平和阿诗收留她暂住。 面对陈均平新居中的一事一物，处处勾起周怡对过往的回忆。 二人曾经相爱的证据一一浮现。

和周怡谈恋爱的陈均平连护垫和卫生巾傻傻分不清楚。 和新女友阿诗谈恋爱的陈均平会准备好卫生巾和止痛药。 陈均平还有吃夜宵的习惯，他和周怡都喜欢在煮面里加荷包蛋。

他们有了新的恋人，还带着相爱时的情侣耳钉。 两个相爱的人还是分手了。

其实分手后，他们都找过彼此。

电影中出现过下面的对白：

周怡：喂……

阿诗：喂，阿平在洗澡，哪位找他？

陈均平：我不知道你找过我。

周怡：我一直都没有换电话，就是在等你找我。

……

陈均平：还记得我们的那次相遇吧。 谁知道你张口就说：有什么事留到扫墓的时候再说。

周怡回到他们曾经相爱的地方。 可是她和陈均平再也回不去了。

和周怡重逢的陈均平发现自己的内心深处原来一直对周怡念念不忘。 阿诗为了挽救感情，做了努力，但无论做什么都无法留住对方的心。 陈均平和阿诗还是分开了。

周怡以前和陈均平吵架时总喜欢摔东西。 陈均平在新恋爱中，买了塑胶杯子。 塑胶杯子摔不碎，但还是会有裂痕。

每一次分手都是遇上下一位的机会，每一次错误结合都令大家成为"前度"。 这个世界不会没了谁就不行的。

《越光宝盒》里有一句台词："难道你天天去市场看到猪肉铺，就相信你和猪肉有缘分吗？ 那猪肉铺根本就是路口第一家店嘛！"

所以，你有什么不甘心的？

爱无能

当内心缺乏爱的时候，便不可能在对方的眼里找到爱，爱不需要别人的印证，你所有外向的努力都将变得徒劳无功。 当内心有一个声音不停地告诉你，你是不值得爱的时候，就没有人会真正爱上你，就像你不可能真正爱上别人一样。

这是你和另一半的经典对白吗？ 嗯，你笑了。 这样的对白在你们的生活当中反复不断地上演。 有时候你很确信对方是爱你的，有时候你又不那么肯定，想要从对方身上得到更多的爱，于是，你发问，想让自己放心。

没有人能让我们更放心，除非我们自己让自己放心。

心理学其实很简单，反反复复地就是围绕一个字：爱。 在我们最初的三角关系里，父亲、母亲和自己，父母是孩子的天。　我们从一生下来就渴望得到父母的爱和肯定，如果我们那时候感受不到父母的爱，感觉被忽略，我们的一生就会像个空心人一样，在这个世界上如孤魂野鬼般，不断地去寻求。　我们努力学习，努力工作，努力地表现自己，我们做得很成功，赚很多钱，其实也只是为了得到别人的爱和肯定。　可是，任由我们在外面多么成功，我们的内心仍是空的，我们还是没有爱。内心没有爱的人是不懂得快乐的。　更高的地位和更大的数字带给我们的只是表面的虚荣和瞬间的快感，短暂如烟花。　不幸的是，很多时候，我们不可能做得那么成功，那么优秀，于是情况就变得糟糕，我们自贬，自责，抑郁，甚至自我毁灭。　每个人的生命仿佛一部车，注定了要跑完七八十年的旅程，可是，我们的油箱里却只有小半箱油，没跑到一半，就跑不动了。　于是，就会觉得人生无力，处处是障碍。　没有爱的能量，谁也不可能幸福愉快地走完人生旅途。

长大了，怀揣着那颗空的心，我们渴望得到异性的爱。　可是，总是有太多的失望。　这个世界空心人太多，而往往，空心人总是遇到空心人，彼此都渴望从对方身上找到爱来填补内心的空虚。　于是，以爱的名义，两个人的关系变成了索取、占有、控制、怨责和伤害。　这就是爱无能。　这个世界上，太多的人患上了"爱无能综合征"。

有些人在爱情里不断地伤害或者被伤害，抛弃或者被抛弃；有些人看上去花心，不停地换男朋友或女朋友；有些人开始带上他们自制的"滤镜"，只要看到异性对他们眨一下眼睛，就认为别人爱上了他/她；有些人分不清楚友情与爱情的界限，搞不清爱与好感的关系；有些人在爱情里面求一个"生生死死"，他们渴望的感情很浓烈；有些人浅尝辄止，他们只求数量的多……爱情，变成了这些饥渴心灵的救命稻草，抓住了就不想撒手。 这一切，只为证明自己是可爱的，值得别人爱的。 可是，他们的心只要一打开，便满是伤痛。

我们常常听到有人说，有很多人喜欢他们、爱他们，可是，我们却从他们的脸上读不到一丝快乐或自信，听到的是他们想要被很多人爱的渴望，这其实是他们自制的"滤镜"在起作用。 他们所谓的"爱情"都是因为过度渴望爱而产生的幻觉而已。

奥修说："爱是一种品质，是自然的溢出。"非常喜欢"溢出"这个词，它说明爱有一种势能，是一个流动的关系，就像泉水源源不断地往外涌动。 爱是不求回报的付出，爱是你快乐所以我快乐的平静的喜悦，它没有要求，没有怨责，只有包容和接纳，它是一种巨大的力量，萦绕着你，时刻与你同在。

救赎的路只有一条：接纳自己、爱自己。 爱的清泉，源自你的内心。 我们不可能强求父母以我们想要的方式来爱我们，长大后的我们可以做的是，放下对父母的期待，接纳父母更接纳自己，学着去了解自己，并以自己喜欢的方式来爱自己。 不要以为这是自私，恰恰相反，与世界的和谐是从与自己的和谐开始的。

家庭治疗大师萨提亚女士关于《我是我自己》中有一段话：

在这个世界上，没有一个人完全像我。

从我身上出来的每一点、每一滴，都那么真实地代表我自己，因为是我自己选择的。

我拥有我的一切——我的身体、我的感受、我的嘴巴、我的声音、我所有的行动，不论是对别人或是对自己的。 我拥有我的幻想、梦想、希望和害怕。 我拥有我所有的胜利与成功、所有的失败与错误。

因为我拥有全部的我，因此我能和自己更熟悉、更亲密。由于我能如此，所以我能爱我自己，并友善地对待自己的每一部分。

我知道那些困惑我的部分，和一些我不了解的部分。 但是，我要友善地爱我自己，我就可以鼓励我自己。 并且带着希望寻求途径来解决这些困惑，并发现更多的自己。 然而，任何时刻，我能看、听、感受、思考、说和做。 我有方法使自己活得有意义、亲近别人、使自己丰富和有创意，并且明白这世上其他的人类和我身外的事务。 我拥有我自己，因此我能驾驭我自己。

"我是我自己，而且我是好的。"

自爱是我们幸福的顶峰

不论命好命歹，我们都热爱它，因为我们总能找到战胜各种困难与考验的力量和方法。 即便是那些无法理解、令人厌恶的变故，我们亦能接受其既成事实。

每个人都会被迫面对一些无法选择亦不愿见到的现实，但生活就是这样强加给我们了，我们称之为生活的"赏赐"。 比如故乡、家庭和生活的时代；又如相貌、个性、智力、才能、优点，亦包括我们的缺点和缺陷，以及各种突如其来的意外。这些不幸直接打击我们，而我们自己却往往无法控制，无法掌控。 我们还要经受疾病、经济风险、衰老以及死亡。 这就是人的"命运"。

我们可以拒绝这些不幸，并祈望生活中出现不一样的东西。 我们都希望青春永驻、永不生病、长命百岁。 有些人甚至抛弃了自己的文化、家庭和故乡。 还有些人不喜欢自己的相貌、性格，为自己身体或精神上的缺陷而苦恼。 这种拒绝行为完全可以理解，并且具有正当性。 但是，不认同自身的存在，不真正接受生活赐予我们的不可抗拒的东西，内心的淡定、平和与快乐就不会降临。

对生活说"是"，并不意味着放弃寻求发展、改变存在的状况，或是绕过明显的障碍。 我们可以离开让人感到抑郁的社会环境，避开让人感到压抑的家庭氛围，发挥自己的优势，弥补身体上的缺陷或修补精神上的创伤，并将其转化为成功的利器。 但这些改变只能应用于可改变的事物之上，并且可能不见得有利。 我们在寻求改变时，不能决然而武断（或粗暴）地抛弃生活最初的赏赐。 我们可以整容，改变与生俱来的相貌，但无法阻止身体的衰老。 我们可以选择与亲生父母、出生的家庭保持距离，但如果这种分离是出自持久不断的怨恨，出自根深蒂固的憎恶，出自不通情理的抗拒之心，我们就无法获得内心的安宁。 智慧的基本要求，就是懂得接受无可避免的现实，并在此基础上将其改造为理想的现实。

我们必须接受"依赖于我们自身的事物（如观念、欲望和憎恶）"和"不依赖于我们自身的事物（身体、出身的环境和名声）"。 我们可以任意地改变前者，但只能被动地接受后者。 我们总是试图改变不依赖我们自身的东西，而忽略了改进依赖于我们自身的事物。 这样的生活态度只能导致痛苦和怨恨。

"你饰演一个临时角色，他想短暂就可以短暂，想长久亦可以长久。 若他要你扮演一个乞丐，请发挥你的天才演好此角色；你也可能扮演一个跛子、大法官或普通人。"因为你所能做的是"尽力演好赋予你的角色，而选择角色是命运的工作"。 不论上天赐予的社会地位、外表、长处或缺点如何不同，每个人都可以而且也应该努力自我实现，奋力拼搏，以实现人性的完全发展。 "别停，完成你的自我使命，演好角色，做一个优秀的人"，人人都可以主宰自己的内心世界，无论在生活中扮演什么样的角色。

内心的愤恨、抗拒无益于消除痛苦，我们实现内心真正安宁的途径，是认识自己，并努力深入地改造内心世界。

我们也能在"接受不可抗拒的存在""无法改变的事实"以及"改变存在事物的现状"三者之间，找到一种平衡。 拿家庭来说吧，我们不能选择父母。 我们不能凭借意志改变他们，更不能更换。 即使我们和他们相处不好，也只能选择接受。作为儿童，我们的接受乃是出自天性，因为我们要依赖他们才能生存。 作为成年人，在一个可自由选择的关系网中，无论建立什么形式的关系，无论给这种关系设定怎样的界限，哪怕我们建立的关系最后走向破裂，对这种关系的接受，都应该是一种深思熟虑的理性行为。 面对无法选择的父母、兄弟和姊妹，我们只能将其认定为不可抗拒的现实，只能选择接受。 但我们仍然可以在内心与这个现实保持距离，即消除对这种关系的依赖性或反依赖性（或言逃避性，这是另一种异化），以实现一种真正的"独立"。 若没有自愿保持的和客观的距离，这种状态就无法实现。 在此条件下，我们能够确保内心与外部现实的和谐共存，而不会落入憎恨和愤怒的情感陷阱。

尝试"接受"，必须直接面对自己。 每个人的智慧、敏感度、先天性情，以及通过受教育和个人经历形成的后天性格，都不尽相同。 就以人的相貌为例，我们出生时就具有明确的身体特性，如眼睛和头发的颜色，体型偏丰满或清瘦，或带有残疾。 如何对待自己的身体？ 接受它现在的样子，发自内心地爱它。 这种自我接受的功课不可或缺，在接受的过程中，我们将会渐渐发现，许多原本自己不满意的性格特征也变得非常可爱了。

学习接受，应该成为我们每日的"必修课"。 接受生活这唯一的事实使人永葆一颗感恩的心，而这颗心则是幸福的源泉，使我们能够最大限度地享受生命的美好和快乐，化祸为福。 对生活说"是"，表明了一种内在的态度，使我们能对生活的起伏、意外、变故和不测敞开心扉。 这是一种"呼吸"之法，使我们从容应对万物的无常变化，接受快乐和悲伤、幸福和苦厄的此消彼长，接受生活本来的面貌，包括其中的落差、困窘和未知性。 多数痛苦都来自对事实消极的承受，或对无常错误的反抗。

蒙田在《随笔集》中写道"人类所有的毛病之中，最野蛮的一个，就是轻视自身的存在"，他补充说，自爱是"人类智慧和我们幸福的顶峰"。 蒙田自诩幸福，但是，生活却并不厚待他。 他出生时，宗教战争的硝烟尚未散去，体弱多病，死神如影随形。 他六度为父，却先后失去了五个孩子，且终生未能摆脱失去挚友艾蒂安·德·拉博埃西的伤痛。 他必然为此哀叹，冥冥之中，"总难免有不测风云"。但同时，他也愉快地补充道："这正是生活的柔情，这种困窘亦是一种财富。"尽管如此，因为他执着地从苦难中寻找幸福，这位奇人敢于宣称"非常开心、满足"。他的著作中有这样一句格言："我们应当尽情欢乐，但同时尽可能地埋藏悲伤。"纵然有万般苦楚，他仍然发自内心地说："因此，对我而言，生活是我的挚爱。"悲欢离合，阴晴圆缺，生活就是这样；爱也好，恨也罢，反正就这一辈子。

人都是瞬间成长的

作为青年人，我们何其幸运。我们没有经历那么多的苦难，却仍然能在现实和灾难中成长，在智者义无反顾的引领中坚强地前行。

16 岁到 26 岁是人生的黄金岁月。16 岁以前什么都懵懵懂懂的，完全依赖于父母和老师，16 岁以后就开始独立了。26 岁以后就开始考虑结婚啊、生孩子啊这么一大堆乱七八糟的事，真正属于自己独立的时间就不多了。

而这 16 岁到 26 岁十年之间，大学四年又是最独立、最自由的。如何不虚度人生中这最自由的、最没有负担的、真正属于自己的四年时间，是摆在每一个大学生面前的问题。

大学时最根本的转变在于：中学时你是未成年人，对你的要求很简单，你只要听老师的、听父母的，按照他们的安排去生活就行了；到了大学你就是公民了，可以享受公民的权利，但又不到尽公民义务的时候。 中学生和大学生最大的区别是：大学生是一个独立自主的个体，中学生是被动地受教育，而大学生是主动地受教育。 当然，在大学，你还要听从老师的安排、听从课程的安排，那是国家教育对你的要求。 但是更重要的是，要发挥自己的主动性，自由地设计和充实自己。

有的人满怀希望进大学，结果一上课就觉得老师的课不怎么样，对老师不满意。 其实每个大学都有一些不太好的老师，不可能所有课程都是好的。 中学老师不太好的话，会影响你的高考。 但是在大学里，关键在你自己，时间是属于你的，空间是属于你的，你自己来掌握自己，自己来学习。 不必像中学那样仅仅依赖老师，需要自己独立自主、自我设计。

周作人认为：一个人的成长，一切都顺其自然。 他说人的生命就像自然的四季：小学和中学是人生的春天；大学是人生的夏天，即盛夏季节；毕业后到中年是人生的秋天；到了老年就是人生的冬天。 人生的季节跟自然的季节是一样的，春天该做春天的事，夏天该做夏天的事。 自然季节不能颠倒，人生季节同样不能颠倒。

"你此时不狂更待何时？"这人生的季节是不能颠倒的。 儿童就是玩，没别的事。 大学要三样东西：知识、友谊和爱情。

爱情这东西可遇不可求，你不要为爱情而爱情，拼命求也不行。 现在好多年轻人赶时髦，为时髦而求爱情是不行的。但遇到了千万不要放掉，这是过来人的教训。

知识、友谊和爱情这是人生最美好的三样东西，知识是美的！ 友谊是美的！ 爱情是美的！ 大学期间同学的友谊是珍贵的，因为这种友谊是超越功利的、纯真的友谊，同学之间没有根本的利益冲突。 进入社会之后，那种朋友关系就多多少少有些变味了，多少有利益的考虑。 现在很多大学同学喜欢聚会，就是回忆当年那种纯洁的、天真无邪的友谊。 一生能够有这样的友谊是非常值得珍惜的。

大学是人生最美好的季节，因为你追求的是人生最美好的三样东西：知识、友谊和爱情。 记得作家谌容有篇小说叫《减去十年》，如果我们可以减去十年或二十年，如果现在是当时的话，会和同学们一起全身心地投入，理直气壮地、大张旗鼓地去追求知识、友谊和爱情。 因为这是年轻人的权利！

没有满分的人生

你很难分得出谁等于失败，谁又算是绝对的成功！ 因为你可能事业成功、飞黄腾达，却婚姻失败、家庭失和；你可能学业成绩名列前茅，却与同学关系不佳，在学校受人排挤；又或许你虽然身居陋巷、贫病交迫，却受街坊尊敬、知交满天下；也或者你只是个很寻常，一点都不起眼的大学生，却有一群臭味相投的死党，常呼朋唤友地玩在一起，他们丰富了你的年少生活。

读书时，考卷上的分数用来衡量一个人的学习成绩。 一个人的学业成绩可以用考试的分数来举证，那一个人的一生呢？人生不是数学公式可以套用计算的。 人生幸福感的计算方式很复杂，对一个弱势家庭的小孩而言，一根得来不易的棒棒糖，就是天大的满足了；对一个中年企业家来说，面对一张年度报表几千万的净收入，或许他还会焦虑不安地说：怎么今年公司成长这么少？

关于人生幸福指数的分数很难判定，因为绝大多数的人会因性别、年龄、职位与身份的不同，对幸福所渴望的内容也会不一样。

但就算是同一年龄、同性别以及同职位的人，对幸福或快乐的定义都会不一样，因为他们个性不同，自然对自己有不同的要求。 两个同时进公司的年轻人，一个对事业有企图心，一个只想安稳地上班过日子，一样的加薪升职，对他们而言却有着不同的解读。

有事业心的人可能会说：进公司这么多年了，现在才晋升到副主任，不行，我得再加把劲！ 另一个只想安稳过日子的上班族则可能很惶恐地说：怎么办？ 责任大了，总要做出些成绩才好交代，搞不好以后要开始加班了。 对他来说，压力变大，变不快乐！

真的是很难为人生的幸福感打分数，因为要论及一个人的成败，必须对他的人生全方位地检视，每个细节都必须兼顾。就算是完全同一个人，一样的生活条件与工作内容，也会因为他最近谈了场恋爱，心理层面起了变化，而整个人容光焕发、神采奕奕，个性变得积极与开朗。

人生的幸福指数或满意度，不是学校课堂上的考卷有个标准答案可供圈选。 也因此，要努力达到几分才能算是及格的人生？ 这问题没有人能正确地回答，因为那要看你对人生最大的期待是什么，对幸福感的定义是什么，才能去衡量与评比你的人生分数。

但纵使你知道了自己现阶段想要的是什么，其实也无法给出一个永不会改变的评比分数，因为人的欲望是永无止境的。
或许你很满意当下的生活状况，但几年后当你已达成当年挑战
的目标时，你又会觉得不够，不满足了。 因为人的幸福感是会
长大膨胀的，快乐的标准只会越定越高，你可能永远在欲望的
背后不停地追赶，却永远也追不上它贪婪前进的脚步。

人生各阶段的追求很难有统一的标准答案，因此，及格的
人生需要多少分，也就不需要耗费心力去探讨了。 因为每个人
所要的都不一样，而且还会随着时间与空间再调整与改变，人
生根本就没有一个放诸四海而皆准的及格分数，因此，又怎么
会有满分的人生呢?

运用心理暗示的力量

人的内心就像一片肥沃的土地，种下什么样的种子，就会
结出什么样的果实。 相信自己能成功，你已经成功了一半；认
为自己会失败，失败已经开始降临。

在小说《最后一片叶子》中，有一个生命垂危的病人，他
每天都躺在病床上，看着窗外一棵树的叶子在秋风中一片片落
下，病人身体每况愈下，一天不如一天。

从病人的眼光中，人们看到的是一种无奈与绝望。 她说：
"当树叶全部掉光时，我的生命也就到尽头了。 相信这一天很
快就会到来的。"

一位画家得知后，用彩笔画了一片叶脉清脆的树叶挂在树

枝上。 就这样，最后一片叶子始终没有落下。 病人因这片叶子的存在，竟然奇迹般地活了下来。

心理暗示是人的本能，它是人们一种无意识的自我保护能力。 当处于陌生、危险的境地时，我们会根据以往形成的经验，捕捉环境中的蛛丝马迹，来迅速作出判断。 同时，暗示还会对我们的内心产生正面或负面的影响，就像戴在头上的金箍一样，一旦自己的思想、行为超出了意识底线，可能就会感到紧张、焦虑、恐惧。

研究发现，心理暗示对人的情绪会产生巨大影响。 心理学家巴甫洛夫认为：暗示是人类最简单、最典型的条件反射。 现代心理学认为，心理暗示是一种被主观意愿肯定的假设，尽管这种假设不一定有根据，但由于主观上已肯定了它的存在，心理上便竭力趋向于这项内容。

生活中，人们总是会自觉不自觉地进行暗示活动。 不过，暗示是有积极和消极之分的，积极、乐观、自信的心态会让人得到战胜困难、不断进取的力量；消极的心态，则会使人变得冷淡、泄气、退缩、萎靡不振等。

同样一件事情，交给两个心态完全不同的人来做，结果会大不相同。

所谓的"绝境"，并不是真的无路可走

人在高处春风得意时，自然有一番气贯长虹的景象，这倒

是容易的，难的却是在低处需仰人鼻息，甚至任人宰割时，还能矢志不渝。古往今来，即使是英雄豪杰，也常常只经得起前者的风光，而无法忍受后者的绝望。乌江岸边西楚霸王，选择了断自己的同时，也了断了他所有的希望。后来者如李清照，虽然在诗中怅然感慨"至今思项羽，不肯过江东"所缔造的悲壮气氛，但那归根结底是个血洒江岸的一个失败者。

蝼蚁尚且贪生，生之为人又何必妄自菲薄呢？一个真正成功的人，勘破了世事浮沉的奥秘，就能在挫折时耐得住艰难和寂寞，这样才有后来的得意和风光。

很多时候，所谓的"绝境"，并不是真的没有路可走。在有希望的人眼里，脚下永远有一条可走之路。于丹教授在讲"庄子心得"时，专门有一篇以"人生总有路可走"为题目，说庄子在自己的寓言当中塑造了一个天生样貌丑陋近乎狰狞的人，虽然身有残疾，却因为始终保持乐观心态而获得生活的无比快乐。庄子无非是要借这样一个人暗示：无论此身此地如何，要活便能活，而且能快活地活。

行到水穷处的"绝境"，往往是我们自己想象的结果，路总是有很多条。

人生，不能止步在所谓的绝境、失败、挫折。如果能继续走下去，也就豁然开朗了。人生在世几十载，总不可避免一些跌宕起伏，能在水穷处看看风景，转身继续走下去，才是第一等的潇洒态度。

匆忙的世界中，你丢失了什么

　　"最近比较忙"，不知什么时候起，80 后也习惯地用起了这句话。似乎大家都在忙，时刻都在忙，其实也没忙出点什么具体的事情，但是一看到别人在忙，80 后的年轻人心里就会不自在。可是，你问过没有：这么忙，究竟为了什么？得到了什么？而又失去了什么？

　　"最近比较忙"，当朋友希望和你相聚的时候，你抛出了这句话；当家人需要你陪伴的时候，你又抛出了这句话；当爱人想和你沟通交流的时候，你还是说出了这句话。

　　日复一日，年复一年，曾经拥有各种美好时光、背负各种理想的 80 后，也和年长者一样，步入了麻木瞎忙的阶段。

　　匆忙中，我们丢失了平静如水的心境，丢失了情深义重的情感，丢失了丰富生活的惊喜，最终失去了思想抱负和自我。于是，反过来，精神世界的空虚，又刺激着我们更强烈地渴望物质和财富，并深陷在浮躁中，荒度时日。这是没有主线的生活，人也是没有主心骨的人，实在不是一件好事。

　　当今 80 后也步入了忙碌的生活。他们不是忙着做什么，而是被忙碌纠缠着、占有着。他们开车一手握方向盘，一手握电话；他们边走路边打电话，身在天南，心在地北；他们对眼下的路面，周围的行人，皆视而不见……正如电影和电视剧《手机》所揭示的主题：我们都被手机控制着。因为我们已经失去了自我，不知道自己为了什么，只能依靠科技、依靠现代化，任由这些工具摆布，而忽略了此刻正经历着的真实世界，忽略了最需要我们关心的人。

社会在进步，科技在发展。 我们的知识每天在增加，视野每天在扩大，野心也每天在增大。 高科技使我们从工业时代进入资讯时代，大家高高兴兴跟着潮流走，乐于接受它带来的生活方式，却不太思考它给我们的冲击。 我们想当然地以为自己从旧有的桎梏中松绑，却不知已经落入更为烦琐的尘世当中。电视、网络的新闻也叫人丧气：车祸、谋杀、八卦、假科技……人被讯息包围，被社会的不幸淹没，被各种事件挟带着。 我们的脑子塞满了这类讯息，连梦想也变得缺乏灵魂。

信息的泛滥使人越来越麻木，使人的精神世界面临危机，独立思考受影响、受约束。 人的情感、灵敏度日益减少，于是我们再不是一个个真挚的、富有情感的人，而是变得冷漠、暴躁、寡情，凡事从物质功利着眼。 思想意识的变形，使创造的东西也失去姿态。 于是乎，我们的文学缺乏美感、真挚，缺乏传统的西方价值观念，也缺乏东方的灵性和智慧。 我们的艺术品简单、丑陋、哗众取宠。

因为我们的脚步是匆忙的，所以我们的眼睛也是匆忙的，很多时候，我们只是感到失去太多，却从不肯停下来总结自己失去了什么，又是如何失去这些宝贵事物的。

匆匆走过时，我们错过的又何止是风景？

明朝憨山大师有《醒世歌》流传于世，读来让人感慨但释怀：

红尘白浪两茫茫，忍辱柔和是妙方。

到处随缘延岁月，终身安分度时光。

春日才看杨柳绿，秋风又见菊花黄。

荣华原是三更梦，富贵还同九月霜。

休得争强来取胜，百年浑是戏文场。

顷刻一声锣鼓歇，不知何处是家乡。

　　人活在这个世界上，本来没什么非常复杂的事情，心简单了，就什么都简单了；心不忙了，也就没什么好忙的了。天然般的自由自在，无与伦比的自得其乐，生命的本来意义也便诞生了。

　　放慢步伐，并非意味着轻松享受，而是放宽心境，放松心态，只有这样，你才会发现更为广阔的天地，才能体味更美好的时光。

行至水穷处，坐看云起时

　　人生之事，不如意十有八九。我们永远无法控制每一件事情，比如挫折失败、生老病死、海啸地震、股市的涨跌，以及各种不幸的降临等，但是我们永远可以选择自己的心情。

　　荷兰阿姆斯特丹有一座15世纪的教堂遗迹，上面有这样一句让人过目不忘的题词："事必如此，别无选择。"

　　人在无法改变不幸或不公的厄运时，要学会接受不可改变的现实。接受现实是克服任何不幸的第一步，即使我们不接受命运的安排，也不能改变分毫事实，我们唯一能改变的只有自己。

美国心理学家埃利斯却认为，是我们内心的观念或者说心态决定了我们的情绪。所以，不要把你的一切情绪都归于现在的事件、现在的人、现在的关系上。表面上是这些因素决定了你的爱恨情仇以及种种情绪，实际上，导致你负面情绪的罪魁祸首是你内心对事情的想法和态度，而这是完全可以用积极的心态去改变的。从这个角度上说，我们完全有能力左右自己的心情。

往事不必再细数，这些经历让我们明白，与其怨天尤人，不如接受现实。而人生，总会在接受现实后，有新的起点，重新开始。

一位哲人说过：“我希望拥有三种智慧：第一，努力做好自己能够做好的事情；第二，接受自己不能改变的事情，不要为了自己不能改变的事情苦恼；第三，拥有辨别这两种事情的智慧。”

人生有时很残酷，总是充满了变数。如果它给我们带来了快乐，当然是很美好的，我们也很容易欣然接受。但事情却往往并非如此，有时，它带给我们的是可怕的痛苦，如果这时不能学会接受它，反而让痛苦主宰了我们的心灵，那我们的生活就会永远失去阳光。

面对不可避免的事实，诗人惠特曼这样说：“让我们学着像树木一样顺其自然，面对风暴、黑夜、饥饿、意外等挫折。”这不是逆来顺受，也不是不思进取，而是一种积极的人生态度。

接受现实，并不等于消极地接受所有的不幸。只要有任何可以挽救的机会，我们就应该奋斗。但是，当我们发现情势已不能挽回时，就要理智地接受不可避免的事实，只有这样，才能在人生的道路上掌握好平衡。我们每个人迟早要懂得这个道理——只有接受并顺应不可改变的事实才能更好地生活。

许多残酷的事实，我们是无法逃避和避免的，抗拒不但可能毁了自己的生活，而且也许会使自己精神受到严重的打击。因此，人在无法改变不公和不幸的厄运时，要学会接受它、适应它。

熙熙攘攘的人群，纷繁的世界，炫目噪耳的声色之中真的更需要淡泊。淡然是一种心境，是一种生活的姿态，是"宠辱不惊，闲看庭前花开花落"，是诸葛先生的那副对联"淡泊以明志，宁静而致远"的傲岸和平和，是"去留无意，漫随天外云卷云舒"的风流和洒脱。

无论名利，无论得失，坦然面对，要做到这样确实不容易。

生活中，我们经常看到这样的人，加薪了、晋升了，就到处张扬请客，恨不得让全世界的人都知道自己的得意之事；下岗了，生意失败了，要么借酒浇愁，要么到处喊冤叫屈，想博得全世界人的同情。这种人在得失面前不能坦然待之，因此他的烦恼也就比别人多。但生活中那些充满智慧的人则能够以平常心来对待一切，得意时，他们不喜；失意时，也不忧。

这方面做得最好的要数陶潜，"采菊东篱下，悠然见南山"。他的淡泊，是看透官场，对富贵和名利的一种鄙夷。这首被人评价"一语天然万古新，豪华落尽见真淳"的诗，正是洗尽铅华的一种纯真的回归。能以此为乐，更是不可企及的境界啊。

王维晚年也半官半隐，"行至水穷处，坐看云起时"，都说"诗人不幸诗歌幸"，能在仕途显贵亨达，文学上也有建树的恐怕也仅有此人吧。

得意淡然，失意淡然。

给未来的你

英国小说家狄更斯有部短篇小说叫《圣诞欢歌》，故事讲的是一位本性善良，但因为受环境影响，变得非常小器、吝啬、刻薄的商人。 他在平安夜被三个精灵分别带到了自己过去、现在和未来的生活场景，看到了未来的自己，并因此彻底醒悟，领会到生活的意义，决心改过自新，做个好人。

假如能看到未来的自己可能变成什么样，许多人也许就不会按照现在的方式去生活。 几年后，一些人可能会出现这样那样的困惑，可能陷入迷茫，也可能发现，距离自己的目标还存在许多不足。 未雨绸缪，如果想避免以后的困惑和迷茫，就必须从现在开始，认真规划自己的大学生活，努力提高自己。

大学四年，必须要认清你自己，弄清楚自己想要成为一个什么样的人，特别要知道，自己的兴趣在哪里，天赋在哪里。

你必须摈弃过去一些错误的理解：自己想要成为什么样的人，这件事跟别人认为你是谁，或别人想要你成为谁，没有丝毫关系。 无论是同学、老师还是家长，他们都不能决定你想成为什么样的人；或者，他们想要你成为的人，很可能根本不是你自己真正想要成为的人。

天生我材必有用，每个人都有自己的天赋，只有找到天赋所在，才能把自己的潜力发挥到极致。

找到自己的兴趣也同样重要，甚至更为重要。如果做的事情是自己最喜欢的事，那么你会在吃饭、睡觉甚至洗澡时都在想着这件事，想不成功都很难。

大学生该怎样寻找兴趣和天赋呢？多尝试！多尝试自己可能有兴趣的东西：无论是选修课程还是实习工作，无论是参加社团还是去网上求知，花足够的时间去尝试、体验，努力寻找天赋和兴趣所在。

当然，求知不能太功利。千万不要因为你的某个职业规划，就只去学那些"用得上、有帮助"的技能，而放弃那些你可能有兴趣或有天赋的领域。否则，你可能会错失心中真正喜爱的事情。

乔布斯曾经说："我们的人生面临各种选择，应该追随我们的心。"他还说："你在憧憬未来时不可能将以前积累的点点滴滴串联起来，你只能在回顾过去时将它们串联起来。所以你必须相信，当前积累的点点滴滴，会在你未来的某一天串联起来。你必须相信某些东西——你的勇气、目的、生命、因缘等——相信它们会串联起你的生命，这会让你更加自信地追随你的心，甚至，这会指引你不走寻常路，使你的生命与众不同。"

乔布斯在 2005 年斯坦福毕业典礼的演讲中说："你们的时间有限，不要将时间浪费在重复他人的生活上。不要被教条束缚，那意味着你活在其他人思考的结果中。不要被他人的喧嚣遮蔽了你自己内心的声音、思想和直觉，它们在某种程度上知道你真正想成为什么样子，所有其他的事情都是次要的。"

如果你对未来迷茫，希望你能把握时间，找到自己的天赋和兴趣所在，这样，你在大学毕业的时候，才会真正拥有一片充满自信的天空。

不要被应试教育训练成机器。 在大学期间，必须学会三种学习和思考的能力，这三种能力可以帮助你从应试教育的束缚中摆脱出来。

第一种也是最重要的一种能力，是自学的能力。 你必须学会问"为什么"。 在应试教育体系中，只要学会"什么"就可以及格了，但在大学里，一定要学会"为什么"。 当你真正理解一件事为什么如此时，才能举一反三，无师自通。 问"为什么"，要有打破砂锅问到底的决心，随时发问，上课问、上网问、问同学、问朋友……只有这样，你才真正学懂了，学到了。

第二种能力是从理论到实践的能力。 不要只知道公式是什么，理论是什么，而且要知道在实际工作中如何运用。 很多人进入社会才知道，以前学的会计、统计、哲学、文学之类，可能都不是老板要求你掌握的知识。 有人说，其实在大学里学到的真正有用的知识，只是一生中要用到的 5% 而已。 所以，更重要的是要知道如何学以致用。 这需要在学习时多问一个问题——"有什么用"。

第三种能力是批判式思维的能力。 每一件事情，都有多方看法，不是只有一个非黑即白的答案。 不同的人有不同的意见，每个意见都值得了解和珍惜。 不要被教条束缚，要学会用不同的观点看问题。 每碰到一个知识点的时候，不但要学会问"为什么"，还要学会问"为什么不"。 为什么一定是这样，为什么不可能是那样？ 这会让你更深入地了解问题的本质。

享受生命的过程

　　生命是一个过程，生命没有终点。很多人有一个错觉，以为退休了就是生命的终点，这是错误的。生命是没有终点的，这个过程每天都得过，最重要的是，我们要享受每一个过程，这才是生命的真相。

　　生命是什么？从没有开始到有，然后到没有。人生只是一个过程，这个过程里面有顺境，有逆境，有快乐的时候，有不快乐的时候。我们常常说上帝没有答应我们永久的开心或者是永久的悲伤，我们有晴天、雨天，有开心的时候、不开心的时候。所以，雨天的时候你应该享受雨天，晴天的时候就享受晴天，这才是一个完整的过程。

　　我们要了解生命，不是说"我一定要做李嘉诚，我一定要拥有多少钱"，生命不是这样的，生命是一个过程，一天一天地过。有的人活了很久，但一生浑浑噩噩地过日子，根本没有享受生命的过程，一天一天过去了，生命也快走到终点了。很多人都是闭上眼睛过日子，而不是踏踏实实地活过每一天。

　　生命中有痛，但不一定有苦。人生没有办法避免痛，痛是人生的现实，可是痛不一定要苦，你要把痛跟苦分开。痛是一年、两年、三年就不痛了，可是苦是我们的想法，可以延续一辈子。

　　这个世界上根本没有"如果……"这回事，上帝不一定每

158

次都听你的祷告，不听你的祷告不一定是对你不好。 有些事情结束也是生命的一部分。

生命就像一枚硬币的两面，不能只要一面。 生命中有快乐的时候，也有不快乐的时候，我们不能只要快乐的这一面，而不要不快乐的那一面。 快乐和痛苦都是生命的一部分，要学会接受生命中不如意的那一方面，那才是你走出低谷的开始。

其实，人生有很多本相我们没有留意。 生命的本相包括无常，没有一样东西是不会改变的，只是改变很慢，你没感觉到而已。 我们自己都不知道，早上照镜子怎么变成老头了？ 这个转变不是一下子，而是慢慢地变，所以无常是生命的一部分，是本相。 既然知道人生是无常的，我们就要珍惜，珍惜每一个人，珍惜每一段相处的时间，珍惜每一个打电话的机会。

知足常乐最重要的是与其他人建立良好的关系。 世界上最快乐的人，就是懂得珍惜自己福气的人！ 我们能不能快乐，主要看跟人家的关系，关系好使得我们快乐，关系不好我们不快乐。 其实，最快乐的人就是能够帮助别人的人，还有就是懂得珍惜福气的人。 这个世界上有很多人看不见东西，有很多人听不到声音，有很多人无法走路，甚至有人连喝一口水都不容易，相比之下，你有多大的福气！ 所以，最快乐的人都是看到自己拥有的东西的人。 最不快乐的人是每天都抱怨的人，抱怨这不好，抱怨那不好。 有位美国总统说过一句话："不要问你的国家为你做了什么，而要问你为国家做了什么。"所以，你别对这不满意、对那不满意，你要问你能贡献什么，你能做什么，这个更重要。

快乐是选择

新的一天，你愿意微笑着去面对呢？ 还是愁眉紧锁？

现在，即便是按照自己的期望做出选择，也许仍不会按照你选择的方向去发展。 但是相比结果而言，你会发现拥有坚强的意志力更为重要。

人生中倘若有了收获，确实值得庆贺。 当然这种喜悦绝不是唯一的，它是每个人生阶段里你努力的必然产物，也是时光赠予你的心灵礼物，所以怀胎十月的孕妇会因宝宝的平安落地喜极而泣。 所有周围发生的一切，最终都会因为你的存在，将数不清的人生礼物传递到四面八方。 而今你所得到的人生馈赠，不仅仅是事情的发生所带来的快乐，更是与你之前的行为和选择息息相关。

我们和他人之间生命的碰撞，会发生各种各样的故事，当你意识到自己所收获的愉悦时，你的快乐将一点点散开扩大。以快乐为契机，当你渐渐看到了自己生命中的诸多难能可贵时，感激之情也会不禁油然而生。 渐渐地，你会学会谦恭有礼地对待他人，也自然会体会到比快乐更加耐人寻味的东西，更懂得如何把握才会让自己变得幸福。

体会到幸福的你脸上会洋溢着更多的笑容，然后笑容也会感染着你周围的人群，如此这样循环下去。 "得到别人的帮助"→"十分开心"→"心怀感激"→"联想到很多事情"→

"变得更加的快乐"→"更加感激"，这是一种良性循环。

从此，生活就仿佛戴上了一副"魔力眼镜"，从里向外看都是五颜六色，缤纷绚烂的色彩，碰撞着自己原本单调的生活，繁衍出无尽的快乐和开心，充实着我们的内心世界。如果至今为止，你仍未找到这幅"魔法眼镜"帮自己寻找快乐的话，恭喜你，说明还有许多你自己都不曾意识到的快乐躲在你灵魂的深处，只要不断地发现和感悟，总有一天会迸发出快乐的火花。

意识到还有许多尚未发掘的宝藏，真是美妙。其实世上本无快乐不快乐之分，快乐是人造出来的，就像烦恼也是自己寻来的。只是快乐的人有一颗青春的心，青春是生命之泉。一个聪明的人，他会争取让自己快乐。快乐是最好的药，而且没有副作用。最具智慧的人才会算好这笔账，而很多人不懂这些。最傻的人不是白痴，而是不快乐的人！

亚里士多德说：生命的本质在于追求快乐，使得生命快乐的途径有两条：第一，发现使你快乐的时光，增加它；第二，发现使你不快乐的时光，减少它。

寻找快乐的方法其实很简单。每当你找到了一种快乐的时候，可以试着回想以前，顺藤摸瓜就可以挖掘出很多埋藏在心底的快乐，然后将自己找到的快乐分门别类贴上标签，随时把它们翻出来不停地品味，你就会发现原来快乐是很简单的一件事情。

与此相反，一旦被消极情绪所控制了怎么办呢？这种情况下应该毫不畏惧地去面对，视它为自己的另一个朋友。每个人都会有忧伤，有事与愿违的失落，有孤单无助的沮丧。但是，我们不能只局限于当时的情况妄下定论，依照现在的自己分析会更好。 当时的消极状态，当时的莽撞决定，对现在成熟的你而言，也可以算是一种人生之幸吧。

消极的情绪本身并无好坏。 闷闷不乐也好，焦躁不安也好，泪眼婆娑也罢，只要自己能意识到这种状态，想哭的时候你可以哭，不想哭了可以停下来，按自己喜欢的方式发泄。 能清楚地意识到自己的选择时，自暴自弃抑或是乱发脾气之前你会很冷静。 如果能弄清缘由，意识到自己的状态，意识到"现在太沉沦了，我应该可以改变"，你会尽力结束这些不好的状态。 如果没有一个清醒的认识，持续的焦躁不安会导致自己被自己厌恶，再想改变这种状况就需要相当长一段时间了。 为了避免这种连锁的负面效应，一定要以时间为友，娴熟地利用你的人生选择权，巧妙地克服。 自己的人生是"自己的创作，自己的杰作"。

快乐的人有开阔的心胸，通过改善心理机制，让自己明亮起来。 如果说这世界上有什么最宝贵的珍藏，那就是一颗会快乐的博大的心。 女人虽然不能永葆青春，但是却可以永远拥有青春快乐的心态。

第四章

你的人生，就是要善待自己

正确的比较之道

比较之心人人都有，只是有些人的比较心理过于明显，有些人的比较心理十分隐晦罢了。 作为一种普遍心理，比较没有好坏之分，关键要看它给比较者带来了什么影响。 正确的比较之道是：通过比较发现他人的优势为己所用，发现自己的劣势警醒自己。

昔日处处比自己差的朋友，如今却拥有豪宅、名车，这会令你暗自嫉妒；和自己能力相当的同事得到了老板的提拔，你可能会愤愤不平；相貌平平的女孩嫁了个有钱、帅气的老公，你可能会为自己的花容月貌喊冤。 你甚至还会因很多事情生闷气，总觉得自己处处比不上别人，以致感叹自己真是太不幸了。

这些心理和情绪反应都和比较心理有关。

比较的作用却不止如此。 有些人通过比较，发现了别人的长处，努力追赶，以使自己的能力尽快获得提高；有些人通过比较，发现了自己的长处，于是就扬长避短、精益求精，努力使自己的长处更加突出、明显。

生活中，比较现象十分常见。 有些人通过向上比发现了自己的不足，通过向下比发现了自己的优势。 关于比较之心，有一首形象的打油诗这样写道："世人纷纷说不齐，他骑骏马我骑驴。 回头看到推车汉，比上不足下有余。"所以，比较的作用有好有坏，不可一概而论。

对于比较现象，很多心理学方面的书籍都将其归属于不良心理习惯。之所以如此，是因为不少人通过比较有了烦恼，尤其是那些只看到别人优势的人，更会因为自己不如别人而心生嫉妒，甚至感到自卑，对自己丧失信心。

盲目比较只能刺伤自己，如果比较的结果总是给自己的情绪带来消极影响，这样的比较方式就该及时修正和调整了。倘若不及时摒除这种习惯，由比较导致的抱怨就不能停止，自己的心理也无法恢复平衡。所以有人认为，比较有时就像一把利剑，用不好就会刺伤自己。

研究发现，生活中人们常常羡慕自己没有得到的，如常常不能和父母在一起的人，会非常向往能像别人一样有个温馨的家；长期和父母生活在一起的人，会非常向往独来独往、没人约束、没有父母唠叨、没有任何牵挂的生活等。

比较就像一把双刃剑，既可以激发一个人的内在潜力，给人以内在动力，又可以使人变得急功近利，失去心理平衡。比较之道最忌讳的就是只拿自己的缺点和别人的优点来比，如果一个人总习惯用自己的缺点对抗别人的优点，那么他得到的除了无奈和自卑外还能是什么呢？

一个人之所以觉得幸福，并不一定因为他拥有多少财富，担任什么职位，主要是他看淡了得失，知道如何把握当下的生活；一个人之所以觉得自己很成功，并不一定因为他从成功中获得了许多物质回报，或自己殚精竭虑的目标实现了，而是他克服了自己的各种不足，成了最好的自己。

无论是幸福的人，还是成功者，我们都可以从他们身上发现觉醒的力量。觉醒会使我们冲破现实的束缚，而一个人之所以能觉醒是因为他们经常反思。 如果一个人不懂得反思，他就很难发现自己哪里出了错误，什么地方存在着不足。

如果你总找出太多理由来证明自己的能力不足、水平有限、条件不够，那么你就无法激发自己内在的潜能。 如果你仍然无法走出自卑的影子，对自己顾虑重重，那么你就无法将储藏在自己身体中的潜能释放出来。

然而，我们并不能因此而觉得自己误入了迷途。 人生没有弯路，那些获得辉煌人生的人也大多是从迷途中走出来的。 他们不但不会憎恨自己的那些经历，而且还会对其充满感激。 因为迷失中他们懂得了反思，学会了如何正确看待自己。

与自己比较

学会爱自己的第一步，是不再用别人的标准来评判自己，而必须建立起自己的一套价值标准，然后把它作为生活的依据。 我们还必须学习如何与自己相处，不要常常批判自己。我们可以通过以下做法帮助自己喜欢自己。

第一，跳出"与别人比较"的模式，而成为与"自己比较"的独立的自我。

我们从小到大所受的教育与社会影响多半是与别人比较，我们已经养成了习惯，但习惯是可以改变的，凡事开头难嘛！最好找一个好朋友一起做，彼此鼓励，彼此切磋与支持。

第二，写下你所有的优点。

有的人在写自己的优点时觉得很困难，但要他们写缺点时，却又快又好，所以请大家花一点时间想想自己的优点，若想不出来，就问朋友或家人，有时候反而是别人知道我们的优点比我们自己知道得多。

第三，每天记下自己所做的事。

在好事、好的表现，如"努力""认真""勤劳"等上面打一个记号，在需要改进的事及欠缺的方面，如"骄傲""懒惰"等上面打一个记号，晚上作一个总记录，作完记录之后，好好地欣赏与肯定自己所做的好事；对需要改进的事则告诉自己：今天我有些自私，明天我会改进，做得更好一些。要谢谢今天所发生的一切人、事、物，感谢它们使你有学习、改进和成长的机会。

第四，多欣赏别人的优点，包容别人的缺点。

"自爱"对每一个正常人来说，是很健康的表现。为了从事工作或达到某种目标，适度关心自己是绝对必要的。因此，要想活得健康、成熟，"喜欢你自己"是必要条件之一。

每个人都具有一定的价值，并可以在生活中表现出来。这种价值必须依着自己的个性表现出来，而不是模仿他人。明白了这点，才会对自己产生信心。

懂得爱自己，就不要苛待自己，再完美的人也会和一般人一样犯错误，我们何必要因此而痛恨自己，不爱自己了呢？有时候，我们需要练习自我放松，取笑自己的某些错误，要学习喜欢自己。只有喜欢自己的人，才会让别人喜欢。

每个人都需要自我鼓励。孩子需要鼓励，大人也需要鼓励；他人需要鼓励，自己也需要鼓励。什么是鼓励？鼓励就是通过特定的奖赏对人对己的再理解和再认同。

向成功的人学习

孔子说：益者三友，损者三友。 友直，友谅，友多闻，益矣。 友便辟，友善柔，友便佞，损矣。

齐宣王喜欢招贤纳士，于是让淳于髡举荐人才。 淳于髡一天之内接连向齐宣王推荐了七位贤能之士。

齐宣王很惊讶，就问淳于髡说："寡人听说，人才是很难得的，如果一千年之内能找到一位贤人，那贤人就好像多得像肩并肩站着一样；如果一百年能出现一个圣人，那圣人就像脚跟挨着脚跟一样。 现在，你一天之内就推荐了七个贤士，那贤士是不是太多了？"

淳于髡回答说："不能这样说。 要知道，同类的鸟儿总聚在一起飞翔，同类的野兽总是聚在一起行动。 人们要寻找柴胡、桔梗这类药材，如果到水泽洼地去找，恐怕永远也找不到；要是到梁文山的背面去找，那就可以成车地找到。 这是因为天下同类的事物，总是要相聚在一起的。 我淳于髡大概也算个贤士，所以让我举荐贤士，就如同在黄河里取水，在燧石中取火一样容易。 我还要给您再推荐一些贤士，何止这七个！"

读好书，交高人，乃人生两大幸事。 俗话说："鱼找鱼，虾找虾，乌龟找王八，青蛙找蛤蟆。"

《塔木德》中有一句话：和狼生活在一起，你只能学会嗥叫；和那些优秀的人接触，你就会受到良好的影响，耳濡目染、潜移默化，成为一名优秀的人。

人际关系专家卡耐基曾经说过："一个人快乐与否，85%来自于与他人相处。"

善于发现别人的优点，并把它转化为自己的长处，你就会成为聪明人；善于把握人生机遇，并把它转化成自己的机遇，你就会成为优秀者。常言说："一个篱笆三个桩，一个好汉三个帮""一人成木，二人成林，三人成森林"，都是说要想做成大事，必定要有做成大事的人脉网络和人脉支持系统。

每个人的成功都是由一步一步积累得来的，也许在他们身上，可以得到你想要的东西，少走弯路。取他人之长，补自己之短，向行业的每一个成功的前辈学习，使自己更快成长起来！

张衡发明了地动仪，在天文、物理等方面也有研究。他在青年时期有很多知己，如马融、王符、崔瑗，这些都是当时很有才能的青年。特别是崔瑗，很早就学习过天文、数学、历术，张衡经常同他在一起研究问题，交换心得，张衡进一步研究天文、物理等科学都是受了崔瑗的影响。

我国古代就有"孟母三迁"的故事，孟子原住在艺人的旁边，止不住去听；当迁至屠户旁时，孟子又常去看杀猪；直至三迁至学馆旁时，孟子才专心读书，最终成为大思想家。这则故事虽然有轻视劳动人民的意思，但是，它讲明了一个道理——近墨者黑。

正像鲁迅说的："农家的孩子早识犁，兵家的孩子舞刀枪，秀才的孩子弄文墨。"接触多的是什么，学会的就会是什么。 进入成功的人生活的环境，帮助成功的人工作，向成功的人学习，你就会更快成功。 永远要跟比你更成功的人在一起，当你总是与最顶尖的人在一起时，你就越容易学到更多、更好的成功法则和特质。 人生能得多少，就看你要求多少。

古人云："入灵芝之室，久而不闻其香；入鲍鱼之肆，久而不闻其臭，亦与之同化矣。"说的也是这个道理：试想一个人若处在一群恶习满身的人中间，开始也许还有羞恶之感，后来渐渐习惯了，也就不以为然。 再后来，也许反而会同流合污呢！ 相反，与一些品性好的人相交，也会渐渐受其影响，使自己的品行高尚起来，这就是"互化"的作用！

与君子相处有益身心，与小人相处险象环生。 "孟母三迁"是很有道理的，正所谓"君子择友而交，良禽择木而栖"。

生活的乐趣不是取决于工作

爱默生曾说：生活的乐趣取决于生活本身，而不是取决于工作或地点。

工作不快乐，说明这项工作不适合你，正所谓没有不好的工作，只有不适合的工作。 为了能够享受快乐工作，很多人选择了跳槽、改行。

现如今讲究的是双向选择，工作干不好、达不到公司的要求，老板可以炒你的鱿鱼，没商量；反过来你干得不开心，不能人尽其才、才尽其用，或者对工作毫无兴趣，也可以递一纸辞呈，再说一声"拜拜"，抬腿走人。现代社会的宽松和自由，给了人们更大更广阔的选择职业的空间。虽说任何的选择都是有风险的，但是不去尝试怎么知道自己适不适合，多一些比较才能找到一份喜欢而又满意的工作。频繁地跳槽、不停地尝试真的能换来工作的快乐吗？

绝大多数人跳槽原因主要有这么几种：对薪资福利不满意；认为没有发展机会；认为公司前景不好；人际关系处理不好；工作压力大；单位地点变迁……大家可以看到，这些跳槽原因大多数都是主观原因，跳槽的目的则是美好的期望：加薪、良好的发展机会、有挑战性的工作、良好的工作氛围……可是在几番折腾，尘埃落定后，人们才认识到似乎最初的工作并不是那么糟糕，而新的工作也并不是那么完美。虽然跳槽总让人心动，但是结局为什么往往不尽如人意呢？问题的关键是不仅要有美好的愿望，还要有科学合理的规划和清晰明确的目标，还要有良好的心态和承受的底线，这样才能保证越跳越高、越跳越好，也才能在跳不好的时候减小心理的落差。就像炒股票的人一样，总想买到最低价、卖到最高价，但是那种机会是非常少的。有些人总是对自己的能力估计过高，对收入的期望过高，才造成不切实际、患得患失、犹豫不定的错误。

任何工作都是相对令人满意的，绝对令人满意的工作只是暂时的，甚至是不存在的。如有的工作工资水平高，工作强度和工作压力也会很大；有的工作轻松，环境好，工资水平可能就很低；有的工作工资水平高，工作环境也好，可能人际关系复杂……总之，没有十全十美的工作，也没有一成不变的工作。对于人人向往的"钱多事少离家近，位高权重责任轻"的工作，几乎没有，就算有也只属于极少数，而且对于那些注重工作成就感、勇于实现自我价值的人而言，在这样的环境中反而适应不了。

舍得舍得，有舍才有得。对于那些具有明确的自我奋斗目标和个人定位的人来说，跳槽是实现他们人生理想的阶梯。这种理性跳槽者一般都已做好了迎接挑战的准备，具备一定的心理适应能力。他们一旦通过跳槽找到属于自己追求的事业，就会以高度的责任感和极大的热情投入到工作中去，为实现个人目标而拼搏。这种良性的人才流动无论对个人的发展、企业的优化还是社会的资源整合，都是极其有利的。

现在社会上的大多数跳槽者都是非理性的，有的人根本没有想好什么职业适合自己，就盲目跳槽，跳槽变得非常随意，甚至盲从。跳槽不再是个人事业发展的踏板，而成为测量心情好坏的指标。这种人总是处于焦躁不安之中，即使有不错的工作，但只要看到他人的薪水和职位比自己高，就会忍不住急于跳槽，从而陷入焦虑、抑郁、烦恼之中而不能自拔。

盲目跳槽会使人变得越来越孤僻，越来越不敢面对现实、困难，甚至渐渐失去自信。因为经常跳槽的人会在不知不觉中形成一种惯性，工作中遇到困难想跳槽，人际关系紧张想跳槽，不能升迁想跳槽，碰见好机会想跳槽，甚至莫名其妙地就想跳槽，总觉得下一个工作才是最好的，似乎一切问题都可以用跳槽来解决。渐渐地，这些人不再勇敢地面对现实，不再积极主动地克服困难，而是编造各种借口和理由去回避、退缩，还总是说服自己——全是别人的错，与自己无关。他们总是寄希望于下份工作，结果每次都以失败告终。 这逐渐成为一个怪圈，使人深陷其中而不自知，失望沮丧、失去自信，或多或少的自卑心理自然也会影响与他人的交往，性格也就越来越古怪。

频繁跳槽还会使人丧失成就事业最宝贵的敬业精神和团队精神。 这些人往往凡事浅尝辄止，知难而退；做事心浮气躁，敷衍了事；没有耐心和毅力，只知躲闪和退让；不懂得与他人团结合作，要么孤芳自赏，要么自以为是；这山望着那山高，空有一腔抱负，无心执着追求，以为换个工作就会有新的开始，结果跳来跳去最终一事无成。

个人事业发展的最理想品质便是坚韧不拔和顽强的意志，经常跳槽的人恰恰缺乏这一点，企业在选择员工时也会因此而有所顾忌，这样也会丧失一些好的工作机会，即使争取到工作，别人也不太信任你对企业的忠诚度。 而且，轻率跳槽的人还会经常为跳槽失败而自责、后悔，但这并不会阻止他们继续跳来跳去，因为自责和懊恼的心态会使他们越来越失去理智，心境难以平和，也会影响他们的判断能力，难免造成下一次失误。

跳槽时考虑问题应该长远，要看一份工作是否有发展前景，而不是注重它眼前所能带来的利益。 应考虑企业发展和个人的职业生涯两者是否冲突，对职业的判断不应取决于眼前所能得到的，职业生涯长达三四十年之久，考虑清楚在每一个机遇前能够成长多少，并能在前进的过程中充实自我、良好发展才是最重要的。 有专家建议，在选择工作时，大企业看企业文化、中型企业选行业、小企业选雇主才是明智之举。 同时，在跳槽前也要对自己作一个全面与客观的分析，根据自己的能力、水平和目标来选择，分析清楚自己的职业特长、学识、工作经验和心理适应能力，而不要凭一时喜好冲动决定。

所以，频繁跳槽的职场人士一定要摆脱定势思维，清醒地认识到"别人家的饭不一定好吃"，以平和的心态来进行职业转换的分析，使自己每走一步都能上一个台阶，为积累核心竞争力不断奠定坚实的基础，而不是在频繁跳槽的失落与迷茫中浪费宝贵的时光。

起点低不要紧，改变想法最重要

《自卑与超越》的作者阿德勒认为人人都有自卑，只是程度不同而已。一些年轻人往往因为自己的起点低，而感到自卑，甚至妄自菲薄。

自卑，即对自己的知识、能力、才华等作出过低的估价，认为自己某些方面不如他人，进而否定自我的消极情感，是一种消极的自我评价或自我意识。

患有自卑感的人往往自惭形秽，丧失信心，在交往活动中表现为想象成功的体验少，想象失败的体验多，悲观失望，不思进取。

自卑就是缺乏自信，这种心理与权威、长者、名人交往时，表现得尤为突出。

自卑是一种消极的心理状态，它在人与人的交往中起着严重的阻碍作用。自卑的人在交往中，虽有良好的愿望，但总是害怕别人的轻视和拒绝，因而对自己没有信心；他们很想得到别人的肯定，又常常很敏感地把别人的不愉快归因于自己行为的不当。

有自卑感的人往往过分自尊，为了保护自己，常表现得非常强硬，让人难以接近，往往使交际的双方难以形成一种平等的对话，进而影响彼此真情实感的交流。严重者，会失去交往的愿望，成为一个孤独者。

自卑心理形成的原因是多方面的。从主观方面讲：一是自己的期望值不高，把自己的交往局限在小圈子里，行动上畏缩不前，当遇到新的交往情境时，总是担心遭到别人的耻笑和拒绝；二是某些生理上的短处容易导致自卑，如患有残疾、长相不佳等。

从客观方面讲，也有两方面原因：一是家庭背景、社会地位因素；二是在交往中没有得到积极反馈，四处碰壁，挫伤了积极性而产生自卑心理。

克服和预防自卑心理，首先要敢于正视自己的不足。人无完人，每个人都有自己的优缺点。所以不必因此而觉得低人一等。其次，要正确地与人比较。自卑心重的人往往用别人的长处和自己的短处比，越比越泄气，从而贬低、否定自己，以偏概全。人都有所长，也都有所短，人的能力是多方面的，你这方面不行，别的方面可能就比别人强。因此不要总是拿着自己的短处去和别人比，那自然比不过别人，所以会产生自卑心理。

成功的人往往善于寻找自己的长处，并充分发挥它，而自卑却只能抑制人的创造力。这其中还有一个量力而行的问题，防止和克服自卑感，还要注意不可对自己提出过高的要求，在选择目标时除考虑其价值和自身的愿望外，还要考虑其实现的可能性。 最后，要锻炼自己的心理承受能力，不要因为一次失败而一蹶不振，或因自己某一方面的过失而全盘否定自己。

有千千万万的人开始时都做着微不足道的工作，每天晚上都会设想自己成功的无数种可能。 但是，他们总是抱怨自己生不逢时，没有一份前途光明的工作，没有一个可以发展的平台，没有贵人相助……殊不知，成功人士何尝不是从基层做起的呢？

想法决定活法，就算你起点卑微，但人生有无数种开始的可能，同样结果也有无数种可能。 现在的强者，何尝不是曾经的弱者？ 事实上，几乎所有的成功人士，在刚开始工作的时候，都是从卑微的工作岗位做起的，这几乎是成功的定律和真理！

现在很多有抱负的年轻人都希望通过自己创业，获得人生事业的成功，成为一个家财万贯的成功人士。 可是，我们很多人没有骄人的家庭背景，没有雄厚的资金，也没有丰富的人脉资源……我们的起点可能会很低，但这并不意味着我们不能成功。

"卑微"通常是指工作岗位的不起眼，而不是指人格的卑微。 也就是说，我们从事的可能是一个非常不起眼的、不重要的职位，但是这并不意味着我们要低人一等，因此就产生自卑心理，这种想法是不正确的。 没有人可以一步登天，每个人都必须从卑微做起，正如网上一则名言讲的："如果你没有 10 米跳台，那么就从 1 米跳台跳起吧！"

御手洗，佳能公司的开创者之一，他的第一份工作是北海道大学附属医院妇产科助手；台湾商界巨人王永庆从茶楼跑堂做起；戴尔公司的创立者迈克·戴尔的第一份工作还和中国有点儿关系，他在当地一家中国餐馆做过小工……

上帝不可能把什么都给你

当你面对平平淡淡的日子而激情不再、快乐不再时，请改变自己；当你在某一条道路上行走，发现沿途并没有你想要看到的风景时，请改变自己；当你在某一技能或事业上登峰造极、独孤求败、再无潜力可挖时，也请改变自己。在人生的道路上，只要勇于改变，善于改变，就会告别平庸，告别压抑与沉闷，就会惊喜连连，精彩不断。如果愿意，我们每个人都可以成为七十二变的孙悟空，摇身一变，便别有一番精彩！

人生在世，如果别人不看重你，你一定要看重你自己；如果别人不在乎你，你一定要在乎你自己。自己看重自己，自己在乎自己，最后，别人才会看重和在乎你。

在乎自己，就要看重自己的身体。套用一句老话，身体是革命的本钱，留得青山在，不怕没柴烧。

在乎自己，就要看轻人生的荣辱。荣也好，辱也好，要坦然视之，以平和的心态去面对。正如古人所言："宠辱不惊，闲看庭前花开花落；去留无意，漫随天外云卷云舒。"

在乎自己，就要看淡尘世的痛苦。对于智者来说，痛苦不是毒药，而是一种特殊的滋补品。当痛苦袭来的时候，请务必把它轻轻含在嘴里，嚼碎吞下去，一点一点地慢慢消化掉，假以时日，它必能营养你的身体，强健你的人生。

在乎自己，就是自己爱自己，自己关心自己。在乎自己，就是健康、快乐、平静而有尊严地活着。在乎自己，就是忽略所有对自己不利的因素，默默地做好自己应该做的和能够做的一切。

每个人都有自己快乐的理由，也有自己不快乐的理由。关键是，你是否主动去寻找那些快乐的理由。比如，有的人工作轻松、自由、压力小，但工资有点儿低。他要想感到快乐，眼睛就不能老盯着工资低不放，而应该多想想——自己多自在啊。反过来，有的人工资很高，但压力大，不自由。他要想感到快乐，眼睛就不能老盯着工作压力大不放，而应该多想想——自己的工资待遇是大多数人所没有的。

紧紧抓住不快乐的理由，无视快乐的理由，就是你总觉得不快乐的原因了。当你感到实在承受不了的时候，要及时给自己减压。

当你不快乐时，不要一味地去想"我怎么这么倒霉"，可以尝试一下有效调整情绪的小技巧：注意事情的正面而非负面，去寻求想要的最终结果，而非你所恐惧和烦恼的事；改变肢体动作、表情、呼吸，尝试去做充满活力让人兴奋的运动（跑步、跳舞、游泳、登山、太极拳）；不失幽默，把幽默当成化解紧张气氛的锦囊妙计。

当然，最重要的还是改变消极的思考方式，学会问积极的问题。透视学的基本原理是近大远小，快乐亦然。还要会比较——"比"字是两把匕首，一把刺自己，另一把刺别人，自己苦恼别人也苦恼，这是因为总与别人比结果。 反过来就对了，即与别人只比态度，与自己的昨天比结果，每天能进步1%就会取得相当不错的业绩！ 不要苛求完美的结果，不苛求完美不等于不努力，恰恰相反，只求耕耘，不问或少问收获，注重过程的尽心尽力，尽善尽美，这才会体验到快乐！

乐观的态度和悲观的态度，都是人类最基本、最典型的态度倾向，它们影响着人的生活方式。 同样，悲观的情绪也会影响人的健康状况。

乐观主义者总是假设自己是成功的，也就是说，他在行动之前，已经有了85％的把握成功，这种信心让他们更容易靠近快乐和成功；而悲观主义者在行动之前，却已经确认自己是无可挽救了。 这种灰心的情绪便会将他们与快乐、成功隔离。悲观者唯一的好处就是不会有太大的失望，但同时也看不到生活中的希望。

很多事情，换个角度、换个心情去看，结果可能完全不同。 决定快乐的不是环境，而是心境。 如果你选择的是快乐，那么快乐就会围绕在你的身边；但是如果你的眼里只看见烦恼，那么烦恼就会越来越多，直至最后让你窒息。

"世上并没有非走不可的路，没有非想不可的人，没有非做不可的事，让该来的来，该去的去，这样你我就有了一颗快乐的心。"的确，快乐无处不在，只是因为每个人看问题的角度不同，思考问题的出发点也不同，所以得到的结论也就不尽相同。

悲观还是乐观，只在一念之间，但是，在这一念之上和在这一念之下所看到的世界，却有着天壤之别。 生活中的很多事情，都是对立统一的，我们应该看到它们好的一面，凡事往好处想，朝着乐观的方向走，希望、幸福和快乐将会变得无穷无尽。

人生在世，就像海水一样，有涨有落，有起有伏。要想保持一颗平常心，在生命处于低谷的时候不垂头丧气，在春风得意的时候不趾高气扬，就得学会用辩证的思维来看待万事万物。

汽车大王亨利·福特成功之前，因经商失败过两次，也曾破产过，但他却说："其实，失败只是提供更明智的起步的机会。"

"大富翁"游戏的发明人达洛是一个失业在家的暖气工程师。1935年达洛把游戏的最初版本寄给一家玩具公司。公司拒绝了他，因为游戏里有52个错误。可是达洛并不气馁，他一再尝试，一一修正错误。今天这个游戏风靡全球，制造商每年印的大富翁钞票远远超过美国官方每年所印的美钞。

1958年，富兰克·卡纳利在自家杂货店对面经营了一家比萨饼店，以筹措他的大学学费。19年之后，卡纳利卖掉3100家连锁店，价值3亿美元。他的连锁店叫作必胜客。而对于其他想创业的人，卡纳利给他们同样的忠告："你必须学习失败。"他说："我做过的行业不下50种，而这中间大约有15种做得还算不错，那表示我大约有30%的成功率。可是你总是要出击，而且在你失败之后更要出击。你根本不能确定你什么时候会成功，所以你必须先学会失败。"

成长是一个"错了再试"的过程，失败的经验和成功的经验一样可贵。关键是看你能不能用辩证的思维来看待失败，能不能从失败的边缘爬起来，找到通向成功的另外一条路。

若已接受最坏的，就再没有什么可怕的

每个人都会有自己的不足，金无足赤，人无完人。 造物主在创造这个世界的时候，特意给所有的事物都留了一点点缺陷。 这样，万事万物才能够有进步的空间，也才会有发展的动力。

我们要学会接受一个不完美的自己，因为完美永远都不存在，我们只能拥有无限接近完美的状态；我们要学会接受一个不完美的自己，因为不管好的还是坏的，都是自己的一部分。如果不能接受自己的缺点和不足，我们将会变得悲观失望，止步不前。 反过来，如果能看到自己的优点和长处，就会充满自信和力量，用最好的姿态迎接生活的挑战。

美国总统罗斯福在中年时患上了脊髓灰质炎。 这时，他已经做了参议员，在政坛上拥有着光明的前途。 遭遇如此的打击，很多人通常都会心灰意冷，但罗斯福仍凭着自己顽强的意志坚持了下来。

开始时，情况很糟糕。 他一点也不能动，必须每天坐在轮椅上，靠别人的帮助才能上楼下楼。 但他讨厌整天依赖别人把自己抬上抬下，于是，便常常在晚上一个人偷偷地练习。

经过一段时间的努力后，有一天，罗斯福特意召集家人，告诉大家说："我已经可以自己上楼了，现在我要表演给大家看！"

说完，罗斯福先生立刻行动起来。他先用手臂的力量，把身体撑起来，挪到台阶上，然后再把腿拖上去。对于罗斯福来说，这样做虽然艰难而缓慢，但毕竟可以依靠自己的力量，一阶一阶地爬上楼梯。

他的母亲却看不下去，阻止他说："亲爱的孩子，这种上楼的方法让你看上去像个小丑，你还是别勉强了。"

罗斯福先生断然拒绝了母亲的提议，他说："不，我知道这样很难看，但我必须面对自己的耻辱！"

在此后的政治生涯中，罗斯福也从来不避讳自己的残疾。

"珍珠港事件"发生以后，罗斯福与美国军方讨论在日本空投原子弹，作为还击。

军方的一位将军拿着资料，郑重地说："这不可能！飞机的飞行距离不够，我们没有能够中途加油的地方。"

这时候，罗斯福先生忽然用郑重的语调说："大家都知道，我是个残疾人，医生说我不可能再站起来！"

说到这里，他停顿了一下。大家都不知道他说这句话的含义，只见他竟然用双手支撑，想要从轮椅上站起来。有助手立刻想上前扶住他，罗斯福拒绝了。他完全依靠自己的双手，缓缓地站了起来。

"现在，还有人说不可能吗？"罗斯福大声地问。

这一幕震撼了所有人，也说服了所有人。最终，美国的两颗原子弹，迫使日本无条件投降。

有位哲人说过：成功者之所以能够成功，其动力都是源于对自己缺陷的克服。

无法成为别人，只能成就自己

用别人的标准改造自己很容易迷失自我。

庄子的《应帝王》里面有一则寓言：南海帝王和北海帝王相距很遥远，他们每次都把会面的地点选在中央之地。中央之地也有一个帝王，叫混沌。混沌是一个非常热情好客的帝王，只是长得像一个七窍未开的大肉球。

每次在中央之地会面，混沌总是很热情地款待他们。这令他们很感动，而每次看到混沌七窍未开的样子，他们就会觉得内疚。因为混沌根本就没有眼、耳、口、鼻，所以什么人间至乐都享受不了。

为了报答混沌的好意，他们决定给混沌凿开七窍，这样混沌就可以像他们一样可以吃，可以喝，可以看了。说干就干，他们谋划好后就开始给混沌凿七窍。两个人每天给他凿一窍，整整凿了 7 天才算大功告成。

他们本以为混沌会很喜欢现在的样子，然而七窍凿好后，混沌却死了。混沌之所以是混沌，就因为他七窍未开的本真，而他之所以活着，也正因他的混沌之态。当他的七窍被凿开了之后，他也就不再是真正的自己了。

其实，何止混沌如此，现实中的我们不也是如此吗？

为了让自己变得更好，我们刻意模仿别人，把别人作为自我提高的参照标准。于是，我们历经千辛万苦去改变，到头来却发现真正的自己不知道丢失在哪里了。 就像邯郸学步的那个人，不但没有学会像别人那样走路，最后连自己如何走路都不知道了。

很多人之所以没能做真实的自己，多和逃避责任、躲避压力有关。

想做真实的自己必须经受时间的考验。 当一个人愿意成为真实的自己，努力做一个真诚的人时，最后却发现成为不了真实的自己。 想成为真实的自己并不一定就能成为最好的自己，因为这个过程是十分艰难的，如果自己没有很好的韧性和坚持的精神，就会感到自己的能力不够，种种困境和压力会让心灵备受绝望的煎熬。

一个人太过于自卑，就无法塑造一个强大的自己；一个人如果总是拿人之长比己之短，就会对自己失去信心。 每个人都是独一无二的，而一个觉醒的人总会在不断反思中超越自己。我们最难超越的不是他人，而是自己，因为我们无法成为他人，只能成为自己。 很长一段时间，我们都将自己迷失在羡慕、模仿他人中，然而也正是这些迷失才使我们重新塑造了一个更强大的自己。

我们是否会因技不如人而感到自惭形秽，会因没有良好的家庭背景而抱怨父母？ 我们总是不经意间将自己放在矮人一头的位置上，然后独自黯然神伤。

与人攀比是人之本性，我们也无法将其从内心完全清除，只是在与人攀比时不能一味否定自己，将自己比得一无是处。而且一旦过分自卑，我们就很容易忽略自己所具有的巨大潜能。 我们自认为处处不如人，其实一旦我们真正觉醒，就会发现其实一切并不是自己想象的那样。

要让事情变得更好，先让自己变得更好

人在生活中是否幸福、快乐、成功，在很大程度上是由你心灵的修炼程度决定的。

很多人渴望改变生活，想生活得更成功、更快乐、更有意义。那怎样才能做到呢？

你对工作投入了心力，也会认为你的工作是最好的。但你的工作是不是真的就最好呢？如果你的工作真的很杰出，任何一位领导要追求企业的成长，他就不会视而不见。所以你不要抱怨领导没有眼光，抱怨领导，你只会得到烦恼，而不会有任何进步；你要反思自己，是不是工作还不够杰出，还没有做到更好，这样你就会想办法改进，才会取得进步。

我们很难改变别人，只能通过改变自己来影响别人；也不要抱怨别人，我们只有通过让自己变得更杰出来征服别人。这是思维方式的问题，改变别人是很困难的，即使改变了别人，你也不会有什么进步，而多反省自己，时刻提醒自己还应该做得更好，你就能够改变自己，使自己取得进步。

很多夫妻、朋友间的争吵，不也正在于总想去改变别人吗？古人讲：严于律己，宽以待人。人最应该反省的是自己，人最应该改变的也是自己。只有严格地要求自己，不断地改变自己，你才能让自己变得更好、更优秀、更杰出，你的生活也才有可能因此而变得更美好。

美国成功学家金·洛恩说过这么一句话："成功不是追求得来的，而是被改变后的自己主动吸引来的。"

要让事情改变，先改变自己；要让事情变得更好，先让自己变得更好。如果你感觉自己做事不成功，做人不快乐，生活不幸福，首先要好好检讨的是自己，检讨自己有没有需要改进的地方。

如果你感觉自己的世界不对，那只是因为你自己不对；你感觉自己不成功，不快乐，不幸福，那不是世界不好，只是因为你还不够好。

比如你生病了，在病房住了几个星期，病好后出门，看到蓝天、白云、绿草，是否会觉得心情开朗呢？仿佛生命突然间变丰盈了。世界变了没有？没有变，世界还是照旧。是谁变了呢？是你变了，是你的心境变了。所以一切的改变，首先都来自于你自己的改变。

你想要改变命运，就要学会改变自己。如果你觉得自己不够快乐，不够成功，不够受欢迎，那你就得想办法改变自己。一个人既想改变生活状况，又不去努力改变自己，那像什么呢？就像医生对于精神病人的定义：重复做同样的事情，却妄想有不同的结果。

要想有不同的结果，就得有不同的做事方式；要想有不同的生活世界，就得有不同的自己。

其实人生也是一样，你在心灵里播下了怎样的种子，就将收获怎样的人生。

看过卢梭《论人类不平等的起源和基础》后就会明白：虽然他浪迹过街头，做过仆人、家庭教师，地位卑贱，但却始终潜藏着一颗高贵的心灵，正是这种心灵引领他走出了卑劣，激励他在劣境中去寻找一个更公平、美好的世界，从而将人类导向了平等、自由、博爱的新航向。就像卡莱尔说的："他教导的东西，整个世界将去做和创造出来。"正是在卢梭思想的引导下，才有了法兰西共和国，才有了美国的独立宣言。

卢梭在《忏悔录》中开篇写道："当末日的号角吹响时，我愿意拿着这本书和任何人一起站在至高无上的上帝面前接受审判。这就是我曾做过的，我曾想过的，这就是真实的我。"

世界上没有完美的人，但从古至今又有谁能像卢梭那样有勇气、有道德，能将真实的自己坦然于众呢？卑贱的人也许只有在卑劣中得到乐趣。卢梭生活在最底层，受尽了各种屈辱，但他心灵的高贵使他无法忍受这一切，在孤独与痛苦中，他思考着人的权力和价值，并用他天才般的灵魂和激情四射的言辞唤醒了我们，使我们认识到平等和自由的可贵。他不仅自身超越了卑贱，而且用他高贵的心灵点燃了我们心灵中高贵的火种。也正因为如此，他生前虽然遭到了各种非议、唾骂，但死后却进入了法国的先贤祠——一个专门用来安葬伟人的处所，具有世界性的荣誉纪念意义。

人的思想和行为不可能全都是伟大的、高尚的，甚至有可能是卑劣的，但只要心灵保持高贵，并遵循高贵心灵的指引，就必将超越平庸，变得杰出。

歌德说：拿破仑摆布世界，就像洪默尔（德国音乐家）摆布钢琴一样，任何时候他都胸有成竹，应付自如。他虽然出生在科西嘉贵族家庭，可初到法国本土时，也只是一个普通的军校学生。但正像他的名字拿破仑——"意为荒野的狮子"，他始终有着一颗高贵的心灵。始终保持一颗高贵的心灵，才能让自己变得更好，才能让事情变得更好。

别把希望寄托在别人身上

生活中，我们常常听到一些父母向儿女诉苦，一把鼻涕一把泪地诉说自己的生活是如何的寒酸，而别人的生活又是如何的幸福。在儿女很小的时候，父母把所有希望寄托在了他们的身上，甚至还有的父母逼着自己的孩子，让他们按照自己希望的方式去生活；而当儿女们对他们稍微有些抵触时，他们便哭天喊地，悲痛欲绝。

有的儿女对父母也是这样，总觉得自己很不幸，没有出生在一个富裕的家庭，没有碰到有能力的父母，于是便开始怨天尤人，愁眉不展。

无论父母也好，儿女也好，这种把希望寄托在别人身上的做法，都是不正确的。

一个人要想获得幸福，就不应该把希望寄托在别人身上，而是应该通过自己的努力去实现理想，从自己的身上去寻找幸福！

不要凡事都依赖别人，在这个世上，最能让你依靠的人是你自己。在大多数情况下，能拯救你的人，也只能是你自己。

在生命的旅程中，有时候我们难免会陷入各种危机之中，感觉自己所有的希望都破灭了，这时候，要想从那些致命的危机中走出来，踏上希望之路，就不要想着去依靠别人，而是要学会自己拯救自己。

诚然，人的一生中总要或多或少地受到一些人的帮助——父母的养育、师长的教诲、朋友的关爱等，他们的帮助，无疑促使了我们的成功。但是，许多人正是习惯了别人的帮助，因而养成了严重的依赖心理，什么时候都把希望寄托在别人的身上，渐渐地也就变得软弱无能，对外界的一切失去了免疫能力。作为当代青年，绝不能做一位饭来张口、衣来伸手的啃老族；也不能做一位离开父母便干不成大事的年轻人。做一位拥有一定的独立性，碰到困难的时候能够自强不息、迎难而上的人，是很有必要的。

小仲马开始文学创作之初，寄出的稿件如泥牛入海，悄无声息。父亲大仲马不忍见他这样，便对他说："你寄稿时给编辑先生附上一封信，说我是大仲马的儿子，也许情况就会好多了。"可小仲马不但拒绝以父亲的盛名作自己事业的敲门砖，而且不露声色地给自己取了十几个笔名，以免编辑把他和父亲联系起来。最后，经过坚韧不拔的努力，他终于取得了成功，长篇小说《茶花女》一炮打响，成为传世之作。直到那位编辑去拜访大仲马的时候，才发现，原来小仲马正是大仲马的儿子。

滴自己的汗，吃自己的饭。自己的事，自己干。靠天靠地靠祖上，不算是好汉。不要总是依赖别人，把一切希望都寄托在别人身上，而要学会自己去解决问题，因为每个人都有许多事要做，别人兴许能够帮我们一时，却帮不了一世。再说，一个人如果想要有所成就，超越别人，仅仅靠别人的帮助是无法实现的，自身必须要有一定的创造力。所以，别把希望寄托在别人身上，幸福生活要靠我们自己创造。

把青春和汗水用在自己擅长的领域

只有把青春、激情和汗水奉献给自己擅长的领域，才永远不会有遗憾。

罗素说过，他的人生目标就是使"我之所爱为我天职"。也就是说，他要把生活中最感兴趣的事作为其终身职业，这的确是个值得效仿的好方法。

所谓兴趣，是指一个人力求认识某种事物或爱好某种活动的心理倾向，这种心理倾向是和一定的情感联系着的。"我喜欢做什么？""我最擅长什么？"一个人如果能根据自己的兴趣去设定事业的目标，他的积极性将会得到充分发挥，即使在工作中尝尽了艰辛，也总是兴致勃勃、心情愉快；即使困难重重也绝不灰心丧气，而能想尽一切办法，百折不挠地去克服它，甚至废寝忘食，如醉如痴。

很多人往往一时很难弄清楚自己的兴趣所在，这就需要在实践中不断发现自己、认识自己，不断地了解自己能干什么，不能干什么。在这个过程中也难免会走一些弯路，作家斯贝克一开始并没有意识到自己会成为作家，曾几次改行。开始，因为他身高一米九，爱上了篮球运动，成为市男子篮球队队员。因为球技一般，年龄渐长，又改行当了专业画家。他的画技也无过人之处，当他给报刊绘画时，偶尔也写点短文，终于发现自己的写作才能，从此走上了文学创作的道路。

沃伦·巴菲特曾这样夸奖比尔·盖茨："如果他卖的不是软件而是汉堡，他也会成为世界汉堡大王。"巴菲特的观点是基于如下事实：非凡的智慧、只做第一的心态、从不枯竭的激情、专注而疯狂的工作精神，让盖茨无论做什么都能获得成功。

盖茨的父亲在退休前是一家律师事务所的合伙人，这家律师事务所是全美十大律师事务所之一，旗下有超过 1800 名律师。盖茨的父亲像所有父母一样，希望盖茨能够充分利用自己在律师界的资源和人脉，有一个很高的人生起点。所以 1973 年，18 岁的盖茨进入哈佛大学时读的是法律专业，这是从资源优势角度出发的人生规划。

从性格上说，盖茨在商业巨子中属于少见的一种类型：关注抽象的思维多于现实世界，关注技术多于具体的事物，不擅与人相处，不注意细节等等。所以数学这种纯抽象的高智力游戏，非常符合盖茨的口味。盖茨从小学到中学的数学成绩一直出类拔萃，但是在哈佛大学他受到了打击，因为那是天才的集中地，盖茨发现很多同学的数学天赋超过了自己。

唯有在计算机技术方面，比尔·盖茨展现出了无人可比的天分。这是一个新兴行业，现在大家都能看到它的广阔前景，但是在当时能看到并坚信这一点儿的人并不多，就像现在每年都会冒出几十项具有远大前景的新技术和新行业，而过了十年再看，它们依然只具有远大前景。

比尔·盖茨有 3 个孩子：老大珍妮弗·凯瑟林·盖茨出生于 1996 年；老二罗里·约翰·盖茨生于 1999 年；老三菲比·阿黛尔·盖茨生于 2002 年。盖茨并不会为了替他们准备所谓未来的幸福而使他们受到各种各样的束缚，因为他明白，成功的教育不是把外在的东西强迫儿童或青年去吸收，而是要使人类与生俱来的能力得以生长。

比尔·盖茨和梅琳达一直非常注意引导和鼓励 3 个孩子发掘自己的天赋领域，平时还让孩子们根据自己的兴趣，在各个领域多作尝试，同时他们也细心地观察着孩子们在不同领域的表现。在孩子们刚刚有了自我意识的时候，盖茨就开始和他们探讨"将来要做什么"和"你最喜欢做什么"这样的话题，让孩子自己也注意探索和发现自己的兴趣、优势。

当然，一个人的天赋只是种子，所以关键还在于如何让它成长为参天大树。说起天赋，约翰首先想到的就是尼亚加拉大瀑布。他于 9 岁那年和父亲一起观赏尼亚加拉大瀑布时有段对话，对此，他记忆十分深刻。

尼亚加拉瀑布位于加拿大安大略省和美国纽约州的交界处。从伊利湖滚滚而来的尼亚加拉河水流经此地，突然垂直跌落 51 米，巨大的水流以银河倾倒之势冲下断崖，形成了气势磅礴的大瀑布，声及数里之外，场面震人心魄。约翰和爸爸在观景台上、在游轮上、在直升机上，从不同的角度观看了瀑布。约翰也为尼亚加拉瀑布的宏伟、瑰丽和神奇所深深震撼。面对大自然的奇伟，他不免感到自身的渺小。

在震耳欲聋的水流激荡声中，盖茨对约翰说："每个人都有着尼亚加拉瀑布一样的伟大力量，这就是人的天赋。只是很多人的天赋都没有得到充分开发和利用，以至于白白浪费掉。"盖茨向约翰介绍了尼亚加拉瀑布被发现和利用的历史，并且告诉约翰，有关专家根据一项长期的观测记录，由于水流对岩石的侵蚀作用，瀑布平均每年后退 1.02 米，落差也在逐渐减小，照此下去，再过 5 万年左右，瀑布将完全消失。 所以再伟大的天赋，如果没有被发现和利用，就会白白浪费和消失掉。

接着，盖茨带儿子参观了尼亚加拉水电站。 水电站每日所生产的电力足以供应美国纽约州和加拿大安大略省用电总需求的 1/4，让尼亚加拉瀑布的水流蕴含的巨大能量不再白白浪费。发电工程引走了瀑布上游大量的水，已减低了侵蚀的速度。 上游各种巧妙设计的控制工程维持了美、加两边瀑布流量的均衡，尼亚加拉瀑布的壮观景色未受影响。

比尔·盖茨和约翰讨论了尼亚加拉水流的控制和利用，也讨论了尼亚加拉水电站的设计者——20 世纪初的科学怪才特斯拉在天赋利用上的成功与失败。 约翰后来把结论归为三点：只要能发现和利用自己的天赋，每个人都能像尼亚加拉瀑布一样充满力量；天赋如果没有被发现和利用，就会被埋没，甚至退化、消失；对待天赋不能放任自流，需要加以引导、限制和规划，否则就会像尼亚加拉瀑布一样摧毁自己。

约翰在天赋上与比尔·盖茨有点相似，他从小对数字非常敏感，对于事物之间的逻辑关系能够很好把握，约翰在学校里的数学成绩也一直是 A。 但就像很多天赋出众的孩子一样，约翰有时候也会沉醉于自己的天赋之中。 例如有一段时间，约翰就非常沉迷 Windows 自带的小游戏"扫雷"。 扫雷游戏需要快速的计算和判断，能够激发约翰的数学天赋。 在不断扫除游戏设置的障碍和挑战的过程中，约翰获得成就感并沉迷其中。

比尔·盖茨通过讨论尼亚加拉瀑布，希望约翰认识到，如果天赋只是用于自得其乐，是对天赋的浪费。 比尔·盖茨自己的成功经历也表明了必须将自己的特质、兴趣、爱好和他人的需求紧密结合，才能完全激发一个人的天赋和激情，让天赋的价值完全展现，就像生命的火焰遇到充分的氧气才能浓烈蓬勃一样。

比尔·盖茨的数学天赋，一方面发展为他的电脑技术，尤其是编程方面的天赋，他感受到了计算机科学的清晰明澈，体验了严密逻辑给人带来的快感。而另一方面，在哈佛大学期间盖茨也曾非常沉迷桥牌。在大学二年级的时候，比尔·盖茨由于人生规划（指从哈佛毕业后当律师）和自己的兴趣发生了冲突，对于专业课程缺乏兴趣，经常逃课，到期末再猛学一阵。他把其他时间都拿来玩扑克，扑克对他有极大的魅力，有时可以持续一天一夜，尤其在输了钱的时候，比尔·盖茨绝不肯善罢甘休。他说他的逃课和期末考试突击"不过是一种游戏，一种老把戏罢了"，但是我们如果从一个人的成长过程中的心理转变来看的话，这更多是一种爆发前的苦闷、分娩前的阵痛。

如果比尔·盖茨最后要从事律师行业的话，他的数学天赋就得不到发展和利用。当天赋无法外向发展帮助他人从而塑造一个人的自尊和自信时，压抑的天赋就会内向渗透，其外在表现就是沉迷于虚幻的游戏之中无法自拔。这种沉迷，也会不断消磨一个人的意志力、自信心和工作激情。法律不是比尔·盖茨的天赋领域，所以对于法律课程的学习，他采取了一种拖延的态度，不到最后关头，不愿在其中投入时间和精力。在研究中也发现，很多人在工作中的懒惰、拖延和低效率，其根本原因就是没有从事有助于发展自己天赋的职业。

碌碌无为者只做在自己能力范围内的事情，而好高骛远者则喜欢做超出自己现在能力范围内的事情。　这两种情况都不利于人的天赋的成长，前者让人的天赋得不到发挥，后者则容易在不断的挫折中丧失自信。

　　心理学家根据这个调查研究，把人的知识和技能分为三个区域：最内一层是"舒适区"，在这一区域内，只需要运用我们已经熟练掌握的知识和技能；最外一层是"恐慌区"，在这一区域内，我们需要运用还没学会的知识和技能，这让人感到恐慌。　这都不是一个立志于让自己的天赋成长的人应处的位置。　只有在二者中间的"学习区"里面练习，才可能进步。

　　永远不要把成功或失败归结为运气。

绝不要随意贬低自己

　　判断一个人是否是可塑之才，除了看他的为人处世之道外，还要考察他被放任无所事事时的表现。　当我们不受重用的时候，不要灰心丧气，更不要自暴自弃，要知道，这是我们养精蓄锐的最好时机。

　　当上帝关上一扇门时，总会为你打开一扇窗。　在这个变幻无常的世界上，没有永远不变的劣势与优势，正所谓三十年河西，三十年河东，就如红楼梦里的四大家族一样，曾经煊赫一时，可是也有"家败凋零"的时候。　同理，无论你现在有多落魄，也绝不要随意贬低自己，永远不要放弃自己。 只要你善于思考，保持积极向上的良好心态，看上去不可逆转的劣势或许会为你叩开下一扇成功之门。

谁都渴望人生是一望无际的草原，是一马平川。 但这只是我们的一厢情愿，唯有曲折才是人生的常态，上帝不会随随便便就把你想要的东西给你。 人生的路上总会遇到一些不顺心的事，人们或许会埋怨上天不公平，抱怨社会的黑暗，感叹自己命运的多舛，于是否定自己、放弃自己，觉得自己注定不会有出人头地的机会。 其实，这些都仅仅是人生的常态，人生不可能总是一帆风顺的。

对于世间万物，上帝的态度是公平的。 穷人是穷，可也有穷人的快乐；富人是富，可也有富人的烦恼。 一个障碍，的确让人痛苦，可反过来想，这也是一个新的已知条件，只要你愿意，有决心，任何一个障碍，都会成为一个超越自我的契机，一个改变劣势的转折点。 要时刻相信自己会心想事成，时刻思考如何去面对困境，在困境中调整心态，将困境转变成力量之源。

在职场，我们都会遇到坐冷板凳的情况，不被上司器重，没有施展才华的舞台。 处在这样被冷落的位置上，很多人难免会自怨自艾、失落沮丧。 在这种困境面前，一时的低落很正常，但要想更快地从中走出去，就要冷静思考，寻找原因。 其实只要我们借此机会调整好自己的心态，养精蓄锐，厚积薄发，把冷板凳坐热，当时机成熟时，就能取得突破性的成绩。

在职场上，我们都希望成为公众注目的焦点，希望能够呼风唤雨，叱咤风云，谁也不希望被罚坐冷板凳。 不甘于寂寞的我们或许有点儿太急于成功，必须承认，在特定环境里，不可能所有的人都会成为主角，我们何不将坐冷板凳看作机会？它能够让你避开组织内部钩心斗角的最大风险，与其急于表现自己，不如暂时收敛锋芒，把一时的孤寂当作老板或上司在有意考验我们。

"天将降大任于斯人也，必先苦其心志，劳其筋骨，饿其体肤。"想要成就一番事业，就必须拿出接受挑战的勇气，克服困难的魄力，同时还要有身处孤寂的耐力。我们还要保持宽容、积极向上的心态。在言谈举止中，要表现出自己淡定的风度，培养自己把冷板凳坐热的耐心，把它当作一个磨炼意志、休养生息、提高个人能力的机会。

有时候，我们就像驴一样，在漫漫的生命旅程中，会遇到诸多磨难，难免会陷入"枯井"的困境当中，可能还会有各种外界施加的"泥沙"覆盖在我们身上。这时的我们不要自暴自弃，也不必怨天尤人，而是应该以一种正确而积极的态度去应对。即便是在"枯井"里面，我们也不要哭泣，想要摆脱困境，只有将身上的"泥沙"抖落掉，把它作为成功路上的垫脚石，才能在困境中破茧成蝶。

绝不要随意贬低自己，低谷期也是一个人成功路上的某个阶段，不能回避。我们的成绩和机会正是从低谷中争取过来的。通过耐心把板凳坐热，通过出色的工作，为以后的成功打下坚实的基础。当机会来临时，你会发现曾经的劣势如今已是你最大的优势。

每天都要为梦想竭尽全力

巴蒂尔在密歇根底特律的平民家庭长大，父亲是一个言语不多的人，但教会他每天都要为梦想竭尽全力。

很多人认为巴蒂尔是某天醒来发现自己突然长到 2.05 米，他可以打进 NBA 也是很自然的事儿，但没有人认识到成为 NBA 球员靠的是恒心和毅力。

当巴蒂尔 12 岁的时候身高是 1.80 米，当时就像铅笔一样瘦，没有一个女孩愿意跟他约会，因为她们觉得他长得很好笑。有一天巴蒂尔跟小伙伴们聊天，告诉他们说有一天他会到 NBA 赛场上去比赛，他们嘲笑他，嘲笑他的梦想。他们说：你太瘦了，而且跑得又不快，跳得也不够高，绝对不可能到 NBA 去打球的，绝对不可能完成你的梦想。

12 岁的巴蒂尔听到这样的话觉得很伤心，因为他们不认可他的梦想。但是巴蒂尔最看中的是自己的想法。每天早上他起来看着镜子都会问自己：你每天都准备好了吗？今天你要竭尽全力，去接近梦想，哪怕接近一点也好。

在晚上睡觉前刷牙的时候，也是看着镜子问自己：不要想昨天也不要想明天，只想想今天我是不是离我的梦想，离我的目标近了一点点呢？当巴蒂尔 14 岁的时候，他已经将近两米高了。

巴蒂尔上高中后渐渐地开始成功，当时有一个篮球运动员叫克里斯·韦伯，他当时是 NBA 选秀的第一名。 巴蒂尔在高一的时候，身边的人都告诉他说：你永远没办法像克里斯那样出色，因为克里斯很强壮，而且力气也很大，但是你跑得不快，弹跳力也不行，你永远也不可能成为他。

但是巴蒂尔小时候已经听过这种话了。 他看着镜子对自己说"你要知道，只有你自己的想法是最重要的"，所以他就不断地去努力。

在高中毕业的时候，他要准备去上大学了，他已经赢了三个冠军，而且他还是那一年整个全美高中明星队里面的一员，他是当时全国高中生中最棒的篮球运动员。

后来巴蒂尔决定进入到美国一个学术与篮球都很出色的大学——杜克大学。 在他申请杜克时，人们说："哦，你现在篮球打得很好，但你在大学的时候，应该不会那么出色了，因为你速度比较慢，跳得也不高，而且你也不够强壮，你的篮球意识也不够强。"

这些话都是巴蒂尔在 12 岁的时候已经听过，在十四五岁的时候也听过的。 巴蒂尔站在镜子前，问自己：你准备好了吗？你要去向那些质疑你的人证明，证明他们是错的。

在 4 年的大学生活结束以后，巴蒂尔决定加入 NBA。 到了 NBA 的时候，人们的质疑又来了，他们说：你大学的时候是很好的球员，但是你绝对不可能是一个优秀的专业球员。 巴蒂尔对着镜子告诉自己：现在是你继续努力的时候了。

12 年之后，巴蒂尔已经赢得了 NBA 的两个总冠军，而且在非常棒的两支球队里面打过球，他让自己的梦想成真了。 巴蒂尔并不是一夜之间醒过来就到了 NBA 的赛场。 他这一路上每天前进一小步,直到今天的成功。 他被排挤过,有人说他不够优秀,有人说他永远不会成功,当他在篮球方面成功的时候,人们总是希望称他为篮球明星,但是对于他自己来说,除了篮球之外还有很多的东西。

巴蒂尔非常幸运,他的父母都非常重视对他的教育,但是有一些朋友和老师,他们会说:"你不需要成为一个很好的学生,只要好好打你的篮球就行了。"巴蒂尔说:"我要成为一个很好的学生。 因为我喜欢学习,喜欢看书,我喜欢学习新的东西。"在整个高中期间,他的成绩只得到过一个 B,其他的都是 A。

巴蒂尔小的时候还踢过足球,当时有很大的一个球场,应该是类似锦标赛的一个比赛,现在他仍然记忆犹新。 当时他 12 岁,非常紧张,害怕自己会犯错误,但当他带球跑时总是踢偏,怎么都跑不远,要知道他面对的是大概 6 万名观众,他不能面对这样的场面,"我难过地哭了,但至少我努力过、试过,虽然我可能失败了,但失败中的收获,可能比从成功中的收获更大。"

其实巴蒂尔棒球打得也不错,爸爸是他的棒球教练,他告诉巴蒂尔说:当你是团队中的一员,无论是棒球队还是篮球队或者一个俱乐部或者是家庭,你必须要是一个很好的队员,要有很好的团队合作精神。 在比赛当中你并不需要是跑得最快的,跳得最高的,或者是投得最准的,才能成为一个好的团队合作者,你只需要准时参加每天的练习。 不仅是为了你自己,而是为了你的队友,对你的家人来说,你要为你的父亲母亲、你的姐妹、你的兄弟，能够在他们需要的时候，伴随着他们，你要充满着热情和激情去完成这一点。 我觉得想获得成功这是非常重要的，只是很多人总是想要成为一个闪耀的明星。

有些人想成为詹姆斯，想成为科比·布莱恩特，但是在一个篮球队里，在学校社团里，在一个家庭当中，其实没有所谓的超级明星，每一个人都有自己的角色。 在篮球场上对于詹姆斯来讲，他要去投最高分的球，得到 30 分。 他的工作非常重要，同样重要的是，对他来说，有一个队友可以给他传球去帮助他去支持他的工作，并不能说这个角色就是次要的。 因为对一个获得冠军的球队来说，那个角色至关紧要。 有些人会说寻找一个强壮的绿叶比找到一个超级明星更难，没有所谓的超级明星，或者说每个人都是超级明星，你要让你自己变得有价值，让你成为团队当中有价值的一员。

很多时候，在人生之中，我们都是绿叶的角色，但要时刻准备着，要相信自己，即使所有人都怀疑你排挤你，你都要为随之而来的机会做好准备。

巴蒂尔的教练是美国最出色的教练之一，他叫麦克沙舍夫斯基，他曾经这样说道："你最好准备好下一场的比赛，因为在篮球场上，有很多事情发生，比如你在运球的过程中，突然一下被鞋子绊倒了，每个人都在嘲笑你，那么多国家的电视台都在直播你的现场，所有人都看到了，那你会怎么办呢？ 你会坐那儿哭吗，会说我被绊倒了太丢脸了，所有人都在嘲笑我。不，一定不要这样子。 那你应该怎么做呢？ 你只有站起来，继续下一场的比赛，下一场的比赛是最重要的。"

"我一定要进行下一场的比赛，这是非常重要的一种思维模式。"如果我们能够形成这样的思维模式，会使你受益终生。 抓住下一次的机会，实现下一次的目标。 我们必须拥有面对之前那个挑战时的激情和热情，如果一直这样坚持的话，你肯定会取得成功。

用心地去做你认为该做的每一件事情

汪涵从电视播音学校毕业后去了湖南经视，开始是做剧务，他是一个快乐的剧务，每天往演播厅扛椅子。 那个时候现场有 200 多个观众，每个观众来看节目的时候都发个塑料袋，每个袋子里面有 50 多件礼品：卤蛋粉、电灯泡、水龙头、面条、酱油……尽管每天就往塑料袋里放礼品，但是汪涵每天做得特别快乐。

后来，汪涵当了现场导演，给现场的观众讲一些笑话，活跃活跃现场的气氛，带领全场的朋友鼓掌。 在当现场导演的时候，他是每期鼓掌鼓得最厉害的。

有一次，台长到现场来看节目，发现了汪涵。 后来，汪涵又当了导演，可以请一些他特别欣赏的节目主持人，并按照他的想法去做节目，还对于汪涵来说实在是太开心了。

没过多久，台里面做内部的晚会，台长说汪涵是学播音主持的，让他去试试吧。 可以在全台同事的面前主持节目，开心得不得了。

后来做了一个节目叫《真情》，台长就问当时的一个节目主持人："汪涵当搭档可以吗？"那个主持人说："可以。"然后台长还问了一个灯光师："你觉得汪涵可以吗？"灯光师说："不错，暖场的时候，全场观众都乐成那样，让他去吧。"

能当主持人，汪涵实在是太开心了。快乐是如此的简单。所有的事情，汪涵都特别开心地去做。不管是什么情况，他都接受；再尴尬或者再难堪的局面，他都一定要扛下去。

面对困难无非需要做好三点：度过困难，你有度过困难的智慧；面对困难，你有面对困难的勇气；绕过困难，你有绕过困难的"狡猾"。多好，你还要生命教你什么？你还要这个舞台教你什么？塞内加曾经说过："何必为部分生活而哭泣，君不见，全部的人生都让人潸然泪下。"但是，他所呈现的应该是这样的一种情绪：既然我们都知道最终的归宿是那样，我们何不开开心心地，欢声雀跃地，一蹦一跳地，朝着那样的一个归宿去。

叔本华说过：如果你的眼神关注的是整体，而非一己生命的话，那么你的行为举止看起来会更像一个智者，而不是一个受难者。不管怎么样，我们还这么健康；不管怎么样，我们还能够这么自由地呼吸，鼓掌也好，做你想做的任何事情也好，你什么都不会失去。就算你有一天经历了所有的东西，你会觉得："哇，生命有太多苦难了！"恭喜你！你知道生命有苦难了。

很多哲学家也好，有大智慧的人也好，穷其一生，他们以切身的经历，有可能就是为了告诉大家，其实生命有太多的苦难，我们应该用微笑去面对它。

常说舍得舍得，有舍才有得，但也可以从一个角度来看，还不如去考虑舍得背后的另外一个词——接受。上天抛给你的东西，用自己的双肩去承受，不管抛给多少先扛着，扛着的目的是为了让你的身体更加坚强，双臂更加有力。有一天，当它馈赠给你更大礼物的时候，你能接得住。

在一生当中，如果你希望有一天回过头的时候，往前或往后，或停下来的每一个脚印，都成为诗句的话，你就踏踏实实地走好人生的每一步。

第五章

最初的梦想，终会实现

要想成功就必须把眼光放远

本田汽车能够有今天的光景，可以说全是本田宗一郎个人始终凭着决心和毅力，不畏艰难所造就的。 本田先生深知所做的决定或所采取的行动有时候只够应付跟前的状况，然而要想成功就必须把眼光放远。

1938 年本田先生还是一名学生时，就变卖了所有家当，全心投入研究制造心目中认为理想的汽车活塞环。 他夜以继日地工作，与油污为伍，累了倒头就睡在工厂里，一心一意期望早日把产品制造出来，以卖给丰田汽车公司。 为了继续这项工作，他甚至变卖妻子的首饰，最后产品终于出来了并送到丰田去，但是被认为品质不合格而打了回来。 为了求取更多的知识，他重回学校苦修两年，期间经常为了自己的设计而被老师或同学嘲笑，讥为不切实际。

他无视这一切，仍然咬紧牙关朝目标前进，终于在两年之后取得了丰田公司的购买合约，完成他长久以来的心愿。 他能如此，全因为清楚知道所追求的目标、拿出行动、密切注意成效、适时调整不当之处直至达成目标为止。 但此后一切并不是一帆风顺，他又碰上了新的问题。

当时因为日本政府发动二次大战而导致一切物资吃紧，禁卖水泥给他建造工厂。 他是否就此放手了呢？ 没有。 他是否怨天尤人了呢？ 他是否认为美梦碎了呢？ 一点都没有。 相反地，他决定另谋它途，他和工作伙伴研究出新的水泥制造方法，建好了工厂。 战争期间，这座工厂遭遇美国空军两次轰炸，毁掉了大部分的制造设备，本田先生是怎么个做法呢？ 他迅即召聚了一些工人，去捡拾美军飞机所丢弃的汽油桶，称其为"杜鲁门总统所送的礼物"，因为日本战时十分欠缺各种物资，而这些汽油桶刚好提供了本田工厂制造用的材料。 在此之后他们又碰上了地震，夷平了整个工厂，这时本田先生不得不把制造活塞环的技术卖给丰田公司。

本田先生清楚知道除了要有好的制造技术，还得对所做的事深具信心与毅力，不断尝试并多次调整方向，虽然目标还不见踪影，但他始终不屈不挠。

二次大战结束后，日本遭遇严重的汽油短缺，本田先生根本无法开着车子出门买家里所需的食物。 在极度沮丧下，他不得不试着把马达装在脚踏车上，他晓得如果成功，邻居们一定会央求也给他们装部摩托脚踏车，果不其然，他装了一部又一部，直到手中的马达都用光了。 他想到何不开一家工厂，专门生产所发明的摩托车，可惜的是，他欠缺资金。

他一如既往地，决定无论如何要想出个办法来，最后决定求助于日本全国一万八千家脚踏车店。 他给每一家用心写了封言辞恳切的信，告诉他们如何借着他发明的产品，在振兴日本经济上扮演重要角色，结果说服了其中的五千家，凑齐了所需的资金。

然而当时他所生产的摩托车既大且笨重，只能卖给少数死硬派的摩托车迷，为了扩大市场，本田先生动手把摩托车修改得更轻巧，一经推出便赢得满堂彩，因而获颁"天皇赏"。 随后他的摩托车又外销到欧美，赶上了战后的婴儿潮消费者，20

世纪 70 年代，本田公司开始生产汽车并获得佳评。

今天，本田汽车公司在日本及美国共雇有员工超过十万人，是日本最大的汽车制造公司之一，其在美国的销售量仅次于丰田。

最绝望无助的日子

从小就有人说他不行，连他母亲都说过："他小时候确实没有表现出多少篮球天赋，除了长得高以外，几乎什么都不好，看上去胖胖的，跑跳能力也不强。"一位篮球专家在姚明十一二岁时寻宝一样地到上海看过姚明，他让胖乎乎、一米九的姚明比画了几个动作，就开始摇头，毫不掩饰心里的失望。可能这位专家忽视了一个孩子感知世界的程度，姚明记得那一幕："我忘了他跟我说过什么，反正没几句，我就记得他对我没什么兴趣。"

少年时，他也不是最突出的。17 岁，他去巴黎参加欧洲篮球训练营，同去的中国少年还有来自辽宁的金立鹏和八一队的陈可。回想多年前的往事，他母亲说："我记得金立鹏打得特别好。"那一年，金立鹏是训练营的最佳得分后卫。又过了一年，姚明去了美国，晃晃悠悠地去了很多城市，打了很多比赛。后来带他们去的上海队领导先离开，只给他们留下很少一点儿盘缠，他和队友刘炜靠着酒店的免费早餐和麦当劳最便宜的汉堡生熬，后来借了一个美国教练一百美金。成名后，姚明还记得这事儿，说找机会一定把钱还给人家。

去美国前，他得先在中国联赛上成功。 那时候八一队是霸主，2002 年 4 月 20 日的那个雨夜，八一主场宁波雅戈尔球馆被姚明率领的上海队攻陷了。

2002 年，姚明以状元秀身份加入休斯敦火箭队，从中国到美国时还是个孩子，脸上挂满青涩，高高瘦瘦的，仿佛一根电线杆子。 那时候，他还不能用英语与人正常交流。 2002 年 10 月的休斯敦国际机场，火箭队给他专配的翻译和工作人员一起等待着，看到身穿土黄色西装、因长途飞行头发胡乱翘起的姚明，他们如释重负地笑了。

状元秀到了，火箭心里踏实了，可姚明的心还悬着。 那时候，没人可以清楚预测这位少年能否在动物凶猛的联盟中生存下去，包括他自己。

2008 年夏天，他带领国家队在北京、在家门口杀进奥运八强。 他说："那将是我一辈子最宝贵的财富。"

姚明的左脚脚踝被钉入三根钢钉。 看第二个医生时，他听到这样的建议："做脚踝重建手术吧，如果仅植入钢钉，治标不治本。 一旦复发，会更严重。"重建脚踝，意味着改变脚踝的物理结构，让原本承受巨大压力的那块小小骨头不再背负重压。 姚明听完一哆嗦，赶紧摇头。 他说："听医生说说我都觉得恐怖。"

时光飞逝，七年过去，姚明，一个美国文化的外来者，终于成了火箭队的领袖。 和七年前相比，火箭队大换容颜，除了姚明，从主教练、球员到球队工作人员都换了新面孔。 姚明则越来越壮，越打越好，变成了火箭的根基。 七年过去，懵懂、瘦弱、不知所措的少年不见了，一位目光坚韧、满脸皱纹与伤痕的领袖站在了火箭队最前头。

可有些事，真就躲不过。

2009 年初夏，他又带着火箭队杀进季后赛，迈过第一轮，好像推开一扇门，一番新世界在他眼前展开。

一步一步地，姚明似乎往一个更高的山峰稳稳迈过去。

可咕咚一声，他跌落到最低点。

就算经历过这么多难事儿，也没有任何一件让姚明心生绝望，让他在 29 岁就离开深深热爱的球场，让他瞬间陷入不知所措，不知道在余下漫长的生命中自己该做点儿什么，能做点儿什么……

现在，重建手术变成了首选答案，他知道那意味着什么。这是姚明生命中的大事，是医生要好好准备的大手术，也是可能影响火箭队历史的大转折，没人敢轻易决定。 姚明只好接受检查。

他乐观过，说："也许打上石膏，拄着拐杖静养三个月也能好。 医生说了，脚部的血液循环没有问题，就是有希望的意思。"

很快，他就把自己的乐观推翻了："可等上三个月，肌肉一定会萎缩，医生说可能会影响手术的效果，那就麻烦了，相当于错过了手术的最佳时机。"

他试着想点儿高兴的事儿："至少要休息一年，唉，也是好事儿，这么多年，从来没这么闲过。 赛季打 NBA，到了夏天打国家队，这回好了，逼着我一次歇足，把之前的那点儿假都给补上。 能在国内踏踏实实地过上大半年，也算有得有失。"

可说着说着，他又发现自己根本不是个能歇的人："一想到要这么久打不上球，我就浑身难受，这么过了十多年，突然停下来，迷失了。"

　　他想到了退役，连续几年，他伤怕了："我不想拼了，得留着身子骨，以后跟我儿子一起打打球，享受天伦之乐。"

　　不止他一个人这么想，太太和父母都这么劝他。 他们看到的姚明与外人不同，别人享受姚明扣篮的激情与振奋，他们想到的是姚明手腕砸在铁质篮筐上的疼痛。 别人看到的是姚明振臂一呼，应者云集，是千万美元的年薪，是他的诙谐幽默、风趣机智，他们看到的是姚明脑袋上缝的七十多针，是他拄着拐杖蹒跚挪步的辛苦，是饭桌上看着别人大鱼大肉，自己嚼两根青菜减肥的无奈……

　　姚明说："真的，我心里不止一次地跟自己说过，再受伤，退役算了。"

　　他问自己，想干的事都干完了吗？ 打完 08 年奥运，好像国家队的任务已经完成了。 他说："心里空空的，有点儿失落。 我人生中最重要的一个目标完成了，可那之后呢？ 人要是没了目标，是很可怕的，我跟自己说，得定新的目标，有了目标，就有冲劲儿了。"

　　琢磨了半年，他找到好多目标，他说："该给火箭一个交代了，打了这么多年 NBA 还原地踏步，说不过去。"他还说："如果国家队能培养出新人，打进 2012 年伦敦奥运，我可以考虑去，那就不再是只靠我一个人了，我们可以往更高的目标冲。 我还可以在伦敦大桥上拍张照片，就找我父亲当初拍照的那个位置。"

　　煎熬着等医生宣判时，他总在网上翻新闻，找图片和视频看。 他看到北京奥运会上自己激动得涨红脸颊，挥臂吼叫，看到从 2002 年到 2009 年，自己的胳膊一天比一天粗，肩上的担子也一天比一天沉，也终于迈过了季后赛第一轮的坎儿。 看这些，他会笑，可视线一移开，面色就立刻沉了下来。 在事业、家庭、祖国、荣誉、健康、冒险、退役中，他的思路来回跳跃，不知道何处是归宿。

福祸相依，2009 年的初夏，是姚明 NBA 生涯迄今为止最辉煌的日子，左脚舟骨上一道细如发丝却久久不愿愈合的裂痕，让姚明如坠冰窖。 姚明就这么孤独地待在家里，他的生活陷入无限的未知，他说："就跟在大海上漂浮的草一样，不知道什么时候就会被吞没。"

这是二十多年来，他最绝望、最无助的日子。

赚钱是一件有意思的事情

沃伦·巴菲特 1930 年出生在美国西部一个叫奥马哈的小城。 他出生的时候，正是家里最困难的几年。 父亲霍华德·巴菲特因为投资股票而血本无归，家里生活非常拮据，为了省下一点咖啡钱，母亲甚至不去参加她教堂朋友的聚会。

在苦难的生活中，巴菲特作为父母的唯一男孩，显示出超乎年龄的谨慎。 他甚至在学走路的时候就如此，他总是弯着膝盖，仿佛这样就可以保证不会摔得太惨。 随母亲去教堂时，姐姐总是到处乱跑以至于走丢了，而他总是老老实实地坐在母亲身边，用计算宗教作曲家们的生卒年限来打发时间。

巴菲特从小就觉得数字是非常有趣的东西，并显示了超常的数字记忆能力。 他能整个下午和小伙伴拉塞尔一起，记录街道上来来往往的汽车牌照号码。 天色已晚，他们又开始重复自认为有趣的游戏：拉塞尔在一本大书上读出一大堆城市名称，而巴菲特就迅速地逐个报出城市的人口数量。

看着父母每天为衣食犯愁，5岁的巴菲特产生了一个执着的愿望：他要成为一个非常非常富有的人。

那年，巴菲特在家外面的过道上摆了个小摊，向过往的人兜售口香糖。 后来，他改为在繁华市区卖柠檬汁。 难得的是，他并不是挣钱来花的，而是开始积聚财富。

7岁的时候，巴菲特因为盲肠炎住进医院并手术。 在病痛中，他拿着铅笔在纸上写下许多数字。 他告诉护士，这些数字代表着他未来的财产："虽然我现在没有太多的钱，但是总有一天，我会很富有。 我的照片也会出现在报纸上的。"一个7岁的孩子，用对金钱的梦想支撑着挨过被疾病折磨的痛苦。

9岁的时候，巴菲特和拉塞尔在加油站的门口数着苏打水机器里出来的瓶盖数，并把它们运走，储存在巴菲特家的地下室里。 这可不是9岁少年的无聊举动，他们是在做市场调查。他们想知道，哪一种饮料的销售量最大。

他还到高尔夫球场上寻找用过的但可以再用的高尔夫球，细心地把它们按照牌子和价格整理出来，再发给邻居去卖，然后他从邻居那里提成。 巴菲特还和一个伙伴在公园里建了高尔夫球亭，生意红火了一段。

巴菲特和拉塞尔还当过高尔夫球场的球童，每月能挣3美元的报酬。

晚上，看着街上来来往往的车流和人流，巴菲特会说："要是有办法从他们身上赚点钱就好了。 不赚这些人的钱太可惜了！"

拉塞尔的母亲曾向巴菲特提出这样一个问题："你为什么想赚那么多钱？"这个孩子回答："这倒不是我想要很多钱，我觉得赚钱并看着它慢慢增多是一件很有意思的事。"

少年时代的巴菲特有一本爱不释手的书———《赚到 1000 美元的 1000 招》，这本书用一些白手起家的故事来激发人们创造财富的欲望。巴菲特沉醉于创业成功者的故事里，想象着自己未来的成功景象：站在一座金山旁边，自己显得多么渺小。他牢记书中的教诲：开始，立即行动，不论选择什么，千万不要等待。

巴菲特 11 岁那年，被股票吸引住了。他从做股票经纪人的父亲手里搞来成卷的股票行情机纸带，把它们铺在地上，用父亲的标准、普尔指数来解释这些报价符号。他果断地以每股 38 美元的价格为自己和姐姐分别买进 3 股城市设施优先股股票，在股价升至 40 美元时抛出，扣除佣金，获得 5 美元的纯利。看着这具有历史意义的 5 美元，巴菲特感到想象中的金山离自己越来越近了。到了高年级，学校里的许多人都认为巴菲特是股票专家，就连老师也要从他那里挖一些股票的知识。

13 岁那年，巴菲特成了《华盛顿邮报》的发行员，并因此成了纳税人。但除此之外，巴菲特一点也不开心，他在学校成绩一般，还时常给老师惹点麻烦。在经历了一次失败的出走后，巴菲特开始听话和用功了。他学习成绩提高了，送报的路线也拓展了许多。他每天早上要送 500 份报纸，这需要在 5：20 前就离开家。当他偶尔病倒时，母亲利拉就帮他去送报，但她从来不要巴菲特的钱："他的积攒是他的一切，你根本不敢去碰他装钱的那个抽屉，每一分钱都必须好好地待在那里。"

这时的巴菲特显示出了和他的年龄不相称的商业头脑，他制定了最高效率的送报路线，而且还在送报的时候兜售杂志。 为了防止读者赖账带来的损失，他免费给电梯间的女孩送报，这样一旦有人要搬走，女孩就会向巴菲特提供消息。 巴菲特很快就把送报做成了大生意，他每月可以挣到 175 美元。 到 1945 年，14 岁的巴菲特就把 1000 美元投资到了一块 40 英亩的土地上。

到高年级的时候，巴菲特和善于机械修理的好朋友丹利开始在理发店里设置弹子机，他们和理发店的老板五五分成，生意非常好，市场不断扩大。 但是，巴菲特并没有被利润冲昏头脑，他总是很冷静地在较为偏僻的地方选址，以防地痞流氓控制他们的生意。

1947 年，巴菲特中学毕业时，在 370 人的年级里排名第 16。 威尔森年鉴上对巴菲特的评价是：喜欢数学……是一个未来的股票经纪家。

父亲坚持要巴菲特到宾州沃顿商学院读书，但巴菲特认为那是浪费时间，自己已经挣了 5000 多美元，读了大约 100 本商业书籍，还要学什么呢？ 但是父命难违，他还是到了沃顿商学院。巴菲特对沃顿商学院极为厌倦，他认为他懂得的比教授们都多，教授们虽然有着成套完美的理论，但对如何真正赚钱却一无所知。 巴菲特在学校里不能安心上课，而是在费城的股票交易所里耗费了许多时间。 确实，在沃顿商学院没什么东西可教巴菲特。

1949 年夏天，巴菲特离开了沃顿商学院，到内布拉斯加大学去读书。 实际上，巴菲特在内布拉斯加大学只是一个名义上的学生，他一边干着全时的工作，一边打桥牌，一边却拿到了学业成绩 A。 他的积蓄也有了 9800 美元。

后来，沃伦·巴菲特成为美国一个神话般的人物。 和历史上同时代的大富豪比如石油大王洛克菲勒、钢铁大王卡内基，还有后来的软件大王比尔·盖茨相比，巴菲特不同凡响，其他人的财富都是来自一个产品或者发明，而巴菲特却是个纯粹的投资商。 他从事股票和企业投资，迄今已经积累了数百亿美元的财富，并成为美国投资业和企业的公共导师。

在 40 年的投资生涯里，巴菲特从没有用过财务杠杆，没有投机取巧，没有遭遇过大的风险，没有哪年亏损。 不管外界如何风云变幻，巴菲特在市场上一直保持良好的态势，同期没有哪个人能与巴菲特相媲美。 严格地说，甚至没有人能够接近他。

这真是个奇迹！ 在市场专家、华尔街经纪人看来，这简直是一件不可思议的事情。 为了参悟巴菲特成功的奥妙，人们每年一次蜂拥到小城奥马哈，像圣徒朝圣一样去聆听巴菲特的教诲，把他的著作视为《圣经》，像念经文一样背诵他的格言。 但是，比尔·盖茨一语打破了人们的幻想："只将沃伦大量的格言记在心是远远不够的，虽然沃伦大量的格言值得记下来。"

在遗嘱中，他把个人财产的 99% 捐给慈善机构，只把为数不多的 1% 留给自己的孩子。 他解释说："我希望我的孩子们有足够的钱去干他们想干的事情，而不是因为有太多的钱而什么也不干。"

兴趣是动力的源泉

安迪·鲁宾是美国科技界炙手可热的人物，他开发的 Android 手机系统是这个星球上当今最火热的发明之一。 在 Android 系统的猛烈冲击下，全球手机市场重新洗牌，诺基亚、索尼等老牌手机巨头日落西山，来自台湾的 HTC 借势而起，摩托罗拉、三星再现峥嵘，苹果公司遭遇挑战……

作为 Android 之父，安迪·鲁宾最显赫的身份是谷歌副总裁，甚至可以说，他是改变全球 IT 产业格局的人之一。 在 IT 发展史上，Android 的作用甚至可以与 Windows 媲美，正如当年微软在 PC 市场的崛起一样，凭借 Android 系统的迅猛发展，谷歌在平板电脑、智能手机等领域抢滩登陆。 而安迪·鲁宾与比尔·盖茨相提并论，就连史蒂夫·乔布斯生前都对他敬畏三分。

抛开这些耀眼的光环，安迪·鲁宾的身份是发明家、硅谷极客、机器人爱好者、电子产品发烧友、30 余项专利的所有者，以及两家小公司的创始人。 一步步走来，从一无所有到权倾天下。 支配他不断前进的源泉，是骨子里对电子产品的热爱，是发明创造的本能。

1963 年，安迪·鲁宾呱呱坠地。 在他刚开始记事的时候，电子浪潮席卷整个美国，引发创业风潮，做心理学家的父亲改行经商，创办了一家电子产品直销公司。

在这样的家庭环境中，鲁宾比其他孩子更早、更多地接触到电子产品。 父亲将最新的电子产品拍照建立产品目录，之后它们便统统成为鲁宾的玩具。 鲁宾从小就被包裹在一个电子产品构成的奇妙世界里，他的卧室总是挂满了最新的设备，在潜移默化中，对电子产品的热爱深入至他的骨髓。

鲁宾在学生时代并不出众，就读的学校也属于普通院校。他在查帕瓜镇上的 Horace Greeley 高中读了 4 年书，1981 年进入纽约一所私立大学尤蒂卡学院，花了 5 年时间才拿下计算机科学学位。

学院式的理论研究并非鲁宾的特长，商业性质的科学发明才是他的兴趣所在。 1986年大学毕业后，鲁宾在世界上最古老的光学设备制造商，鼎鼎大名的卡尔·蔡司公司获得一份工作。 由于自动化方面的特长，在卡尔·蔡司公司，鲁宾担任机器人工程师，后来被派遣到瑞士领导一项机器人项目。 如果不是一次偶然的经历，他或许还要在这家德国公司打拼多年。

1989年夏天，鲁宾到开曼群岛度假。 一天深夜，鲁宾遇到一个露宿街头的家伙，从衣着看此人并非穷困之辈。 在好奇心的驱使下，鲁宾与他交谈，得知他被女朋友赶出住处，由于事出仓促，来不及准备钱财，一时间竟无处落脚，只能夜宿街头。 鲁宾善心大发，为他找到住处。

感念之余，此人慷慨许诺，可以引荐对现状不满的鲁宾到自己所在的公司——苹果公司。

1989年，假期结束不久，鲁宾就成为苹果公司的员工。 此时，苹果创始人史蒂夫·乔布斯已经被驱逐出去，担任首席执行官的是百事可乐原总裁约翰·斯卡利，在他带领下，苹果公司正四面扩张。

在那个年代，苹果公司是极客的天堂，发明家的乐园。 财力丰盈的苹果公司鼓励技术创新和发明，并致力于将它们推向市场。 同时，管理的散漫为奇思妙想提供了生存空间，催生出各种奇妙的点子。 从呆板沉闷的德国公司跳槽到活力四射的苹果公司，鲁宾尘封的灵感被成功激活了。

在苹果公司，鲁宾参与了多项革命性产品的研发，其中包括世界上第一部无线PDA、第一个软Modem。 可惜，从1989年鲁宾入职开始，苹果公司就开始走下坡路：管理上的弊端逐渐暴露出来，前景黯淡，财务堪忧，一些很好的创意得不到重视，许多工程师心生离意。

1992 年，鲁宾从苹果离职，加入一家名叫通用魔术的公司。 该公司前身是苹果通信设备部门，创始人是比尔·阿特金森、安迪·哈兹菲尔德和马克·波特。 他们都曾是苹果员工，由于开发的手机项目无法获得苹果管理层的认同及资助，1990年从苹果脱离出来独立运营。 到 1992 年时，已经在业界小有名气，与摩托罗拉、索尼、飞利浦等建立市场关系。

通用魔术公司的核心业务是智能手机操作系统，鲁宾之前曾参与这个项目并显示出了出色的研发能力，他的到来令公司实力倍增。 虽说是后来者，鲁宾的热情和投入丝毫不逊色于创业者。 他在办公室搭床，吃住都在那里，与马克·波特等人夜以继日开发 Magic Cap 系统。

1995 年 2 月，通用魔术公开上市，在投资者的追捧下，上市当天股价翻了一番。 然而由于 Magic Cap 系统过于超前，无论是以摩托罗拉代表的硬件厂商，还是 AT&T 等通讯运营商都无法接受，通用魔术很快陷入绝境。 最后，创始团队不得不将公司转让给他人，逐渐转向其他领域，但鲁宾却在自己的兴趣驱使下不断前行。

活着就有希望，让梦想照进现实

他出生在意大利的一个农民家庭，父亲每天冒险骑马登上高高的雪山，采下大块冰，运到城里卖给富家大户，挣几个小钱，维持一家人的生活。 在他上小学，甚至是中学时，常被同学恶意嘲谑为"窝囊废"，这些中伤的话，严重地刺伤了一个少年的心，所以，从小他就体会到贫穷带来的艰难与屈辱。

在中学阶段的后期，他曾参加过校内戏剧演出，从那时起，他就对舞台产生了兴趣。 他梦想自己将来能成为一名出色的舞蹈演员，在舞台上尽情展示舞姿。 为此，16 岁那年，他毅然做出了一个大胆的决定——退学，一个人独自跑到当时的大都市巴黎，希望自己能在这个时尚大舞台上用脚尖旋转出精彩人生。

这座高傲的城市根本不屑瞟这个穷小子一眼，别说学习舞蹈的高昂学费了，就连满足生活的基本需求都成了问题。 他没有别的特长，只有从小跟着父母学到的一点裁缝技术。 凭着这点手艺，他在一家裁缝店找到了一份每天十多个小时的工作。

就这样做了几个月，他的心情越来越低落、颓废。 他不知道自己在这个裁缝店要干多久，不知道自己什么时候才能登上梦中的舞台。 他苦闷于自己的理想无法实现，他认为与其这样痛苦地活着，还不如早早结束自己的生命。

就在他准备自杀的当晚，突然想起了自己从小就崇拜的有着"芭蕾音乐之父"美誉的布德里，他决定给布德里写一封信，讲述自己的梦想遭现实阻挠无法实现的困惑。 在信的最后，他写道，如果布德里不肯收他这个学生，他便只好为艺术献身跳河自尽了。 很快，他便收到了布德里的回信。 谁知，布德里并没提收他做学生的事，而是讲了他自己的人生经历。布德里说他小时候很想当科学家，也想当飞行员，还想成为一名牧师，但因为家境贫穷，父母无法送他上学，他只得跟一个街头艺人过起了卖唱的生活……最后，他说，人生在世，现实与梦想总是有一定的距离，在梦想与现实生活中，人首先要选择生存，一个连自己的生命都不珍惜的人，是不配谈艺术的……

布德里的回信让他幡然醒悟，后来，他努力学习缝纫技术，并应聘于一家名叫"帕坎"的时装店。凭着勤奋和聪慧，他的服装设计技术提高得很快。为了进一步开阔视野，他又投奔由著名时装设计大师迪奥尔开设的"新貌"时装店。在这里，他增长了见识，积累了领导时装潮流的设计心得和体会，他的设计水平也得到了提高。这一年，著名艺术家让·科托克拍摄先锋影片《美女与野兽》，邀请他设计服装。他为法国著名演员让·马雷设计了12套服装，影片公映后，他设计的服装惊动了巴黎，美誉如潮。

那年，他23岁，在巴黎开始了自己的时装事业，建立了自己的公司和服装品牌。他追求独特的个性，设计了时代感非常强烈的"P"字牌服装，赢得了挑剔的巴黎顾客的青睐。演艺界名流、社会上层人士、达官贵人等争相慕名前来订制服装。他就是皮尔·卡丹。

善于等待时机

在美国宾夕法尼亚州发现石油以后，成千上万人像当初采金热潮一样拥向采油区。一时间，宾夕法尼亚土地上井架林立，原油产量飞速上升。

克利夫兰的商人们对这一新行当也怦然心动，他们推选年轻有为的经纪商洛克菲勒去宾州原油产地亲自调查一下，以便获得直接而可靠的信息。

经过几日的长途跋涉，洛克菲勒来到产油地，眼前的一切令他触目惊心：到处是高耸的井架、凌乱简陋的小木屋、怪模怪样的挖井设备和储油罐，一片乌烟瘴气，混乱不堪。这种状况令洛克菲勒多少有些沮丧，透过表面的"繁荣"景象，他看到了盲目开采背后潜在的危机。

冷静的洛克菲勒没有急于回去向克利夫兰的商界汇报调查结果，而是在产油地的美利坚饭店住了下来，进一步作实地考察。他每天都看报纸上的市场行情，静静地倾听焦躁而又喋喋不休的石油商人的叙述，认真地作详细的笔记。

而他自己则惜字如金，绝不透露什么想法。经过一段时间的考察，他回到了克利夫兰。他建议商人不要在原油生产上投资，因为那里的油井已有 72 座，日产 1135 桶，而石油需求有限，油市的行情必定下跌，这是盲目开采的必然结果。他告诫说，要想创一番事业，必须学会等待，耐心等待是制胜的前提。

果然，不出洛克菲勒所料，"打先锋的赚不到钱。"由于疯狂地钻油，导致油价一跌再跌，每桶原油从当初的 20 美元暴跌到只有 10 美分。那些钻油先锋一个个败下阵来。3 年后，原油一再暴跌之时，洛克菲勒却认为投资石油的时候到了，这大大出乎一般人的意料。他与克拉克共同投资 4000 美元，与一个在炼油厂工作的英国人安德鲁斯合伙开设了一家炼油厂。安德鲁斯采用一种新技术提炼煤油，使安德鲁斯—克拉克公司迅速发展。

这时，洛克菲勒尽管才 20 出头，做生意已颇为老练。他欣赏那些得冠军的马拉松选手的策略，即让别人打头阵，瞅准时机给他一个出其不意，后来居上才最明智。他在耐心等待，冷静观察一段时间后，决定放手大干，取得了成功。

年轻无极限

弗朗西斯是一个贫民窟长大的穷孩子，他的故乡是出了名的犯罪之都——马里兰州的塔克玛，那里距离华盛顿只有半小时的车程。

当弗朗西斯把青春期过剩的无法宣泄的精力纵情地挥洒在家乡简陋的室外球场上时，没有人给予他过多的重视，而他的母亲布兰达和他的两个哥哥特里和杰夫却表现出了异乎寻常的关注。

"我的家庭真是太棒了，他们三个整天盯着我，我无时无刻不在他们的'监视'之下，他们一致允许我去两个地方，一个是球场，另一个就是家。"弗朗西斯感动地说。

弗朗西斯第一次"触球"是他 9 岁那年，他的一个小朋友带他到当地的男孩俱乐部，在那里他第一次看到了真正的篮筐是什么样子。他穿着牛仔裤和学校统一发的鞋，因为家里买不起对于他来说已经算是奢侈品的运动鞋。就是这样一个小孩散发出来的灵性，一下就吸引了俱乐部里的篮球教练托尼·朗利，托尼邀请这个貌不惊人的小朋友来他的球队训练。很快弗朗西斯就开始了他每天课外6小时的正规篮球训练。朗利说："当时的他其实和别的小孩没什么太大的不同，唯一一点就是你永远能从他的眼中看到强烈的争胜欲望，无论在哪里他总是要成为最好的。"

但唯一遗憾的是：他并不拥有一副适合打篮球的好身板。"在篮球场上，他显得太小了。"他的哥哥特里说。

弗朗西斯进入布莱尔高中的时候身高仅有1.6米。那时他的身高成了唯一能够阻止他上场比赛的因素，一旦对手派上一个高大的后卫，教练就不得不把他换下场，就这样他也从未离开过球队，即使教练不让他上场，他也是球队中训练最刻苦的球员，那个赛季弗朗西斯仅仅代表球队出战一场，而且还不是作为主力控卫，而是作为在外围突施冷箭的三分投手。接下来的一年他又因为伤了脚踝休战了几乎整个赛季。

对于弗朗西斯来说，那并不是最糟的，更糟的情况发生了，母亲布兰达因为癌症离开了他，年仅39岁。"他几乎放弃了学业，而且他也拒绝训练，仿佛世界末日即将来临。那段日子，他好像是想与世隔绝，几乎令他失去了生活下去的勇气。"特里回忆当年。

接下来的那个秋天，一个好心的朋友替弗朗西斯申请到了康涅狄格大学预科班的机会，但是就算是学校提供了数额不菲的助学金，弗朗西斯还是负担不了高昂的学费。1995年11月，他不得不离开学校，再次返回了家乡塔克玛小镇。已经18岁的弗朗西斯仅仅打过可怜的一个赛季的高中联赛，但是他仍旧梦想着有朝一日能够进入NBA。

"那就是我最想要的。"他说，"我做梦都想成为一名职业球员。"

为了实现心中的目标，在接下来的几个月里他开始在学校上课，继续他那荒废已久的学业，之所以这样做就是为了像其他同学一样完成高中课程以后，可以直接进入大学。另一方面，这个阶段他在球场上疯狂的表演几乎征服了所有见过他打球的人。此时，身高已经不能再继续限制弗朗西斯的发挥了，他的速度奇快，没有人能够防住他。

他的身高在短短的几个月内就增长了20多厘米，而腾空垂直高度更达到了惊人的110厘米，他骄傲地说："虽然我不高，但是我能跳，这通常让我在球场上显得并不比别人矮。"

1996年，他跟随马里兰大学预备队参加了NCAA 19岁以下预备年龄组的联赛。而且他也幸运地拿到了高中毕业证书。得克萨斯圣哈辛托青年大学的篮球队主教练一眼就相中了弗朗西斯这个可造之才，为他提供了全额奖学金，就这样弗朗西斯第一次踏上了得克萨斯的土地。在这里的一年时间里，他率领球队夺得了一项全国冠军，之后又返回了他的老家马里兰，进入了一所免学费的阿莱加尼社区大学打球，那里离他在塔克玛的家仅有3个小时的车程。

弗朗西斯说："我离开得克萨斯的原因很简单，我患上了严重的思乡病。"来到一个新环境，弗朗西斯的表现愈加抢眼。头一个赛季他就交出了平均每场25.3分和8.7次助攻的成绩，正是如此优异的表现使他得以获得马里兰大学的全额奖学金，也使他能够进入这所他心仪已久的篮球名校中一展才华。

远在得克萨斯的时候，弗朗西斯就曾想过直接加入NBA的职业联盟中。但是他发现如果你并非出身于杜克、北卡、马里兰和乔治城这样的名门，你在NBA的发展之路将不会是平坦的，而且很有可能就是在替补与伤病名单里徘徊，最终把自己金子一样的职业年华耗尽。 这当然不可能是弗朗西斯对于自己职业生涯的设想，于是他下定决心一定要登上 NCAA 名校的赛场，令自己的职业生涯始于一个相对高得多的起点。 这就是为什么弗朗西斯像美国人换工作一样换了 3 个大学的原因。

弗朗西斯真正成为美国人心目中的天才还是 NBA 闹劳资纠纷的那一赛季，直到 1 月没有 NBA 比赛可看的美国人把目光完全投向了 NCAA，那正好是弗朗西斯的舞台，而且他是当之无愧的主角。

男人的人生从挫折开始

孙正义说："男人仅仅有聪明，是不行的。 如果一个男人不执着愚直，他就不会成长。 男人的人生从挫折开始。"

1957 年 8 月 11 日，孙正义出生于日本佐贺县鸟栖市，在家中四兄弟中排行老二。 他的父亲叫孙三宪，母亲名叫李玉子。在他的出生地，二战前有很多韩国人、朝鲜人临时搭建了木板房，在里面居住着。 这些简易房没有门牌号。 孙正义是第三代韩裔日本人。 孙家祖先原来从中国迁移到韩国，到孙正义祖父一代，又从韩国的大邱迁徙至日本九州。

孙正义的祖父孙钟庆在筑丰煤矿做矿工，勉强养家糊口。孙正义的父亲孙三宪卖过鱼，养过猪，还酿过酒，拼命地辛苦劳作。 后来，通过经营游戏厅、餐饮业和不动产，孙三宪积累了一些资本金，奠定了经济基础。

"不仅爸爸如此，妈妈也是像只勤劳的蜜蜂一样工作着。"孙正义的脑海里经常会浮现出当时在鸟栖市度过的岁月。 幼年的孙正义经常坐在祖母李元照的拖车上，"坐在上面滑溜溜的，心情很差。 到附近去搜集剩饭回来喂家畜。 车子很滑，祖母拼命在前面拉着车，我要努力地抓住才不会掉下来。"用拖车到处搜集猪食的祖母辛苦劳作的身影经常浮现在孙正义的眼前。

祖母问孙正义："你知道真正的贫穷是什么吗？"他摇摇头。 祖母说："真正的贫穷不是生活不舒适，而是从来没有想过贫穷这件事。"

孙正义反复认真地品读了三遍《龙马出发》，司马辽太郎的一系列文学作品让他更加关注这些战国英雄，并且对他的人生产生重大影响。

龙马的声音荡气回肠："人生只有一次，我不想做后悔的事情。 因此，我一定要下决心去做自己想做的事情。 这样的人生岂不更有意思？ 在人生的大幕缓缓落下的那一瞬间，我会说我知足了，因为我过了我想要的人生。"

幕府末年，热血男儿龙马毅然脱离土佐藩，成为一贫如洗的浪人。 后来，龙马邂逅从美国归来的腾海舟，遂拜腾海舟为师，随后进了神户海军操练所，并成了其中的领导人（塾头）。庆应元年（1865），龙马在长崎成立了海上运输和贸易的商社——龟山社，之后又组织了海上援助队。 同时龙马还帮助实现了终结德川家族命运的萨长联合，为大政奉还出谋划策。 庆应三年（1867）10月14日，江户幕府的第15代将军德川庆喜向朝廷提出归还政权的建议，第二天就被朝廷接纳。 镰仓幕府以来持续 700 多年的武家政权终于土崩瓦解。 然而，就在决定日本命运一个月后的庆应三年（1867）11 月 15 日，龙马正与中冈慎太郎在京都三条河原町谈话，被一个自称为十津川乡的人暗杀。

少年时代的孙正义为织田信长血染本能寺、龙马横尸京都而心如刀绞。 织田和龙马两者除了同样悲剧性结局外，还有什么共同之处呢？ 几乎没有。 无论性格、资质，甚至行动，两人都迥然而异。 但是这两个人的思维方式和普通的日本人截然不同。那时，孙正义每天不管睡觉还是醒着，都想着龙马。 龙马是第一个度蜜月的日本人，也是第一个穿西式靴的日本人。

要像龙马那样志存高远，勇敢地跋涉在人生道路上。 小时候，孙正义梦想着当小学老师、企业家、政治家，每个理想都是追求独特创造性的崇高职业，从中可以窥见出年少的他对自我的人生定位。

中学时候，孙正义遭遇到意想不到的挫折。 他以前想做小学老师，因为国籍问题只好作罢。 那就选择别的职业，在企业家和政治家两者中，孙正义最终选择了企业家。

没有什么不可能

施瓦辛格 15 岁时，有一天他告诉身边的人："我想要成为一位世界健美先生冠军。"得到的回应是："这项运动一点儿奥地利精神都没有。"

可是，"不管别人怎么泼我冷水，我的心里非常明确地知道自己想要什么，这个目标，再清楚不过了"，施瓦辛格这样说。

他开始魔鬼般的训练，开始时每天训练一个小时，然后是两个小时、三个小时，等到 18 岁服兵役的时候，他一天的练习时间是五个小时。

终于在 20 岁那年，他成为史上最年轻的环球健美先生。之后，他赢得一次又一次的冠军，在他决定结束健身生涯的时候，已经得到了 13 个健身比赛冠军。

施瓦辛格深知，他不可能一辈子靠健身过活，他决心向演艺圈发展。他再一次遇到了许多障碍，许多经纪人都告诉他同样的答案："你不可能当演员的。"

施瓦辛格告诉他们："我不只是想当一名演员，我想当的是主角。"他们哈哈大笑说："别闹了，听听你自己的口音，只要有那种奇怪的口音，你就不可能当主角的。"

施瓦辛格没有听信他们的话，而是开始努力地练习，就像他在健身的时候一样。日复一日，他一天花五个小时上演员课程、发音课程、去除口音的课程等。

慢慢地，事情开始顺了起来，而之前他们说的那些缺点，逐渐变成了卖点。他接演了一部又一部的电影，在《魔鬼终结者Ⅲ》这部片中的片酬是三千万美元，是当时史上最高的片酬。

施瓦辛格的从政之路也是一样。很多人认为他疯了，理由是：没有人能一下子就空降竞选州长，"你应该从市长、参议员往上爬。"

施瓦辛格则说他想要的是改变加州，要当的是州长。结果呢？ 他赢了 2003 年的州长选举，而且又在 2006 年连任。

我们在人生路上总是会遇到很多人，听到很多声音，这些人不断地告诉你："这件事情你根本不可能做得到！"如果听到这种说法，那么，别听他们的！ 你必须百分之百地了解你自己真正想要的，笃定地相信你自己，然后放手去做。

当然，你接下来一定会遇到一些失败与挫折，那是人生必经的一部分，"但如果害怕失败，我可能连一次举重都没办法完成。 比如我当年第一次尝试举起五百磅的重量时，我没有成功，但是我继续练习，到了第十一次的时候，我成功了。"

相信自己，不要墨守成规，别害怕失败，别听那些怀疑你的人的话，精彩的人生由自己开启。

改变，去做一些新的事情

关于当导演，其实压根儿就没有在宁浩人生的规划和计划当中。

学了四年，画什么？ 画电影海报。 毕业之后还画过一张，当时画的是刘德华。 画完那一张，然后就失业了，因为打印机诞生了。

那是宁浩第一次知道迷茫是什么感觉，迷茫就是站在人生的"米"字路口，然后觉得任何一个方向都可以走，但是又完全不知道走到哪个方向是正确的。

宁浩当时和琴行的老板聊天，诉说迷茫。

琴行老板就跟他说："宁浩，我是过来人。做生意这件事儿呢，非常简单。一毛钱买了，两毛钱卖，你就挣了。一毛钱买了，五分钱卖，你就赔了。而且这件事情呢，对年龄没有要求，你到30岁的时候一样可以干。但你今年19岁，你应该去读书。"

后来，宁浩的父亲给了他两千块钱，说："如果你一定要去，你就去吧。"言外之意是：你把这个钱花完了，得瑟完了，你就回来吧。因为两千块钱实在是不够上学的。怎么样能生存下来，其实很重要，宁浩要自己挣钱了。

宿舍里头有一个小孩儿是学摄影的，宁浩就开始跟他学怎么拍照片，怎么洗照片，然后就开始自己抄条子：人像摄影，一百块钱一个胶卷。开始在校园里面贴，然后到周围的一些学校里头贴。当时没有照相机，就借同屋的哥们儿的照相机。于是从这样的方式，开始在北京生活。

后来有很多人问宁浩的梦想是怎么形成的。宁浩说："我觉得我最初来的时候，完全没有梦想。我的梦想先搁一边儿，先别说梦想，先说现实，先说生存。人生总会有这个梦想和现实发生冲突的时候，先选择现实，但是不要离梦想太远，就是绕一弯儿还能回来。"

有一天，宁浩在一次聚会中认识了吉他手刘义君，于是主动提出要给刘义君拍一套照片。宁浩到旁边的一个小卖部里买了一个一次性的照相机，然后就在饭馆儿门口随便拍了几张。洗完了一看，拍得太差了。因为设备差，环境也差，光线也差。于是他就坐车去太原找朋友张冬冬，两个人就熬了一晚上，挑出六张，把照片重新修下来，重新抠图，重新换背景，重新制作。

刘义君收到照片后随即给宁浩回信了，让宁浩去找他。 原来是想邀请宁浩做他的专辑摄影师。

宁浩就这样很顺利打入了流行音乐圈，开始作为一个职业摄影师生存，同时在上学。 后来宁浩认识了天堂乐队的主唱雷刚。 雷刚有一天就突然问他说："你不是学那个节目制作专业的吗？ 你会拍 MTV 吗？"宁浩说："会呀！ 有什么不会的。"其实他没干过这个活。 然后紧接着又在流行音乐圈就又传开了，说：这个小伙子挺便宜的。 当时主要是便宜。

此后业务不断，干到最多的时候，一个月要拍五六条。 虽然是物美价廉，但是其实已经开始挣钱了，那个时候宁浩读大二，大二下半年，他带了 20 万回家。

临到毕业的时候宁浩不想就这么混下去，他觉得还应该变，还应该继续改变，所以，他开始做电影导演。

也有人曾问宁浩为什么那么爱改变呢？ 为什么那么喜欢转变呢？ 或者说你就是没长性在一个地方待着？

人生就是一次旅途，而在这个向前走的过程中，你总会面对各种各样的困难或者问题。 其实最好的解决办法就是走过去，不要停在这里。 改变，去做一些新的事情。

我粉碎了每一个障碍

巴尔扎克小的时候，父母希望他今后能够成为一个大律师。 巴尔扎克却热衷于文学创作，决意要当一个文学家。

为了帮助儿子"改邪归正",母亲特意为他租了一间冬冷夏热的破房子当工作室。她认为,当儿子在这里冻得发抖、饿得肚子咕咕叫时,一定会回心转意,坐到律师事务所的皮椅子上去的。

1819年8月,巴尔扎克搬进了又脏又破的工作室。他坐在一张旧椅子上,立即着手写作,写什么呢?小说?戏剧?还是论文?他冥思苦想了一番,最后决定写一部悲剧《克伦威尔》。他一人关在小屋里,写啊写,有时一连三四天不出屋,奋战了半年多,总算把悲剧写出来了。他兴冲冲地跑回家去朗读。可是当他兴致勃勃地朗读了三四个小时,家里的人和朋友们都快睡着了。像他这样一个二十多岁的小青年,历史知识和创作方法都不成熟,怎么能一下写出好作品来呢?不用说,他失败了。

巴尔扎克并不承认自己的失败,家里停止供给他生活费,他不得不同别人合作,用各种笔名写些平庸的小说,卖给出版商,赚钱维持生活。后来,他想自己做个出版商,出版莫里哀等著名作家的作品,于是借了钱来当老板。可是,这位外行老板总受人欺骗,蚀了老本,还背了一身债。紧接着,他又当了一家印刷厂的老板,计划着自己写书,自己选编、印刷、出版。但是,不管他如何拼命挣扎,还是失败了。

到1828年,巴尔扎克已欠下了9万法郎的巨额债务,每年单是利息,就要付出6000法郎。巴黎警察局奉命要逮捕巴尔扎克,他只好改名换姓,躲进了贫民区的一间小屋。从此,这位资产阶级的大少爷,成了贫民区里的一个成员。

一时间,巴尔扎克心里空荡荡的,不知道应该怎样实现自己"成为文坛上的国王"的豪言壮语。但"开弓没有回头箭"，事到如今也只能硬撑着了。 "路漫漫其修远"，只能硬着头皮往前走。 巴尔扎克决心从头做起。 于是，阿斯纳尔图书馆里多了一位不知疲惫的读者。 每天他一早进馆，一头扎进书堆当中，直到傍晚闭馆。

巴尔扎克说："世界上的事情永远不是绝对的，结果完全因人而异。 苦难对于天才是一块垫脚石，对能干的人是一笔财富，对弱者是一个万丈深渊。"

生活中遇到的困难并没有击垮他，反而成为他奋发图强的催化剂。 他拼命地进行写作，《欧也妮·葛朗台》《高老头》等一部部畅销书相继问世。

迎接挑战，永不畏惧

科比一旦进入赛场，马上就像换了一个人一样，在球场上全神贯注。

对于职业运动员来说，受伤司空见惯。 不管是膝盖受伤，还是肩膀受伤，很多球员整个职业生涯都因此葬送了。

当那个时刻发生的时候，科比常会问自己："如果你经历这样的伤痛你会怎么样？ 是不是应该退出了？ 是不是应该停止打球了？""我自己都不知道还能否返回赛场。 我现在坐在这里告诉你，我要完全康复回到球场。 但我不敢打包票，因为很多时候我也有疑问，但是我觉得，这才是迎接挑战的意义所在。"

"要抓住一切机会，向所有人证明你自己，证明你能够迎接挑战。 向那些说你永远不可能成功，你一定会失败的人证明，这就是我的看法。 如果有人说你这次受伤，要一蹶不振了，对我来说，如果别人受了这种伤可能就退出了，但是我不能这样。 别人说这下你不行了，我会说，你这样你才可能会退出。 所以我必须要证明给他们看，尤其是给那些支持我，热爱我的粉丝们，我一定要赢了自己，要赢了伤痛，能够重返赛场。 这样才能让那些怀疑我的人重新思考，什么叫将不可能的变成可能。 这些伤疤的重要性体现在这里，这些伤疤就是我成长转变的体现。"

　　作为一个球员，科比与生俱来的激情就是想要成功，想要赢。 这同时也是人生最难却最重要的事情。 作为一个球员，要到球场上去迎接最大的挑战，最大的挑战就是要把全队的人变成像一个人那样，要不断地，不断地取得胜利，这就是团队竞技比赛的最大挑战，这也正是他的激情所在。 对个人来说，最重要的事是不断地迎接挑战，而且永不畏惧挑战极为重要。

　　但更重要的是要对事物保持不断的好奇心，比如说怎么样打得更好，怎么样提高技巧，怎么样从别人身上学到什么。 其实科比从小到现在一直从各个方面寻找激励因素，不仅仅从迈克尔·乔丹身上，从魔术师埃尔文·约翰逊身上，还从迈克尔·杰克逊、贝多芬、达·芬奇、李小龙身上，这些伟大的人给了科比激励，让他前进。

　　并不是说你要不断向别人进攻，而是要永不停止你前进的脚步。 人生是学无止境的，于是不断学习就显得极为重要。你要不断地学习，学习，再学习，和别人交谈，了解，学习，而不是觉得你自己什么都懂。 只有这样，你才能成为一个更好的人，你的技巧才能进一步提高。 最后才会有一个副产品——成为冠军，成为更好的自己。

不管你的梦想是什么，一定要坚持梦想，从成功的前人身上汲取经验和知识，各行各业的成功人士，他们身上都有一些共性使得他们脱颖而出，取得成功，这些共性值得我们学习。

困难只会唬住没有勇气的人

说起学生时代，心中就会浮现出不知道自己该做些什么的茫然模样，就是参加工作，也不知道自己该进入怎样的公司。许多年轻人在职业生涯规划方面不知道该怎样开始。

卡洛斯·戈恩，日本日产汽车股份有限公司董事长兼总经理。 他认为"职业生涯"这个词指的就是"人生的道路"，这意思更加确切一些。 当然这其中不仅仅包括事业和专业的职业生涯，还应该有更加私人性质的东西，比如人，特别是家人与朋友，这些也都应该包含在"人生的道路"当中。 当然，无论是哪种东西，它都包含在人生前进的道路中。 换言之，职业生涯就是一个人在人生行途中所接触到的所有东西。

他奉劝年轻人不要把自己局限在专业的道路上，而是要有意识地将其放到"人生的道路"上，关注"人生"这一概念。尽管这条道路会比较深远，走起来也比较艰难，但是主动挑选艰难的道路行走，对我们自身的成长是非常有帮助的。

在规划自己的人生时，要尽可能地挑选一些比较艰难的道路，或者可以这么说，就是要在自己的人生中多去主动承担一些艰辛的历程，只有通过这些磨炼，才能更加清楚地认识到自己想要的到底是怎样的人生，才不会随波逐流，不会被外在的因素所左右，从而走出一条属于自己的道路。因为在很多时候，年轻人都不知道自己到底应该做些什么，哪里才是他们的方向，他们很缺乏方向感。

任何一个人都是从这个阶段走过来的，谁也不是从一生下来就知道自己要做什么，大家都是通过经历一些事情才逐渐明白的。与其被动地等待一些事情发生而改变自己的某些观点，不如主动地去接触这样的事情，特别是在困境中去磨炼自己的心智。只要知道自己想要的是什么、想做的是什么，等一切都已明晰了之后，不管做什么、怎样做，都会有很大的动力。

不如把自己的眼光放得更长远一些，尽管有时你的想法可能会不切实际，但有理想总比没理想好，有愿望总比没有愿望好，有追求总比没追求好，也许正是因为有了这些想法，人生才会在不经意间迸发出火花。

最初卡洛斯·戈恩的职业生涯规划只是单纯想过在工作方面的规划。实际上在学生时代，"是不是有一天我会成为某个大公司的老板"这样的问题，卡洛斯·戈恩从来都没有考虑过。他常常想着"充分享受自己的学生时代吧"，于是便抱着这样的想法度过了自己的学生时代。

当然，在充分享受自己的学生时代的同时，他还鼓励自己应该尽到一个学生应尽的本分——努力学习，也只有好好学习，才能取得优秀的成绩。要说优先考虑的问题，与其考虑什么职业生涯规划，还不如考虑"下个月会发生些什么"，这样的问题在当时才更加实际一些。

对于学生们来说，要"深思未来"这种事情真的是很为难的。"所以就我个人而言，也完全没兴趣去想未来的事情。我当时就这样想，在最后一个学期来临时要考虑的诸多问题就留待那时再想好了。"

对卡洛斯·戈恩来说，如果有一件关于未来要决定的事情，应该就是希望自己能在巴西展开自己的职业生涯。 不过，那也只是最初的想法，换句话说那也只是一瞬间的想法。 可也就是那一瞬间，成为他之后所考虑的全部事情了。

在职业生涯规划的开始阶段，或许会有这样的一些想法：想做能够体现自身才能的工作，想做能被上级信任、赋予责任的工作，想做能够丰富生活又能享受自由且报酬丰厚的工作等等。 但是，卡洛斯·戈恩却没有这样的想法。 更进一步说，连这之前的事情都没有想过。 当然除了在巴西开始自己的职业生涯这件事情。

卡洛斯·戈恩认为在年轻的时候不能用长远的目标去感知事物是非常自然的。 但无论如何总会有需要你做决断的时候，但是你在10岁、20岁或者30岁被认为尚且年轻的时候，要去构想并明确自己的未来，是非常困难的。 事实上，卡洛斯·戈恩认为不必将职业生涯考虑得如此长远，况且在人生的极早阶段就将所有问题考虑详细，未必会同自己以后实际的人生经历有多少联系。

实际上完全没必要持有对"未来规划要有明确性"这种想法，因为人生就是不断赋予每个人超乎自我想象的机会。 在这些机遇当中，你会发现越来越多的优越场所、越来越多的机会。

在这其中最必要的东西就是拥有开放的思想，在机会来到之前，时刻注意身边的状况，不要一意孤行，要以一种开放的姿态等待机遇，并在机会来临时，下定决心拿出自己的行动。

况且太过于执着自我所描绘的清晰道路反而会引发反效果，因为这样就不能适应环境的变化，最后可能会将唾手可得的机会拱手让人。 10 年后在这里，20 年后在那里，30 年后就走向了不明的方向，一旦你做出了决定，即使会在哪里遭遇到什么，即使连想都不曾想过的机会突然来临，即使在你的计划之外突然降临了某种幸运之事，虽然这些都会使你背负看不见的风险，但是一旦太执着于自己的计划，反而会有更大的危险性。

卡洛斯·戈恩认为"关于人生的道路"这一问题保持最大的柔韧性是很重要的。 不管是专业性的职业生涯规划，还是其他什么，所有的计划都应该如此，这种柔韧性在抓住终于来临的机会的时候是非常重要的。 事实上，自己一直以来想象的机遇就是在自己从未想象过的领域中出现的机遇。

我们只有从错误和挫折中才能学习到平时不能学到的东西，不过说起来，人生不就应该是这样的吗？

人们只有从错误、挫折、持续的苦难当中才能成长起来。比如你在上学期间，学习数学时经常会犯一些小错误，可是只要更正了这些错误，就能从中学习到很多方法。 学习语言也是同样的道理，刚开始的时候可能发音并不准确，但是渐渐地就可以将这些错误更正过来。 也正因为有错误和挫折的存在，我们才能够发现并学到这些东西。

人本来就是厌恶错误和挫折的，可是也正因为错误和挫折的存在，才能构建出年轻人想拥有的丰富职业生涯的机会，更进一步说，唯有如此，才能构建宽广精彩的人生之路。 大多数人都因为讨厌挫折，而再也不想经历下一次的挫折，所以就需要从挫折中吸取教训以获得成功。

倘若挫折不够大，人们就没有想要去学习的动力了，即使失败了，也会抱有"反正大家都失败了"的想法。实际上，如何面对挫折才是所有问题的关键。你若稍不留心，在相同的情形下，也会反复地犯同样的错误或者再次遭遇同样的挫折。正因为我们讨厌挫折，所以为了不再发生挫折，才需要去学习。

发生失败或挫折是再平常不过的事情，这些也都是包含在我们学习当中的要素。所以，与其说失败和挫折都是让我们职业生涯成功的重要因素，不如说我们自身对挫折与错误的感觉应该更加敏锐。只有及早地发现问题，才能对错误和挫折采取更加快速的反应。一旦这么做了，才有可能避免以后发生更大的挫折。

在错误发生之前，一定会有什么信号。由于对信号过于疏忽，因此又与失败联系在一起。人们总觉得哪里有一点不好，但又不知如何应对，一旦如此，问题就开始变得严重了。如果到那时还不能采取有效的措施，那么问题就会变得更严重，以致到无法修复的地步。如果在最初就发现问题的关键所在，那么就能轻易地躲过一次次的灾难。

即使有人非常聪明，在年轻时就读过这方面的书，在实际操作中他对这方面的信息和暗号也不能完全注意得到。如果要问为什么，原因是他没有这方面的实际经验。现实中，像我这样经历过许多失败和挫折的人，以我的经验告诉大家：错误和失败都是再普通不过的事情，厌恶错误和失败也是理所当然的事情。重要的是，只要在你力所能及的范围内，就不要选择逃避。因为不管是错误还是失败，都是我们去学习的大好机会。

而且，当它发生时，要尽自己所能地尽早处理，这才是避免挫折的唯一行之有效的方法。

当然有顺利避免巨大挫折的时候。 在这五六年间，日产汽车公司表现出了非常好的成绩，有很多人就会提出这样的疑问：既然有这么好的成绩还会有挫折吗？ 事实上，挫折是频繁发生的。

"不过，因为我本身对于失败和挫折有很敏锐的嗅觉，虽然不是每次都那么精准，但是心里总想着尽我所能地尽早想出对策，虽然并不是每一次都能顺利地解决，但只要还没到最困难的阶段就采取了合理的措施，这就避免了严重灾难的发生！"

在失败发生时，我们并不想失败，可是有些事情总是往我们预测的反方向发展而去，这又是为何呢？ 虽然已经反复说过很多次了，但是说起来还是因为大家都讨厌失败和挫折吧！

失败从结构上来说，是非常人性化的东西。 年轻的时候分析失败的问题，可以从中积累经验，那么你的人生之路就会变得顺畅。 这不仅存在于工作中，更存在于所有的事物当中。

健康是这样，人际关系也是这样，亲属关系、教育上的问题以及社会性的交往都是这样。 挫折和错误是任何时候都存在的，但不要一味地厌恶这些问题，而应尽早地在它发生时留心，由自己亲自修正这些问题。 即使到最后修正失败，也没什么大不了的，只要你能从这次的失败当中学到什么，那才是最为重要的。

挫折或者困难并不可怕，可怕的是没有面对它们的勇气。只要有勇气去面对，就不可能一点办法都没有，挫折和困难只会唬住那些没有勇气的人。

从乡下孤女到时尚女王

卡布里埃·香奈尔出生在法国西南部的小镇索米尔。 他的父亲是个小批发商,母亲生下她不久,父亲就遗弃了她们。 母亲含辛茹苦,好不容易把她拉扯到 6 岁。 一场大病,母亲不幸去世,香奈尔成了一个孤儿,被送进了当地教会办的孤儿院。

香奈尔 16 岁时,耐不住孤儿院与世隔绝的生活,在一天夜里,勇敢地翻出院墙,跑到离家乡较远的穆兰小镇上开始了她独立的、全新的生活。 这期间,当地有个名叫艾蒂安·巴尔桑的富家子弟,与香奈尔一见钟情,坠入爱河。

香奈尔不愿偏居在狭小的穆兰小镇,她迫切想出去见见大世面。 在 20 世纪初,巴尔桑把乡下孤女香奈尔带到了世界大都市巴黎。

到了巴黎,香奈尔为眼前光怪陆离的一切感到眼花缭乱,激动不已。 凭着爱美的天性,在这五光十色、拥挤繁华的大都市中,她发现了一片亟待开垦的"处女地",那就是巴黎妇女们毫无时代感的着装穿戴。

她经常流连街头,细心地观察研究过往行人的衣着,发现她们的穿着保守,没有时代精神。 她决心当一名勇敢的拓荒者。

男友巴尔桑对她的雄心壮志既不支持也不理解,两人为此经常发生争吵，最后不得不分道扬镳。

在人地生疏的巴黎，她，一个弱女子，要开拓一番事业的确不容易。 在这关键时刻，香奈尔的生活中出现了另外一个富有的男人卡佩尔，并向她伸出了援助之手。 这个生性随和、不拘小节、家境富裕的异邦人，非常支持香奈尔开拓服装事业。1912 年，他出资帮助香奈尔开了一家帽子店。

"香奈尔帽子店"开门营业了。 善于经营的香奈尔以低价从豪华的拉菲特商店购买了一批过时、滞销的女帽，她把帽上俗气的饰物统统拆掉，然后适当加以点缀，改制成明朗亮丽的新式帽子。 这种帽子透着新时代的气息，非常适应大众化的趋势。

香奈尔为顾客示范帽子的戴法时，也一反常态，总把帽子前沿低低地压到眼角上，显得神气非凡。 这种新颖的帽子，很快成为巴黎妇女的最爱，被称之为"香奈尔帽"。 而这种别致的戴法，竟在巴黎的大街小巷流行开来，成为时尚。

"香奈尔帽"的流行，使她很快便赚回了本钱，还清了借款，并积累了相当多的资金。 小试锋芒，便旗开得胜，香奈尔的信心大增，她不再满足于当帽子商人，而是大胆地涉足服装业。 她把帽子店改为时装店，并且自行设计，自行缝纫，投入到服装改革之中。

在巴黎的日子，香奈尔已经发现巴黎妇女服装的问题所在：不仅在式样上陈旧烦琐，而且在用料上过于保守落后，仅凭高级华丽的料子，很难做出舒适合体的衣服来。

她从布厂买来一批纯白针织布料，用这种廉价的布料做成最新样式的女式衬衫，其特点是：宽松舒适，线条简洁。 没有翻上复下的领饰，没有一道道袖口花边，也没有什么缀物，领口开得较低……为便于推销，她还给这种服装起了个挺别致的名字"穷女郎"。

这种简洁、宽松的衬衫，如今看来很一般，但那时候的巴黎，对相对繁杂、缠裹盛行的老式服装来说，这种服装给人以耳目一新的感觉。"穷女郎"一露面，立即得到巴黎妇女的青睐，并很快争购一空。

旗开得胜后，香奈尔又陆续推出一批与巴黎妇女传统服饰大异其趣的服装。

她将女裙的尺寸尽量缩短，从原先的拖地改成齐膝，这就是后来著名的"香奈尔露膝裙"。

她设计出脚摆较大的长裤，即当今的喇叭裤，成了喇叭裤的创始人。

在款式上，她推出一些清新明快的新式服装，有纯海军蓝的套装，线条简洁流畅的紧身连衣裙；有宽大的女套衫，短短的风雨衣；还有漂亮实用的简式礼服等。

从 1919 年起，"香奈尔服装店"的规模一年比一年扩大。她在康蓬大街接连买下 5 幢房子，建成了巴黎城最有名的时装店。香奈尔的服装成为整个巴黎的一种时尚。大街上，"香奈尔式"的女性几乎随处可见。

香奈尔每一次随意的穿着打扮，都可能掀起一场时装革命。她往往是周围女人们争相效仿的对象。里茨是她生活中一个小插曲的发生地，它导致了短发时装的流行。

一天中午，香奈尔正在家里休息，热水器突然发生爆炸，喷了她满身的烟灰。她是个急性子，为了便于洗头和梳理，立刻剪掉了自己的黑色长发，然后迅速洗完头，用一根丝带束起。

就在那天晚上，香奈尔身穿一套白色的晚礼服出现在歌剧院。她白衣短发的姿态让众多的演员和观众眼前为之一亮，结果引起了轰动，很快形成了一股短发时装热。

1922年，香奈尔引进并按她所谓的幸运数字命名的"香奈尔5号香水"大获成功。这种与众不同的香水原本是一位化学家在里维埃拉发明的。香奈尔慧眼独具，买下该香水的专利权。"5号香水"浓郁的芳香，令人陶醉，很快便走俏巴黎，并风靡欧美各国，成了全世界最著名的香水。后来，香奈尔又亲自动手发明了"19号香水"。

1924年，香奈尔创建了香奈尔香水公司。畅销全球的香水为香奈尔的事业提供了雄厚的财政基础，使她成为当时世界上声名赫赫的富婆。她从一个只有6名店员的小老板，变成了一位拥有4家服装公司、几家香水厂以及一家女装珠宝饰物店的大企业主了。

二战爆发后，香奈尔关闭了她的服装店，辞去香水公司董事长的职务，她事业上的第一个高峰时期就此结束。二次大战结束后的几年间，世界服装业又有了一个大发展，时装设计新秀如雨后春笋般涌现，孤傲而又自信的香奈尔再也不能安于过隐居生活，她决定重出江湖。

1953年，71岁的香奈尔宣布：她要举办个人时装设计作品展，并要重振香奈尔服装店的雄风。

她向美国人推销自己的新产品。美国妇女疯狂地迷上了"香奈尔服装"。在美国时装评论界一致好评中，许许多多购买者不惜飘洋过海，潮水般涌到巴黎，只是为了购得一件香奈尔服装。

好莱坞的女明星们，都以穿上香奈尔服装为荣。就连美国前总统肯尼迪的夫人，也因为买到一套真正的香奈尔服装而向世人炫耀。 纽约歌剧院甚至根据香奈尔传奇的故事编了一出轻歌剧。 后来，香奈尔服装又在整个美洲以及世界其他地区流行起来，香奈尔终于再一次大获成功。

卡布里埃·香奈尔在世界时装业中独占鳌头达 60 年之久，成了长盛不衰的"时装女皇"。